Mandy Fox

Schlampen Internat

Erotischer Roman

www.blue-panther-books.de

BLUE PANTHER BOOKS TASCHENBUCH
BAND 2171

1. AUFLAGE: DEZEMBER 2010

VOLLSTÄNDIGE TASCHENBUCHAUSGABE

ORIGINALAUSGABE

UMSCHLAGGESTALTUNG: WWW.HEUBACH-MEDIA.DE
GESETZT IN DER TRAJAN PRO UND ADOBE GARAMOND PRO

PRINTED IN GERMANY
ISBN 978-3-86277-049-6

WWW.BLUE-PANTHER-BOOKS.DE

www.blue-panther-books.de

I.

»Da haben Sie aber Glück!« Der etwas rundliche Portier in der goldbetressten Uniform griff freundlich lächelnd an das große Schlüsselbrett an der Wand hinter seiner Rezeption. »Zimmer 417, mit allem Komfort. Gerade erst frei geworden.«

»Prima«, seufzte Julie Phillips, die junge Gymnasiastin erschöpft.

Das »Imperial-Hotel« gehörte zu den ersten Häusern am Platze in Le Donnier, einem schon aus der Römerzeit bekannten Städtchen in Zentralfrankreich, das insbesondere durch seine fast tausend Jahre alte gotische Kathedrale Jahr für Jahr viele Touristen in seinen Bann zog. Etwa 250 Kilometer südlich von Paris gelegen, trafen sich hier Menschen aus aller Herren Länder – viele machten ein paar Tage Station auf der Durchreise an die Küsten des Atlantiks, zur großen Düne von Arcachon oder an die Gestade des Mittelmeeres bei Montpellier.

Wenn das imposante »Imperial« mit seiner verschnörkelten Pracht vergangener Tage auch nicht mit den modernen Nobel-Hotels in großen Städten vergleichbar war, so bot es doch allen Komfort, und seine gediegene, liebevoll-altmodische Einrichtung hatte etwas anheimelnd Gemütliches.

Dankbar, mitten in der Urlaubssaison überhaupt einen Unterschlupf gefunden zu haben, auch wenn dieser ihr Budget doch erheblich strapazierte, hob das Mädchen seine bunte Reisetasche vom Boden.

»Soll Ihnen der Boy das Gepäck hinaufbringen?«, fragte der Concierge.

»Nicht nötig«, lachte Julie und warf sich den Tragriemen über die Schulter. Sie wäre sich ausgesprochen blöd vorgekommen, wenn einer der unaufdringlich herumstehenden Hoteldiener ihr, dem sportlichen jungen Mädchen, die Reisetasche getragen hätte.

»Ärgerlich, dass wir durch diese Autopanne aufgehalten wurden. Zum Glück sagte man in der Werkstatt, dass die Reparatur nicht so lange dauern würde. Wenigstens können wir jetzt ein bisschen ausruhen und morgen hoffentlich ohne Probleme weiterreisen. Bestimmt ist es nur eine Kleinigkeit.« Clement, ihr Bruder, trabte hinterher.

Die beiden hatten sich am Morgen in Clements altem grünem, japanischem Cabrio auf den Weg gemacht, und das hatte halt manchmal so seine Eigenarten.

»Dann wünsche ich Ihnen eine angenehme Zeit in unserem Haus«, lächelte der Rundliche und reichte ihr den schweren Schlüssel über den breiten Tresen. »Dort hinten befinden sich die Aufzüge.«

Julie Phillips, deren Familie in einem großen, weißen Bungalow in einem der besseren Vororte von Paris lebte, stand in zwei Jahren das Abitur bevor; allerdings hatte sie im Sommerzeugnis ziemlich schlechte Noten bekommen. So hatten ihre Mutter und deren wohlhabender Lebensgefährte, Manager eines internationalen Konzerns, sie nun dazu verdonnert, nach den Ferien mindestens ein Jahr das vornehme Internat »Schloss Hohenstein« in der Schweiz zu besuchen.

Damit die recht lebensfrohe Tochter sich auch wirklich auf das Lernen konzentrierte und nicht etwa den Jungs schöne Augen machte, sollte ihr Bruder Clement sie begleiten – ein etwas stiller, schüchterner junger Mann, den die meisten für Julies jüngeren Bruder hielten, obwohl er mit seinen neunzehn Jahren fast ein Jahr älter und in der Schule eine Klasse weiter war als seine Schwester.

Dabei hatte Julie selbst durchaus etwas Mädchenhaftes an sich, niemand hätte geglaubt, dass sie schon die oberen Schulklassen absolvierte. Sicher trug dazu bei, dass sie mit nur einem Meter dreiundsechzig Körpergröße und einer zierlichen, fast knabenhaften Figur weit von fraulichen Rundungen entfernt war, aber auch ihre oft etwas kecke, ja sogar freche Art ließ sie erfrischend jugendlich erscheinen. Genau das war es auch, was die Jungs an ihr mochten – und Julie genoss selbstverständlich diese Aufmerksamkeit.

Ihre muskatbraune Haut tat ein Übriges – auch darin unterschied sie sich von Clement, ihrem Bruder. Denn Julie war das Ergebnis eines Seitensprungs ihrer Mutter mit einem Chauffeur aus Martinique, einem der französischen Übersee-Departements in der Karibik, und zugleich der Grund dafür, dass die Ehe ihrer Mutter mit Clements Vater damals auseinandergegangen war. Anfangs hatte ihr Bruder deswegen oft mit ihr gestritten, doch mit der Zeit waren sie gute Freunde geworden, zumal sich die Eltern nach der Scheidung kaum noch gesehen hatten. Clements Vater war bald in eine andere Stadt gezogen und hatte dort ein neues Leben begonnen. Auch wenn sie keine echten Geschwister waren, so fühlten sie doch längst wie solche, waren über all die gemeinsamen Jahre liebevoll Bruder und Schwester geworden.

Insgeheim bewunderte Clement seine Schwester – während er sich oft nichts getraute und lieber still im Hintergrund blieb, ging sie offen auf die Menschen zu und gewann schnell deren Herzen – das machte ihr im Leben vieles leichter. Manchmal, wie ihre Mutter fand, zu leicht.

Nach einem gemeinsamen Familienurlaub in Mombasa, wo der internationale Konzern des Lebensgefährten der Mutter von Julie und Clement eine luxuriöse Lodge für ihre leitenden Manager unterhielt, hieß es für die beiden Geschwister nun, wieder in den Schulalltag zurückzukehren – und ab jetzt in jenem Schweizer Internat im feinen Wallis, zu dem sie gerade unterwegs waren und dabei jetzt von den Zicken des grünen Cabrios aufgehalten wurden.

»Können wir etwas zu essen aufs Zimmer gebracht bekommen?«, fragte Julie den Rezeptionisten in der imposanten Uniform. »Nur eine Kleinigkeit. Wir sind zu müde, um uns noch groß umzuziehen und ins Restaurant zu gehen.«

Dabei dachte sie auch an ihren Bruder, der sich gewiss bei einem förmlichen Abendessen in dem vornehmen Hotel-Restaurant unter so vielen fremden Menschen äußerst unwohl gefühlt hätte.

»Selbstverständlich«, nickte der Portier und reichte die Nachtkarte des Zimmerservice über den Tresen. »Suchen Sie sich etwas aus.«

Julie und Clement hatten schnell ihre Wahl getroffen.

»Zweimal Spaghetti Carbonara, bitte«, bestellte das schlanke Mädchen mit der dunklen Löwenmähne, unter der ihre warmen, braunen Augen schelmisch hervorblickten, »ein großes Bier« – sie sah zu ihrem Bruder, der zustimmend nickte – »und eine Cola. Ach was … Cola-Whisky!«, ergänzte sie dann. »Das kann ich brauchen nach dem Stress.«

»Kommt sofort.« Der Mann hinter der Rezeption wählte die Nummer des Room-Service. »Eine gute Nacht dann.«

Das Zimmer verfügte tatsächlich über allen Komfort. Das breite Doppelbett war liebevoll aufgeschlagen, eine kleine Schokolade in Silberpapier auf jedem Kopfkissen. Im Badezimmer mit den altertümlichen Wasserhähnen duftete es gehaltvoll nach blumigen Ölen und Essenzen, die zum Duschen oder Baden gedacht und in wertvollen Glasfläschchen auf einem kleinen Bord zwischen Badewanne und Dusche aufgereiht waren.

Während Clement sich sogleich erschöpft auf die etwas

ausgeleierte, weiche breite Matratze plumpsen ließ, stellte seine Schwester ihre Reisetasche ab, in welche sie in der Autowerkstatt in aller Eile nur das Notwendigste für die Nacht gepackt hatten, und inspizierte die Räumlichkeiten.

Das Zimmer ging zur lebhaften Straße – wenn man aber die Fenster und die schweren Vorhänge schloss, blieb von dem Trubel nur noch ein leises Rauschen, das keinesfalls störte. Im weitläufigen Bad edler Marmor, der auch die Wanne einfasste, dazu ein großer bronzefarbener Spiegel, welcher von der Decke bis zum Boden reichte.

»Schade, dass wir hier nur eine Nacht verbringen können«, konstatierte sie dann, »so was könnte mir auch länger gefallen.«

»Wir können es uns eigentlich schon heute nicht leisten«, warf ihr Bruder ein, »und erst recht nicht noch länger.«

»Ach, du«, lachte Julie und schüttelte neckisch ihre Locken, »wer weiß, in was für kargen Schlafsälen wir die kommenden Monate verbringen müssen … Ich werde mich erst mal frisch machen – das wird mir guttun nach diesem anstrengenden Tag.«

Sie begann, sich ganz unbefangen auszuziehen, schlüpfte aus den Sandalen, warf ihre Jeans, das bauchfreie Shirt und das winzige, mintgrüne Tangahöschen in der Form eines Pfefferminzblattes über einen der voluminösen Sessel.

Clement grunzte etwas Unverständliches. Er hatte seine Schwester natürlich schon öfter nackt gesehen und konnte nicht verhehlen, dass sie eine ausgesprochen gute, sehnige Figur besaß, an der kein Gramm zu viel war. Ja, es schien fast, als bereite es ihr Spaß, die Jungs an der Schule durch knappe Shirts und enge Jeans zu reizen, deren lustvollen Blicke zu genießen … und auch jetzt schien es ihr absolut nicht unangenehm zu sein, wie ihr Bruder sie musterte.

Ihre kleinen Brüste ragten sanft hervor, die Nippel in den knopfgroßen braunen Höfen deutlich emporgereckt. Unter dem festen, kleinen Bauch wölbte sich der Hügel ihrer Scham, den sie schon seit Jahren – wie alle Französinnen – blitzblank rasierte. Als Julie den Slip abstreifte, hatte Clement ihre zarte Furche sehen können, aus der am oberen Ende, zwei Handbreit unter ihrem mit einem Piercing dekorierten, kirschgroßen Nabel, die Knospe der Lust hervorlugte …

Julie bemerkte seine verstohlenen Blicke und ließ sich bewusst Zeit auf dem Weg ins Bad.

Ihre Schulterblätter wie kleine Schmetterlingsflügel unter der zarten Haut, die sanfte Rinne ihres Rückgrats, die in die Furche eines runden, kleinen Arschs überging, der so knackig war, dass man am liebsten hineinbeißen wollte.

Julie konnte sich lebhaft vorstellen, welche verdorbenen Gedanken jetzt durch den Kopf ihres Bruders gehen mochten, und es gefiel ihr. Wahrscheinlich würde er gerade einen Steifen bekommen … Sie grinste lausbübisch.

Der schüchterne Clement spürte, wie bei diesem verführerischen Anblick in seiner Hose das Leben erwachte; wie das Blut seinen Ständer hart machte. Er hatte bisher noch keine richtige Freundin gehabt, nur seine Träume und Sehnsüchte … Und natürlich das eine oder andere Pornoheft. Doch verbot er sich zu denken, was seine aufkeimende Lust jetzt denken wollte. Nein, das durfte nicht sein. Julie war seine Schwester, und er war auf diese Reise geschickt worden, um auf sie aufzupassen. Er musste der Vernünftige von ihnen sein …

Während Julie – die Badezimmertür einen guten Spalt breit geöffnet – den Hahn der Brause aufdrehte und auf heiß stellte, klopfte es an der Zimmertür.

»Herein«, rief Clement und beeilte sich, vom Bett zu springen, verbarg so gut es ging die enorme Beule in seiner Jeans.

Der Etagenkellner brachte das bestellte Essen auf weißem Porzellan unter silbernen Hauben, dazu das kalte Bier und die Whisky-Cola, stellte alles auf den kleinen Couchtisch zwischen den beiden Sesseln, schräg gegenüber des französischen Doppelbetts.

»Guten Appetit«, wünschte er dezent, bevor er sich diskret zurückzog – natürlich nicht, ohne unauffällig einen Blick durch die leicht geöffnete Tür ins Badezimmer zu werfen, wo Julie mit sanften Bewegungen ihre muskatbraune Haut gerade mit einer der wohlriechenden Essenzen schäumte. Mit leisem *klack* und einem kaum hörbaren Seufzer zog er die Tür ins Schloss. Schade fand er bei solchen Gelegenheiten stets, dass er im Dienst den Vorschriften der Hotelleitung verpflichtet war ...

Kaum hatte der Mann in der weißen Kellnerjacke sich entfernt, beeilte sich Clement, ebenfalls die Kleidung abzustreifen und kramte eine knielange, bunte Boxershorts aus der Reisetasche. Sein lustvoll pochender Riemen genoss es, aus der Enge befreit zu werden und schnellte empor wie ein arbeitswütiger Dreschflegel. Auf Zehenspitzen schlich er an die Tür des Badezimmers, lugte so durch den Spalt, dass Julie ihn nicht sehen sollte …

Die spielte mit blumig duftenden Schaumkrönchen auf den schlanken Schultern, ihren knabenhaft kleinen Mädchenbrüsten mit den dunklen Knospen, die unter den prickelnden Strahlen der Dusche hervorstanden wie Krokantpralinen, verteilte schaumiges Gel auf ihrem festen, flachen Bauch … Sacht glitten ihre bronzefarbenen Finger in den glatt rasierten Schlitz zwischen ihren Schenkeln.

Vorwitzige Seifenflocken rannen hinab über ihren Rücken und den straffen Knackpo, vereinten sich auf den wohlgeformten Beinen mit jenen, welche über ihren Nabel durch die aufreizend offene Spalte geflossen waren.

Julie genoss das wohlige Gefühl; wonnevoll glitten ihre Hände über die samtigbraune Haut, schmeichelten über die

Krokantnippel, wanderten wieder und wieder sehnsüchtig hinab an die lüsterne Möse. Verlangendes Stöhnen entrang sich ihrer Brust, sündige Schauer kribbelten auf ihrem Rücken. Sie begann, die kleine Perle ihrer Lust sacht mit einem Finger zu umkreisen.

Clements harter Fickprügel drohte hinter der Tür fast zu platzen, so prall stand er jetzt in der Boxershorts. Der Junge griff hin, schob sein bestes Stück so, dass es etwas nach oben lag, strich fast ungestüm ein paar Mal darüber. In ihm stieg ein unbändiges Verlangen auf, so, wie er es bisher nicht kannte, drohte ihm die Sinne zu rauben.

Er riss sich mit aller Gewalt zusammen.

»Das Essen wird kalt«, rief er in Richtung des Badezimmers, aus dem feuchtwarme Dunstschwaden quollen, stellte das Tablett vom Tisch mitten aufs Bett und krabbelte bis zur Hüfte unter die Decke. Seine Schwester sollte nicht sehen, welch geile Lust in seiner Shorts wütete.

»Ich komme«, antwortete Julie heiser, meinte damit im Moment aber nur die wartende Mahlzeit, und stellte die Brause ab. Frottierte sich, schlüpfte in einen der frischen, weißen Bademäntel, die das Hotel fürsorglich im Bad aufgehängt hatte.

Sie glitt zu ihrem Bruder aufs Bett, nahm die Silberhauben von den Tellern. Hungrig mampften beide ihre Spaghetti; das kühle Bier und die Cola-Whisky erfrischten jetzt richtig.

Schließlich streifte Julie den Bademantel ab, glitt nackt wie sie war unter die große Decke des breiten französischen Betts, schnappte sich die Fernbedienung, zappte durch die Kanäle des Fernsehapparats.

»Nur Quiz und Politik«, maulte sie, »nirgendwo ein schöner Film …« Enttäuscht schaltete sie das Gerät aus.

»Ich gehe auch schnell noch unter die Dusche«, sagte Clement wenig später und schob seinen Teller beiseite, sprang aus dem Bett, froh, dass das Essen ihn ein wenig abgelenkt hatte und sein Schwanz wieder zur normalen Größe zurückgekehrt war.

Während er eine schnelle Dusche nahm, schluckte Julie wie jeden Abend ihre Pille, löschte das Licht, zog die schweren Vorhänge vor die Fenster, kuschelte sich in die weiche Decke. Was war das für ein Tag gewesen! Erst der tränenreiche Abschied von ihrer Mum, dann die Anreise aus Paris, schließlich das plötzliche Stottern des Motors von Clements altem Cabrio mitten auf der Landstraße im Nirgendwo … Zum Glück hatte ein vorbeikommender Autofahrer eine nahe Werkstatt verständigt, die sie schließlich abgeschleppt hatte.

Anschließend die mühsame Suche nach einem Hotel, mitten in der Urlaubszeit … Eigentlich hätten sie jetzt schon ihre Zimmer auf »Schloss Hohenstein« bezogen haben sollen. Julie freute sich auf die neuen Bekanntschaften, die sie dort schließen würde und sank mit erwartungsvollen Gedanken daran in einen ersten leichten Halbschlaf. Hörte nur wie von Ferne, dass Clement offenbar mit seinen Vorbereitungen für die Nacht fertig war, aus dem Bad trabte und von der anderen Seite unter die Decke schlüpfte, sich zurechtdrehte. Vernahm noch seine regelmäßigen Atemzüge.

Gerade, als sie gänzlich einschlafen wollte, schien es ihr, als schwankte die ein wenig ausgeleierte, weiche breite Matratze wie ein Schiff auf hoher See. Zunächst hielt sie es für Einbildung, eine Art Traum. Dann versuchte sie irritiert herauszufinden, was hier vorging, wurde wach, lag mucksmäuschenstill, atmete so flach es ging, sperrte ihre Ohren auf wie ein Luchs. Lauschte regungslos ins Dunkel, hörte das leise Keuchen von Clement neben ihr, das Rascheln der Bettdecke … Da wurde ihr klar: Offensichtlich hatte ihr nackter Anblick vorhin den Bruder nachhaltig angeregt …

Clement hatte sich die Zähne geputzt, dann geduscht und dabei natürlich auch seinen Prengel gut geseift – der hatte offenbar nicht vergessen, welch lustvoller Anblick ihm geboten worden war und war bei dieser sachten Berührung sogleich zu neuem Leben erwacht. Stand alsbald wie das Strahlrohr eines Feuerwehrschlauches bei vollem Druck … Zunächst hatte der Junge begonnen, sich unter dem kribbelnden warmen Wasser zu wichsen, bald aber Angst bekommen, seine muskatbraune kleine Schwester könnte ihn bei seinem sündigen Tun erwischen, hatte sich darum in aller Eile abgetrocknet, sich ins Bett verkrochen und mit Erleichterung festgestellt, dass Julie offenbar eingeschlafen war.

Das ließ ihm freie Bahn. Er legte sich bequem, allerdings so, dass seine Lanze nicht zu seiner schlafenden Schwester, sondern in die andere Richtung zeigte, nahm den pulsierenden Ständer in die Hand, zog sich die Vorhaut langsam zurück. Als diese mit einem leichten Schmerz über den Kranz der Eichel glitt, diese dabei ganz freilegte, wurde sein Knüppel hart wie eine Stange Dynamit. Langsam kraulte er seine Eier, leckte ein paar Finger an, spielte damit um die nackte Lustkuppe seiner scharf geladenen Kanone. Stöhnte leise. Wogen der Lust zuckten über seinen Körper. Begann dann langsam zu wichsen. Bald wurden seine Handbewegungen fester, verlangender. Die weiche, breite Matratze schwang im gleichen Rhythmus …

Julie versuchte es zunächst zu ignorieren. Doch es gelang ihr nicht, endgültig in den Schlaf zu finden. Statt dessen spürte sie, wie ihre kleine Mädchenmöse feucht wurde, ihre Nippel hart standen, am glänzenden Stoff der Bettdecke scheuerten … Ein paar Minuten hielt sie es aus, dann ließ sie eine Hand zwischen die Schenkel gleiten, begann langsam ihren Kitzler zu massieren, der schon ziemlich prall aus ihrem feuchten Schlitz stand. Mit kleinen, kreisenden Bewegungen strich sie über ihn, schließlich sollte Clement nicht merken, dass seine Wichserei sie so geil gemacht hatte. Mit zwei Fingern der anderen Hand zwirbelte sie gleichzeitig die prallen Krokantnippel an ihren jungen Titten. Unbändige Lust stieg in ihr auf.

Mochte sie in ihrer Lust zu ungestüm gestöhnt, mochte ihr Bruder ihre immer heftigeren Bewegungen gespürt haben – plötzlich fühlte sie, wie seine suchende Hand auf dem Laken zu ihr tastete, auf ihren gespreizten Schenkeln grabbelte. Wie er ihr an die nasse Pflaume griff.

Clement war nicht verborgen geblieben, dass seine Schwester wieder wach geworden war. Als er bemerkte, dass auch sie sich befriedigte, konnte er seine Geilheit nicht mehr beherrschen. Alle Bedenken hinweggespült von den Wogen seines unsäglichen Verlangens – er verbot sich seine verdorbenen Phantasien nicht mehr, nein, keinesfalls … Er wollte es sofort, hier und jetzt.

Julie war hellwach. Was geschah mit ihr? Erstaunt registrierte sie, dass dieser brüderliche Annäherungsversuch ihr keineswegs unangenehm war … Sie ließ Clement gewähren, drehte sich sogar ein wenig zu ihm, dass er leichteres Spiel hatte.

Kurz hielten beide inne, als langsame Schritte auf dem Flur sich näherten, einen Moment vor ihrer Tür verharrten. Doch es war wohl nur ein spät angekommener Gast auf der Suche nach seiner Bleibe, vielleicht auch der Zimmerkellner, der Schampus in irgendeines der Nachbargemächer servierte.

Clements Hand strich langsam über die Innenseiten ihrer sportlichen Schenkel, über die zarte nackte Haut, streifte manchmal ihre nasse Möse, getraute sich aber nicht, sie anzufassen – dazu fehlte ihm auch die Erfahrung. Er wusste nicht genau, wie man diese süße Feige pflücken könnte.

Julie genoss seine Zärtlichkeit, auch in ihr brannte jetzt ein Feuer unbändiger Lust. Sie tastete hinüber zu ihm … Er besaß einen solch enormen Ständer, wie sie ihn bei ihren bisherigen Freunden noch nie in der Hand gehabt hatte – und sie hatte trotz ihrer jungen Jahre schon ziemlich viel gefickt. Ihr junges Aussehen, die dunklere Haut ihres straffen Körpers, die fröhlichen Augen unter der Lockenmähne, auch ihr freches Mundwerk waren bei den Jungs begehrt, und Julie hatte nichts dagegen, Erfahrungen zu sammeln.

Alle möglichen Schwänze hatte sie dabei schon in der Hand, im Mund und ihrem Lustloch gehabt – dicke und dünne, lange und kurze, manche gebogen wie Bananen. Immerhin wusste sie inzwischen, dass ihr ein langes, dickes Rohr die größten Wonnen bereitete, nur durfte es nicht so lang sein, dass es hinten anstieß. Das verursachte ein unangenehmes Gefühl, und Jungs mit solchen Riesengurken mussten sich bei ihr immer etwas zurückhalten mit allzu festen Stößen.

Ansonsten war Julie aber für alles offen und hatte kaum Tabus. »Du süße, kleine versaute Fickschlampe«, hatte sie mal einer der Jungs genannt, und das war sicher eine zutreffende Beschreibung.

Clements Mörderding, das jetzt ihre kleine Hand gar nicht ganz umfassen konnte, war mit Sicherheit der größte Hammer, mit dem sie je zu tun gehabt hatte. Er stand aufrecht wie ein Zinnsoldat vor der Schlacht. Die dicke Eichel hatte Clement bereits freigelegt und stöhnte gierig auf, als Julie nun beide Hände nahm, locker um seinen Schwanz faltete und begann, langsam auf und ab zu fahren, immer wieder über den Ring seiner prallen Eichel, auch über seine kleine Pissfurche. Dies fast unerträgliche Prickeln, das sie ihm mit ihren kundigen Händen bescherte, trieb ihn schier in den Wahnsinn.

Ganz langsam ließ sie ihre schmeichelnden Finger hin und her gleiten, ohne jede Hast. Clement war gewohnt, sich mit schnellen Bewegungen einen runterzuholen, wenn er geil war.

Doch das hier war neu für ihn und machte ihn vollkommen fertig. Seine dicke, blau geäderte Latte pochte und klopfte, immer nur einen Hauch vom Höhepunkt entfernt, doch ließ seine Schwester genau den nicht zu. Wurde sein Atem schneller, begann sein Riemen zu zucken, dann wurde sie noch langsamer, noch lockerer, hielt sogar einige Male ganz inne.

Clement hatte das Gefühl, sein Hirn werde von einer Million Volt zusammengebrutzelt. Jeden klaren Sinnes unfähig, war er nur noch ein stöhnender Haufen geiler Gier, rutschte jetzt ganz nah an sie heran, Haut an Haut lagen sie in der stickigen Dunkelheit des Hotelzimmers, spürten jeder den heißen Atem des anderen … Wie von selbst trafen sich in der Düsternis ihre lustvollen Lippen, verschmolzen miteinander, ihre Zungen verschlangen sich in flammender, impulsiver Lust, spielten miteinander ein zügelloses Spiel.

Er drehte sich gänzlich zu ihr. Sein mächtiger Knüppel stieß an ihr weit offenes, klatschnasses Fötzchen, aus dem das warme Ficköl schon ins Laken rann … Stürmisch verlangte er Einlass in diese Pforte der Sünde.

Julie sah keinen Grund, ihm diesen Einlass nicht zu gewähren. Das Wissen, ihren schüchternen Bruder in dieser Nacht als erste zum Mann zu machen, reizte sie erst recht. Er sollte von ihr alles lernen, was zu lernen war. Sie würde mit ihm ficken, dass ihm Hören und Sehen verginge …

Mit einem kleinen, festen Griff schob sie sein halbnacktes Ofenrohr in ihre triefende Dose, stöhnte wollüstig auf, als dieser zügellose Stamm tief in sie fuhr. Ihre Schamlippen nahmen ihn schmatzend auf, umfingen ihn warm und feucht, ließen ihn ungehindert zum Zentrum aller Begierden gleiten.

Clement lag jetzt auf ihr. Sie hatte die Beine weit um seine Hüften gespreizt, ihre Füße auf seinem Rücken. Er begann etwas ungelenk zu stoßen. Sie half ihm, stieß rhythmisch zurück, heiß klatschte schweißnass Haut auf Haut. Clement grunzte laut, war vollkommen entrückt, kein klarer Gedanke mehr. Dass er hier mit seinem Dampfhammer die kleine Julie dermaßen nagelte, damit hätte er noch vor zwei Stunden nicht im Traum gerechnet.

Beide umspült von Wogen geifernder Lust. Wie im Rausch stieß Clement zu, immer fester, immer härter, mit der unbeherrschten Konsequenz einer außer Kontrolle geratenen Dampframme trieb er Julie seinen schier berstenden Prügel bis ans Herz. Die stieß zurück, krallte einige Finger in seine muskulösen Arschbacken, knetete ihm mit der anderen Hand von hinten die Eier.

Er jauchzte vor Glück, als sie mit zwei Fingern oberhalb seiner Kastanien wie eine Klemme den Sack langzog, und merkte, wie seine prallen Nüsse dabei den Saft literweise in seine Eisenlatte pumpten …

Auch Julie spürte das harte Zucken seines Pferdeprengels, das die kurz bevorstehende Explosion ankündigte. Sie wusste, dass es keinen Zweck hatte, es noch länger unterdrücken zu wollen – ihr keuchender Bruder musste absahnen, musste endlich den quälenden Druck loswerden, sich befreien und entladen. Sie selbst war noch nicht so weit, doch ihre begierige Möse wollte unbedingt seinen ersten Saft trinken, wollte die ganze heiße Soße haben, ihm aus dem endgeil pumpenden Schwengel melken.

Als sein Schuss ganz unmittelbar bevorstand, rammte sie ihm ungefragt zwei Finger wie eine Rakete in die runzelige Rosette, stieß sie bis zum Anschlag in sein raues Rohr.

Clement gurgelte heiser, bäumte sich auf. Wie eine vom Orkan geschüttelte Eiche wogte sein Körper, während der schon so lange brodelnde Vulkan jetzt mit aller Macht ausbrach, er ungestüm seine ganze heiße Fickmilch in die enge Mädchenmöse seiner kleinen Schwester schoss. Eine Riesenladung knallte an ihren Muttermund, noch mal und noch mal kam es ihm, wollte gar nicht enden …

Julie lief die Lattensahne in warmen Strömen aus dem weit aufgerissenen Loch, während Clement immer noch nachlegte. Wieder und wieder pumpte er sein jungfräuliches Sperma in ihre verfickte Lustgrotte. Nie zuvor hatte er eine derartige Ladung abgefeuert … Endlich, endlich war sein praller Sack leer, hatte er seine ganze heiße Wichse in ihre blanke Fickdose gespritzt.

Einen Moment lagen beide erschöpft aufeinander, dann schob Julie ihn zärtlich zur Seite, während ein warmer Strom sämiger Soße aus ihrem gerade so prall gestopften Fotzenloch über ihre sehnigen Schenkel ins Laken sickerte. Wieder vereinten sich ihre Lippen, verschlangen sich ihre Zungen, knabberten beide lustvoll aneinander, konnten nicht voneinander lassen.

Es verschaffte Julie tiefe Befriedigung, dass gerade sie es war, die von ihrem älteren Bruder als erste gefickt wurde – das war für ihn, aber auch für sie ein ganz besonderes Erlebnis.

Schließlich galt er zu Hause in Paris immer als derjenige, der den kühlen Kopf bewahrte und die Übersicht behielt. Julie fühlte sich oft zurückgesetzt, weil ihre Mum sie in ihrer Unbekümmertheit nicht recht ernst nahm … Jetzt aber hatte sie ihn aus der Reserve gelockt, jetzt war sie diejenige, welche die Oberhand behalten hatte.

Clement fühlte sich durchaus befreit – nicht nur, dass er endlich einmal ein Mädchen gebumst hatte, nein: dass es gerade Julie, seine kleine Schwester war, hatte etwas Besonderes. Zu Hause hatte er immer der Vernünftige sein müssen, bekam die Verantwortung für alles Mögliche übertragen und wollte oft noch gar nicht so ernsthaft sein, war doch selbst noch ein Junge. Nein, Gewissensbisse spürte er nicht, keinesfalls. Eher eine lustvolle Zufriedenheit, dass er es endlich gewagt hatte, seinem Verlangen nachzugeben.

Sie strich ihm sanft durchs Haar, kraulte zärtlich seine Brust, wanderte mit den Fingern langsam weiter abwärts. Er grunzte gierig, und sie spürte, dass seine Luststange bereits wieder prall war. Offenbar wollte ihr schüchterner Clement heute Nacht alles nachholen, was er in den vergangenen Jahren zu tun sich nicht getraut hatte …

Sie beugte sich zu ihm, raffte die Bettdecke etwas und begann, mit ihrer rauen Zunge seine Nippel zu liebkosen, knabberte zärtlich daran. Wanderte mit ihren Lippen weiter abwärts, küsste seinen leicht ovalen Nabel, leckte sich schließlich am Schaft seiner steil stehenden Wurzel empor bis zur nackten Eichel, an der einige letzte Tropfen seiner Ficksahne hingen. Schleckte diese begierig ab, putzte mit ihrer geschmeidigen Zunge seine scharfe Flinte schön sauber, wie es sich für ein anständiges Mädchen gehörte, spielte mit ihrer geübten Zunge in seine Pissrille, drückte sacht mit zwei Fingern seitlich auf seine Lustkuppe, sodass sich diese kleine Spalte etwas öffnete, züngelte hinein. Der Junge wurde schier wahnsinnig, als sie begann, gleichzeitig seinen prallen Sack zu kneten.

Dann kamen ihre Lippen dorthin – jedes Ei nahm sie einzeln in den Mund, lutschte und saugte, als sei es ein süßer Lolli. Knabberte ein wenig, zog dann mit halb geöffneten Lippen daran, als wolle sie jede Nuss einzeln aus ihrer Schale lutschen. Riss schließlich ihr lüsternes Maul auf, soweit es ging, stopfte sich seinen ganzen dicken, spermavollen Sack hinein, kaute begierig darauf herum. Clement glaubte, ihm müsse die Schädeldecke wegfliegen, so geil war er, sein Hirn komplett ausgeschaltet. Er spürte, dass dies seine Nacht war, die Nacht, die sein Leben für immer verändern würde. Sein ganzer Leib war nur noch ein zuckendes Bündel ungezügelter

Wollust, übermächtig die Geilheit, die ihn ein ums andere Mal erschauern ließ, die Macht der Triebe seine einzige Begierde.

Julie drehte ihn ein wenig zur Seite, begann an seiner Rosette herumzuschmatzen, züngelte an dem gekräuselten Ring der Muskulatur, welche diesen hinteren Eingang verschloss.

Ihr Bruderherz jauchzte und ächzte, und auch bei der kleinen Braunen selbst war längst schon wieder die Möse nass geworden wie ein Schwimmbad. Während sie ihn so ohne Hemmungen mit ihrem Mund bearbeitete, befingerte sie gleichzeitig ihre heiße Fickfotze, schob zwei, dann drei Finger in ihr triefendes Loch, stieß diese tief hinein.

Leckte ihm fest das Bändchen, dort, wo die Vorhaut an die Eichel gewachsen war, zog dabei diese Haut soweit zurück, dass es ihn ein wenig schmerzte, hielt sie in dieser ganz zurückgezogenen Stellung fest. Es war ein kleiner, aber überaus geiler Schmerz, der sein Begehren nur noch vergrößerte, lutschte seine harte Latte wie ein Stieleis, nahm den ganzen prallen Prügel, stülpte ihre Lippen tiefer und tiefer, bis er an ihren Schlund stieß. Auf und nieder, immer tiefer, leckte sie ihn mit ihrem verdorbenen Fickmaul, knetete seinen Sack, hielt immer noch die Vorhaut stramm zurück, was Clements Verzückung nur weiter steigerte.

Er ließ sich bedienen, genoss es, so verwöhnt zu werden. Sein geliebtes Schwesterherz war so ein versautes Luder, dass er sich keine bessere Lehrerin auf diesem Lotterlager hätte wünschen können.

Die machte jetzt die Lippen enger, ließ seinen Kolben ihre Zähne spüren. Das brachte sein randvolles Spermafass zum Überlaufen. Schon pochte ihm wieder die Sahne im Lümmel, und als Julie erneut die Lippen enger schloss, konnte er nicht mehr an sich halten …

»Eeeeyyy …«, röchelte er noch, dann schoss eine heiße

Fontäne seines Liebessaftes in Julies Rachen, klatschte gegen ihr Zäpfchen, sank hinab ins Innere. Die kleine Braune schluckte gierig, doch schon kam der nächste Schuss, wieder die volle Ladung ... Sie trank auch diese Soße, dann nahm sie Clements Hammerschwanz sachte aus dem Mund, ließ ihn seine heiße Lust über ihr Gesicht spritzen. Es klatschte ihr auf die Augen, an die Nase, an die Stirn, ins Haar ... Die sahnigen Kleckse rannen ihre Wangen hinab, tropften vom Kinn auf ihre kleinen Mädchenbrüste, auf die steil stehenden Nippel, von da auf ihren Bauch ...

Immer noch hatte sie ihr Loch gut gefüllt mit drei Fingern ihrer kleinen Hand, und aus ihrer Muffe tropfte der salzige Mösensaft auf die frischen Laken, die an jeder Ecke ein handgesticktes Monogramm des »Imperial-Hotels« trugen.

Clement Phillips wusste nicht mehr, wie ihm in dieser Nacht geschah. Ein Strudel orgiastischer Lust riss ihn mit sich fort, raubte ihm alle Vernunft. Was er hier erfuhr, davon hatte er noch nicht einmal zu träumen gewagt – und davon, dass es sogar seine so vertraute Schwester Julie war, die ihn in die Geheimnisse der Liebe einführte, erst recht nicht!

Die leckte sich gerade seine Soße von den Lippen, schleckte begierig jeden Tropfen, lief dann rasch ins Bad, um die Reste der enormen Ladung von ihrem Gesicht abzuwischen. Eine kurze Verschnaufpause für Clement, dem aber klar wurde, dass seine Ausbildung noch nicht abgeschlossen war. Wie recht er hatte!

Kaum war sein Schwesterherz zurückgekehrt, legte sie sich neben ihn, schmiegte sich zärtlich an seinen vor Lust lodernden Leib.

»Jetzt bist du dran«, hauchte sie in sein Ohr. »Auch ich will meinen Spaß.«

Diese Worte elektrisierten ihn. Jetzt wollte Julie von ihm verwöhnt werden, würde ihm zeigen, was ihr die größte Lust bereitete und wie ein Mann sie zu nehmen hatte. Allein dieser Gedanke brachte sein Blut erneut in Wallung, und sein Fickstück, das sich erschlafft eine Ruhepause auf seinem Bauch gegönnt hatte, begann sogleich wieder zu wachsen.

»Du weißt, dass ich sehr unerfahren bin«, hauchte er und gab der Kleinen einen zärtlichen Kuss. »Bitte zeig mir, was ich tun soll.«

Julie verschloss mit sanfter Zunge seine Lippen, nahm seine Hand, führte sie an ihre triefnasse Muschi. Zeigte ihm, wie er mit leichten, kreisenden Bewegungen seines Mittelfingers um ihre Lustknospe diese zu voller Blüte treiben konnte, bewegte seine flache Hand fordernd über ihren Schlitz, schob dabei zwei seiner Finger in ihre weit aufgerissene Dose.

»Streichel mich so, wie ich es dir gezeigt habe«, forderte sie ihn auf, legte sich auf den Rücken, zog die Knie an, spreizte die sehnigen Schenkel. Durch eine Ritze des schweren Vorhangs fiel ein silberner Strahl des Mondlichts über ihr Gesicht genau auf ihre glattrasierte, junge und doch schon so abgefickte Möse, sodass Clement genau sehen konnte, was er tat und wie sie darauf reagierte.

Vorsichtig begann er mit seinen ungeübten Fingern ihren prallen Kitzler zu massieren.

»Nicht genau drauf.« Damit schob sie seine Finger zur Seite. »Noch nicht – das wäre jetzt zu intensiv. Lieber etwas daneben.«

Er folgte ihrer Weisung, sah, wie sie genüsslich die Augen schloss und seine Liebkosungen genoss, leicht geöffnet ihre ebenmäßig geschwungenen Lippen. Ab und zu entrang sich ihrer Brust ein leises Stöhnen, dann reckte sie jedes Mal ihren verlangenden Schoß empor. Schließlich führte sie seine Hand an ihr offenes Fötzchen, dessen innere Schamlippen prall und saftig hervorstanden.

»Mach es jetzt mit der flachen Hand«, wies sie ihn an, »und

wenn ich dir ein Zeichen gebe, steck mir wieder zwei Finger ins Loch, ganz rein, und fick mich damit.«

Clement tat, wie ihm geheißen, bediente sie mit seiner flachen Hand, spürte, wie ihr der geile Saft aus der Fuge rann, leckte ihn von seiner Hand. Ein leicht säuerlicher, salziger Geschmack, ungewohnt, aber sehr anregend …

Auf der Straße vor dem Hotel wurde laut gehupt, Bremsen quietschten, dann das dumpf knirschende Geräusch, wenn Blech auf Blech trifft … Wenig später hörte man Autotüren schlagen, Stimmen redeten wirr durcheinander. Von ferne klang eine Polizeisirene. Julie und Clement nahmen es nicht wahr, waren zu sehr in ihrem innigen Liebesspiel versunken.

»Fester«, stöhnte Julie, »schneller!«

Der Junge verstärkte den Druck seiner Hand, massierte ihre Muschi jetzt besonders fest, die ganze Handfläche auf der saftigen Feige. Julie schob ihm die Möse entgegen, um so den Druck noch zu verstärken, keuchte vor Gier, röchelte: »Jetzt!«

Clement rammte ihr zwei seiner Finger ins Loch, das warm und weich und so nass war, dass das Laken unter ihrem Hintern sich anfühlte wie eine Zeltplane am Amazonas nach einem warmen Sommerregen, stieß zu. Langsam zunächst, dann immer schneller werdend, fickte er seine dunkelhäutige Schwester mit Inbrunst. Diese wand sich unter den Stößen seiner Finger, immer heftiger ihr Keuchen …

Plötzlich stoppte sie seine Handbewegungen.

»Leck mich jetzt!« Sie führte seinen Kopf zwischen ihre Beine. »Mach mit deiner Zunge genau das, was du gerade mit deiner Hand gemacht hast.«

Clement schmeckte ihren Mösensaft jetzt noch intensiver, und während er so vor ihrem weit aufgerissenen Schacht kniete, spürte er, wie auch in seinen Lenden die Lust ihm den Ständer wieder hart machte wie einen Betonpfosten.

Er leckte ihre Muffe mit aller Hingabe, und Julie genoss es, von diesem unerfahrenen Jüngling so geblasen zu werden. Er lernte verdammt schnell, und seine flinke Zunge bereitete ihr Wonnen, die ihren zarten Leib immer wieder zucken ließen. Er fuhr mit der ganzen Zunge über ihre Schamlippen, leckte in den Fickschacht hinein, begann sogar genüsslich an ihrer Perle zu knabbern.

Julie zuckte vor unbezwingbarer Lust, die Unerfahrenheit ihres Bruders machte sie rattenscharf, sie war zu allem bereit.

»Weiter so«, stöhnte sie inbrünstig, als ihr Bruder einen Moment abließ, um im matten Mondlicht ihre zarte Mädchenmöse zu betrachten, und sofort senkte er seine Lippen wieder auf ihre Knospe, verwöhnte sie mit seinen Zähnen und mit seiner Zunge.

Ohne, dass es einer besonderen Aufforderung bedurfte, schob er ihr dabei drei seiner starken Finger in die Spalte und fickte sie damit fest durch, während er knapp darüber an ihrem Zünder saugte, dass ihr Hören und Sehen verging.

Julie ließ sich vollkommen treiben auf diesem Ozean der Begierde, dessen Wogen jetzt immer höher über ihr zusammenschlugen, je fester er seine Griffel in ihre Möse hämmerte und je schneller er ihre Perle bearbeitete.

Doch da – was tat er jetzt? … Das hatten sie nicht verabredet! Der dreiste Kerl hörte auf zu lecken, nahm seine Finger aus ihrer Saftfotze, rammte ihr auf einmal wieder seinen Fickprügel ins nasse Loch, stieß zu, als wolle er sie in den Fußboden pfählen …

Clement hatte es nicht mehr ausgehalten, sein Rammbock hatte so unbezähmbar gejuckt, dass er einfach nicht anders konnte, als sie noch mal mit aller Wucht auf seinen mächtigen Marterpfosten zu spießen.

Julie jaulte auf, als er das Mörderteil in ihrer sperrangelweit geöffneten Grotte versenkte. Doch sie wehrte sich nicht, ließ es geschehen. Er spürte wie ihm der Saft in den stählernen Schaft schoss.

Auch in ihrem Inneren begann es mächtig zu zucken, sie grunzte und wimmerte vor purer Wollust. Immer stärker jetzt die Wallungen, ihr kleiner fester Bauch zog sich zusammen, spannte sich an, und da … in ihr explodierte eine Bombe, nein, zwei, drei … Es hörte gar nicht mehr auf, ihr junger Leib zuckte und bebte. Sie kam mit der Macht eines Erdbebens, bäumte sich auf, winselte, höher und höher reckte sie ihr Loch ihm entgegen, stöhnte und wimmerte. Alles um sie herum versank, wurde unwichtig.

Clement, dieser Saukerl, pumpte ihr noch mal eine volle Ladung bis an die Eierstöcke. Wo nahm dieser Bursche bloß die ganze Sahne her …? Die Zuckungen in Julies Möse pressten ihm auch noch den letzten Tropfen aus seinem pochenden Lotterrohr, es gab kein Entrinnen aus diesem Sturm zügelloser Gier.

Ihre Leiber vollkommen verschwitzt, die zerwühlte Lagerstatt total durchnässt von all den Säften ihrer Lüste.

Es dauerte einige Minuten, bis die Geschwister wieder zur Besinnung kamen, die Arme umeinanderschlangen, sich liebevoll herzten und küssten. Eine Weile reglos so dalagen, stumm dem Orkan nachspürend, der sie eben so gnadenlos in den höchsten Himmel der Lust getrieben hatte.

»Du wirst einmal ein ganz geiler Hengst«, hauchte Julie schließlich in das Ohr ihres geliebten Bruders.

»Wenn du mir noch ein bisschen Unterricht gibst«, grinste er und gab ihr einen neckischen Klaps auf den Po. »Wir haben ja Zeit im Internat. Schließlich sollen wir dort etwas lernen.« Dabei grinste er frech.

Beschienen vom silbernen Licht des gütigen Mondes, der

über all das, was er in der Nacht sah, seit Jahrmillionen schwieg wie ein Grab, schliefen beide eng umschlungen ein.

II.

Mit sanftem Stakkato rollte der Zug durch die Nacht. Draußen wurde die dunkle Silhouette jenes sanften Mittelgebirges immer ferner und ferner, wo Brigitte Coursin, Lehrerin für Mathematik und Physik, in den zurückliegenden zwei Wochen einen erholsamen Wanderurlaub verbracht hatte. Brigitte hatte sich diese Ferien zu ihrer Scheidung geschenkt: Nach über zehn Jahren Ehe waren sie und ihr Ehemann Eric auseinandergegangen. Erst in heftigem Streit, doch dann hatte die Vernunft die Oberhand gewonnen.

Es gab nichts mehr, was sie beide verband. Unmittelbar nach dem Studium hatten sie damals geheiratet, voller Elan füreinander und für ihrer beider Lehrerberuf, hatten sie eine recht bürgerliche Ehe geführt, so wie es zu ihnen passte, waren sogar an dieselbe Schule gegangen, hatten all die Jahre Beruf und Privates miteinander geteilt.

Nun, nach der Scheidung, hatte sie sich an die Schule von »Schloss Hohenstein«, eines vornehmen Internats im Wallis beworben, um so an einem anderen Ort in unbelasteter Umgebung ein ganz neues Leben zu beginnen. Nach fröhlichen Tagen mit der Wandergruppe war sie jetzt auf dem Weg zu ihrer neuen Schule, gespannt, was sie dort erwarten würde …

Ihre Gedanken schweiften zurück zum Urlaub: Schon bald nach der Ankunft im Berghotel war die bunt zusammengewürfelte Gruppe eine lustige Clique geworden. Hans, ihr junger, fescher Bergführer, war ein echter Naturbursche gewesen; braungebrannt und muskulös. Er hätte vom Alter her ihr Schüler sein können. Ein paar Mal hatten sie beim abendlichen Tanz geschmust, aber zu mehr war es nicht gekommen. Gereizt hätte es sie allerdings schon, solch ein kleiner Sündenfall mit jenem drahtigen, immer zu Späßen aufgelegten Gebirgsmenschen, unter dessen eng anliegender Jeans sie eine potente Männlichkeit gespürt zu haben glaubte. Ihr verflossenes Eheleben hatte auch in dieser Beziehung wenig hergegeben … Allerdings war sie streng erzogen und hatte ihre sündigen Gelüste entsprechend zurückgehalten.

Nun saß sie also im Schlafwagen ins Wallis. Der Zug war nur wenig besetzt, und der freundliche, ältere Schaffner hatte ihr ein Abteil ganz für sich allein überlassen. Brigitte hatte das kleine Deckenlicht eingeschaltet und genoss den Blick auf die mondhell erleuchteten Auen, die am Fenster vorbeihuschten – erst am nächsten Morgen würde sie ankommen. Hin und wieder nippte sie genüsslich an ihrem Glas Sekt – einen Piccolo hatte sie sich zur Feier des Tages gegönnt.

Langsam wurde sie ein wenig müde, beschloss, ins sauber bezogene Bett zu schlüpfen und dort noch ein wenig in den Illustrierten zu blättern, die sie am Bahnhofskiosk erworben hatte. So zog sie die Vorhänge zu und begann sich auszuziehen.

Die hochgeschlossene gelbe Bluse, die sie sich extra für diese Reise gekauft hatte und die ihr so gut stand, wie sie fand, dann den Rock in knieumspielender Länge mit Schottenkaro, den ihre Schülerinnen allerdings als etwas streng einordneten. Sie streifte die Strumpfhose ab, öffnete ihren Büstenhalter, den ihre vollen, aber straffen Brüste noch nicht nötig gehabt hätten. Aber sie hatte schon früh gelernt, dass es sich für anständige Mädchen schickt, einen zu tragen. Nun nahm sie das fest vernähte Mieder mit dem Blümchendekor von ihren Schultern.

Brigitte ordnete ihre Kleidung, wie es ihre Art war, sorgfältig auf einen Bügel und stand jetzt nur in ihrem Höschen da: mittelgroß, mit rötlich glatten, schulterlangen Haaren, grünen Augen hinter einer Hornbrille auf einer etwas spitzen

Nase und einem warmen Mund mit vollen, roten Lippen.

Sie war nicht dünn, aber doch schlank – unter ihren prallen Brüsten mit den bierdeckelgroßen Höfen ein wenig Wohlstandsspeck am Bauch. Ihr runder, kräftiger Po war gut in Form. Zwei Handbreit unter ihrem Nabel wölbte sich ein wollig behaarter Hügel, über dem sich ihr straffer geblümter Slip leicht spannte. Rotblonde Büschel quollen aus dem Beinausschnitt und wuchsen zwischen ihre Schenkel. Die volle Spalte, die sich sogar im festen Stoff deutlich abzeichnete, setzte mit den breiten Schamlippen relativ hoch an, was ihre zwar trainierten, aber etwas zu kurzen Beine kaschierte.

Den Sekt in Reichweite, schlug sie das Bett auf und kroch unter die gestärkte Decke. Am Kopfende war eine Leselampe angebracht, sodass sie das Deckenlicht ganz löschen und sich ihren Magazinen widmen konnte. Ein wenig unentschlossen blätterte Brigitte mal in der einen, dann der anderen Zeitschrift, ohne einen Artikel zu finden, der sie wirklich interessiert hätte.

Schließlich griff sie zu einem Hochglanzblatt, das sie eigentlich nur gekauft hatte, weil sie es noch nicht kannte und von dessen Titelseite ein sportlich gestählter Mann strahlte. Sie wusste vom Hörensagen, dass es Herrenjournale gab, doch was mochte dies sein?

Ratatam, ratatam fuhr ihr Schlafwagen über eine Weiche, und beinahe hätte es den Sekt vom Tisch gerüttelt, wenn sie nicht behände zugegriffen und ihr Glas mit einem großen Schluck leergetrunken hätte.

Sie schlug das Heft auf. Wieder ein ganzseitiges Foto, auf dem ein anderer, nur mit knappem Slip bekleideter Athlet seinen Bizeps spielen ließ. Das schien ja interessant zu werden, dachte sie sich. Immerhin gab es, seit der Scheidung erst recht, einen gewissen Fehlbedarf an Männern in ihrem Leben. Etwas unsicher betrachtete sie den Bodybuilder. Ihre strenge

Erziehung hob vor ihrem Gewissen den Zeigefinger – tat sie etwas Verbotenes?

Ihre sehr auf sittsame Zucht achtende Mutter wäre gewiss empört gewesen, und ihr geschiedener Mann hätte vermutlich nur den Kopf geschüttelt. Doch Brigitte war auf dem Weg zu neuer Freiheit, und gerade das Bewusstsein, sich aufzulehnen gegen die Bevormundungen vergangener Jahre, verursachte ihr ein wohliges Kribbeln. Sie wollte endlich frei sein von dem, was sie so lange gehemmt hatte, und blätterte fast trotzig weiter.

Einige Seiten mit Dressmen in verschiedenen Posen, die die neueste Herrenmode vorführten oder zumindest das, was die Redaktion offenbar dafür hielt, dann wieder leicht bekleidete Abenteurer mit entschlossenen Gesichtern, die sich in der Wildnis verwegen an Baumstämme lehnten, auf Bambusmatten räkelten oder in edelsten Badezimmern mit Schaumflocken im Haar unter der Dusche standen.

Doch da – was war das? Auf einer Seite in der Mitte des Hefts, die man sogar noch ausklappen konnte, war das Gesicht, das sie in den vergangenen zwei Woche täglich gesehen hatte! Tagsüber auf dem Gebirgspfad und manchmal abends in der Hoteldisco. Es war jenes Gesicht, welches die sündigen Gedanken bei ihr ausgelöst hatte. Es war Hans, ihr Bergführer! Und auf dem großen Foto sah man nicht nur sein Gesicht …

Was mochte ihn dazu gebracht haben, sich für das Magazin auszuziehen? Das Bild zeigte ihn mitten im Wald vor einer Köhlerhütte, nur bekleidet mit Wanderstiefeln und Gamsbarthut … Brigitte musste noch mal genau hinschauen: tatsächlich! Sein sportgestählter, braungebrannter Oberkörper mit dem Sixpack, die glatte Brust, ohne das kleinste Härchen. Durchtrainiert und fit. Und da, da war sie, seine potente Männlichkeit – noch größer, als Brigitte sie sich heimlich vorgestellt hatte, ein richtiger Bauernlümmel. Hing lässig herab, leicht schräg, beschnitten, sodass die pralle Olive seiner Eichel durch nichts eingeengt wurde.

Darunter ein mächtiges Gehänge, darin zwei Eier der Handelsklasse XXL. Über seinem Zauberstab kräftige Behaarung, die er darunter aber abrasiert hatte, was den Blick auf seinen starken Riemen und den strammen Sack völlig freigab.

Gebannt starrte sie auf das Foto: ihr Hans! Die strammen Oberschenkel, wie sie Bergführern zu eigen sind, kräftige Waden … Wieder wanderte ihr Blick zur Mitte, dorthin, wohin sie gern einmal ihre Hand gelegt hätte. Nein, nicht nur gelegt …

Verhalten quietschten die Bremsen, der Zug näherte sich wohl einem Bahnhof, doch sie merke es kaum, starrte auf das Foto und spürte, wie ihr warm wurde unter der Decke, wie die großen runden Höfe auf ihren Brüsten eine Gänsehaut bekamen, ihre Brustwarzen sich emporreckten und ihr großes geblümtes Höschen im Schritt feucht zu werden begann. Ihre Phantasie blühte auf. Ja, diesen Prengel hätte sie gern einmal gestreichelt und massiert, und dann … Oh, musste das ein gutes Gefühl sein, diese pralle Lanze in ihrem Schoß zu empfangen!

Sie begann zu träumen, wie sie seine harte Rute in den Mund nahm, daran saugte und lutschte, ihm höchste Wonnen verschaffte. Wie der urwüchsige Kerl sie dann einfach hochzog, mit fester Hand umdrehte, ihr ohne zu fragen seine Lustlanze von hinten mit Macht zwischen die Schenkel rammte, sie einfach rannahm, egal ob sie wollte oder nicht. Sie mit festen Stößen vögelte, während sein mächtiger Sack mit den dicken Nüssen im heißen Rhythmus an ihren Fickschacht klatschte, wie sein Knotenstock zuckte und pumpte, wie er stöhnte und keuchte, endlich seine heiße Bergbauernsahne in ihre saftige, klatschnasse Möse spritzte … Wie auch sie vor ungehemmter Gier röchelte, röhrte und gewaltig käme, alles um sie herum sich drehte, wie ihr anschließend die Soße aus dem weit offenen Loch liefe … Oh, wie sehnte sie sich nach diesem geilen Schwanz!

Erschrocken über ihre schmutzige Phantasie – sie stammte doch aus den so genannten besseren Kreisen – versuchte Brigitte gewohnheitsmäßig, sich selbst zur Ordnung zu rufen, doch irgendwie gelang es ihr nicht.

Ihre großen Brüste waren bei diesen Phantasien noch fester geworden, die Nippel reckten sich steif empor und scheuerten an der gestärkten weißen Bettwäsche, ein kratziges Gefühl, das sie erst recht scharf machte … So wäre es wohl gewesen, wenn Hans mit seinen kräftigen Händen ihre runden Möpse gestreichelt hätte …

Ihr geblümtes Höschen war mittlerweile im Schritt völlig nass, der Kitzler ragte prall hervor und war bereit, gestreichelte Wonnen zu empfangen. Unwillkürlich spreizte sie die Beine unter dem Tuch, und wie von selbst glitt eine Hand – mit der anderen hielt sie den Kopf aufgestützt, um Hans' Foto zu betrachten – an ihrem Körper hinab, mit Daumen und Zeigefinger zwirbelte sie ihre harten Nippel, ein sanftes Stöhnen entrang sich ihrer Brust.

Nahm eine ganze dicke Titte in die Hand, knetete und massierte sie. Oh, wäre Hans doch hier, wären es seine starken Hände, die mit ihren warmen Kannen spielten, oh, könnte er doch ihre steifen Nippel lecken und zärtlich hineinbeißen, es ihr einmal so richtig besorgen!

Sie kniff sich in ihre harten Knospen, der leichte Schmerz trieb sie nur weiter in ihre zügellose Geilheit. Langsam schob sie ihre Hand nach unten, über ihren Bauch, den Nabel, immer weiter hinunter, bis sie den Gummisaum des Höschens spürte, unter dem das Blut ihrer nassen Frauenfotze heiß pulsierte.

Brigittes Hand tastete über den festen Stoff. Deutlich fühlte sie ihre vollen Schamlippen, zwischen denen sich ihr Kitzler lüstern reckte. Mit sanften Bewegungen begann sie auf dem Höschen zu kreisen, erst langsam, dann schneller. Sie spreizte sich noch weiter, nass vom warmen Mösensaft, der durch den Stoff drang. Ihre heiße Lustgrotte stand nun weit offen. Sie streichelte die Innenseiten ihrer Schenkel, ertastete mit den Fingerspitzen die hintere Öffnung zwischen ihren kräftigen Schenkeln.

Ihre Mutter hatte sie als Kind einmal erwischt, wie sie sich beim Doktorspiel mit einer Freundin ein kleine Kerze in den Arsch gesteckt hatte … Die Mama hatte ihr das böse Händchen verhauen, und seither hatte sie sich nicht mehr getraut, dort anzufassen. Doch jetzt brachen die morschen Schranken entzwei, ließ sie ihrer Lust einfach freien Lauf, tat, was sie tun wollte.

Der Zug ruckte beim Herausfahren aus dem Bahnhof. Sie registrierte es nicht, so sehr war sie mit sich beschäftigt, kreiste um diese runzelige hintere Öffnung, heiße Wallungen durchfluteten sie – ach, wäre Hans doch hier! Dann brauchte es keine Kinderkerzen … Seine muskulösen Finger, gar sein knorriger Wanderstab wären ihr mehr als genug gewesen …

Nun strich Brigitte wieder aufwärts, ihre Hand kraulte die Wolle an ihrem Beinausschnitt, griff seitlich hinein ins stramme Höschen. Ihre vor Lust zitternden Finger streichelten ihre nasse Möse, sie stöhnte laut, doch das ging im Fahrgeräusch unter. Der Mittelfinger an ihrer prallen Perle, erst sanft, dann immer fester kreiste er darauf und darüber hinweg, machte sie schärfer und schärfer.

Hans war ihr schon gar nicht mehr so wichtig. Wie lange hatte sie sich nicht mehr selbst verwöhnt! Ihr ganzer verdorbener Leib war pure Lust, immer nasser wurde es zwischen ihren weit gespreizten Schenkeln, nun rann der warme Mösensaft daran hinunter und tropfte ins Laken – egal! Mochte der ältere

Schaffner am nächsten Morgen von ihr denken, was er wollte, sie war so spitz, sie wollte sich nur noch mit ihren versauten Fingern ins Fötzchen ficken ...

Unbequem, so auf den Arm gestützt zu liegen, schnippte Brigitte das Magazin auf den Boden, legte ihre Brille zur Seite und löschte das Licht ganz. Die diffuse Dämmerung, die durch die geschlossenen Vorhänge ins Abteil drang, reichte völlig aus, sich zurechtzufinden. Auf dem Rücken liegend knüllte sie die Bettdecke an die Wand und streifte mit einer entschlossenen Bewegung das Höschen ab, lag nun splitternackt, die sportlichen Schenkel weit gespreizt, knetete ihre vollen Titten. Schon die leiseste Berührung der Zitzen verschaffte ihr das Kribbeln absoluter Wollust.

Sie streichelte, rieb, zwirbelte ... Die Himbeeren standen hart und fest nach oben, sie stöhnte immer heftiger, massierte ihre große offene Fotze mit der flachen Hand, kreiste mit festem Druck mal langsam, mal schneller.

Ströme von Saft ergossen sich aus ihrem geilen Loch aufs Laken, wieder drangen ihre Finger tief in ihre lüsterne Fickdose ein. Sie röhrte laut, rieb mit dem Daumen weiter ihren prallen, nassen Kitzler, spürte mit der Kuppe des Ringfingers die hintere Öffnung, konnte sich nicht mehr beherrschen, schob sich den Finger grunzend tief in den runden Arsch, keuchte unbeherrscht ...

Beide Hände an ihrer nassen Pflaume, die weit offen stand. Brigitte leckte sich gierig den Saft von der Hand ab. Ungestüme, hemmungslose Lust war alles, was sie im Augenblick empfinden konnte. Die strenge, wohlerzogene Tochter war hinweggeschwemmt von den Fluten ihres heißen Mösensaftes.

Fingerte auf dem Tischchen neben dem Kopfende nach der Piccoloflasche. Oh, was war sie doch für ein versautes Luder! Ihr ganzer Körper bebte vor Lust, kleine lüsterne Schauer liefen ihr über den Rücken. Als sie den Piccolo mit dem Flaschenhals voran in ihre triefende Furche schob, röhrte sie brünstig aus tiefer Brust. Die Flasche wurde dicker, oh, tat das gut, das dehnte ihre geile Fotze weiter und weiter auf, fast ganz rammte sie den gläsernen Freund in ihren heißen Schacht.

Ein Bein aus dem Bett gespreizt, den Fuß am Boden, fickte sie mit der Sektflasche ihre geile Möse. Die andere Hand spielte kurz an ihrem dicken Lustknubbel, kroch dann hinauf zu den fetten Glocken. Sie schob sich die Finger in den Mund, leckte sie ab, dann wieder an die nasse Fotze – sie fühlte sich total versaut! Es gab keine Grenzen mehr: eine geile Sau! Das ganze Abteil roch nach ihrem heißen Lustsaft.

Von links nach rechts, von rechts nach links ging Brigittes Kopf auf dem Kissen, sie keuchte und stöhnte, mit einer flachen Hand massierte sie ihr Fickloch, mit der anderen ihre Titten, lutschte sich immer wieder die bösen Wichsfinger ab.

Immer schneller ging ihr Atem, immer schneller, ihr Körper spannte sich, ihr Bauch wurde hart, jetzt streckte sie ihre dicke, nasse geile Möse noch weiter nach oben, bildete fast eine Brücke über der Matratze, röchelte heiser wie eine Zuchtstute beim Trabrennen – ja, ja, jaaaaa …!!! Ihr runder Arsch, ihre triefende Möse, alles an ihr zuckte, sie wand sich im Gefühl hemmungsloser Geilheit, Ströme von Lustsaft flossen über ihre Schenkel. Und sie zuckte und bebte und wollte gar nicht aufhören, versank in einem Flammen sprühenden Vulkan der Wollust.

Endlich, endlich löste sich die Spannung. Mit einem tiefen, erleichterten Seufzer sank sie zurück aufs Bett, atmete heftig, streichelte selbstvergessen noch ein wenig ihre Knospen und ihr warmes, nasses Weiberloch mit der prallen Perle, die ihr solche Wonnen verschafft hatte. Oh, war das gut gewesen! Nie wieder würde sie sich dieses Glücksgefühl versagen, wann immer ihr nun danach war. Weg mit der strengen Erziehung!

Der Piccolo rollte sacht auf dem Teppich hin und her – es störte sie nicht. Brigitte zog die Decke hoch, kuschelte sich wohlig ein und dankte, schon halb im Einschlafen, ihrem Hans. Nun hatte er ihr doch noch die geilste Nacht geschenkt. Erschöpft und zufrieden – *ratatam, ratatam* – wiegte der Zug sie in den Schlaf.

Am nächsten Morgen würde sie ihre neue Stelle am Internat im Wallis antreten ...

III.

Julie und Clement hatten am Morgen nach einem opulenten Frühstück im »Imperial-Hotel« ihr repariertes grünes Cabrio aus der Werkstatt in Le Donnier abgeholt und sich auf den Weg nach »Schloss Hohenstein« ins Wallis gemacht. Tatsächlich war am Auto nur eine Kleinigkeit zu reparieren gewesen, sodass ihre durch die unerwartete Übernachtung doch etwas beanspruchte Taschengeldkasse nicht allzu sehr geschmälert wurde. Ihre Mum und deren Lebensgefährte hatten ihnen nämlich einen festen Betrag mitgegeben und sogleich darauf hingewiesen, dass dieser für das kommende Semester bis zu den Weihnachtsferien reichen müsse. So sollten die Geschwister lernen, mit Geld umzugehen und sich nicht nur darauf verlassen, dass ihr wohlhabendes Zuhause schon einspringen würde – auch wenn man den Nachwuchs im Notfall natürlich niemals hängen gelassen hätte.

Jetzt bogen sie in die Auffahrt zu dem weitläufigen Gutshof, einem ehemaligen Schloss der Herzöge von Hohenstein, ein, in dem das edle Internat für die Sprösslinge aus wohlhabendem Hause untergebracht war, knapp ein Dutzend Kilometer vom nächsten Dorf und noch mehr von der Stadt entfernt. Im Wesentlichen bestand der Komplex aus drei Gebäuden: dem

Schulhaus, einem etwas seitlich gelegenen Empfangsgebäude mit Wohntrakt und – auf der anderen Seite der Schule – einem weiteren Pensionat.

Clement ließ sein Cabrio vor dem Haupthaus ausrollen. Offenbar waren sie nicht die einzigen, die an diesem Tag eintrafen und die Aufnahmeformalitäten zu durchlaufen hatten. Der Parkplatz vor dem Haus war gut besetzt. In der Eingangshalle standen an die zwanzig junge Schüler, die Jüngeren mit ihren Eltern im Schlepptau, die darauf warteten, ihre Unterlagen abgeben zu können und anschließend die Zimmer zugewiesen zu bekommen. Letzteres war die Aufgabe der Handvoll Oberstufenschüler, die eifrig hin- und hersausten.

Endlich waren auch Julie und Clement an der Reihe. Eine über den Rand ihrer Lesebrille etwas streng dreinblickende, ältere Schulsekretärin mit ältlicher Dutt-Frisur nahm ihre Formulare entgegen, hakte sorgfältig jede einzelne Angabe ab und drückte jedem eine Liste in die Hand.

»Das ist ein Plan unseres Geländes und dort steht auch, wann und wo es heute Abendessen gibt, wie die Tage hier normalerweise ablaufen. Der Direktor wird nach dem Abendessen dazu noch eine Ansprache halten, dort können Sie auch Fragen stellen.« Dann winkte sie zwei der Mentoren herbei.

»Zwei?«, wunderte sich Clement.

»Selbstverständlich«, bellte die Dame von der Anmeldung. »Die Jungen haben ihre Zimmer *hier* im Haus, die Mädchen wohnen in dem Pensionat auf der anderen Seite der Schule.«

»Dann sind wir ja getrennt voneinander untergebracht«, erschrak Clement, aber Julie beruhigte ihn.

»Wo ein Wille ist, ist auch ein Weg«, lachte sie in ihrer üblichen kecken Art.

Die strenge Sekretärin nahm es mit gekräuselter Stirn und Missfallen zur Kenntnis, machte sogleich mit spitzem Stift einen Vermerk in der Akte.

»Glauben Sie nicht, dass wir hier irgendwelche Techtelmechtel dulden«, sagte sie mit schneidender Stimme, »schon gar nicht unter ...« – sie blätterte in den Unterlagen – »... unter Geschwistern!«

Noch bevor einer der beiden etwas erwidern konnte, waren auf den Wink der Gouvernante zwei der älteren Schüler herbeigeeilt.

»Ich bin Daniel«, sagte derjenige mit den sanften Gesichtszügen und dem vollen Blondschopf, und nahm Julies Reisetasche. »Komm mit, ich zeige dir dein Zimmer.«

»Also, bis später.« Das Mädchen winkte seinem Bruder zu, der sich gerade mit dem anderen Mentor zu seiner Unterkunft aufmachte.

»Bis später«, nickte Clement. Sein Begleiter schob ihn bereits die Treppe hinauf ins Obergeschoß, wo sich die Zimmer der älteren Schüler befanden.

Julie folgte dem jungen Mann der ihre Tasche trug durch den schön angelegten Park zum Mädchenhaus. Geschwungene Wege führten über gepflegte Rasenflächen, in denen runde oder rechteckige Beete blühender Blumen ruhten, dazwischen Bäume mit vollem, grünen Blattwerk und einiges Gebüsch, aus dem mancherlei Vögel ein fröhliches Lied sangen. Ein älterer Gärtner, mit grüner Schürze und Sonnenhut, rupfte ohne besondere Eile Unkraut und warf die Büschel in eine rostige Schubkarre wenige Meter entfernt.

Das Mädchenpensionat war ein altes Fachwerkhaus im typischen Walliser Stil mit umlaufenden Balkonen und üppig rot blühenden Geranien in den Blumenkästen. Julie fand die Anlage durchaus ansprechend – alles wirkte gepflegt. Nur die strenge Gouvernante bei der Aufnahme bereitete ihr Sorgen.

»Sind wohl sehr strenge Sitten hier?«, keuchte sie, denn ihr

Mentor ging recht flott. »Dürfen sich Jungs und Mädchen hier denn gar nicht treffen? Ich meine …«

Daniel blieb stehen und drehte sich grinsend um.

»Ach, wegen Madame Clarchon?« Er lachte abschätzig. »Die ist notgeil«, sagte er mit einer wegwerfenden Handbewegung. »Die lässt sich von jedem vögeln. Am liebsten von den Neuen, die kann sie noch einschüchtern. Meist droht sie, den Eltern irgendetwas Unangenehmes zu berichten, und schon kriegt sie die Jungs rum.«

»Ach so läuft der Hase«, schmunzelte Julie. »Na, dann hat die strenge Dame jetzt ja freie Auswahl.«

Beide lachten.

Daniel musterte unverhohlen die neu angekommene Kameradin. Sie erschien ihm recht jung, sah aber ohne Zweifel unverschämt gut aus, so zimtbraun in ihrem bauchfreien Top und den knallengen, knapp unter der Muschi abgeschnittenen, ausgefransten Jeans-Hotpants, mit den schlanken, sehnigen Schenkeln.

»Hier auf dem Zettel steht, du kommst in eines der Doppelzimmer …«, orientierte er sich auf dem Papier, das Madame Clarchon ihm mitgegeben hatte. »Eigentlich sind die ja nur für Oberstufenschüler. Hatten deine Eltern wohl'n besonders guten Draht …«

»Ich *bin* Oberstufe«, maulte Julie mit gespieltem Ärger. »In zwei Jahren mache ich das Abi. Aber ich weiß, ich sehe nicht so aus.«

»Hey, süße Maus …« Ihr Begleiter blieb erstaunt stehen. »Hätte ich echt nicht gedacht. 'tschuldigung.«

»Macht nix«, grinste die Kleine, »besser, als man hält mich für meine eigenen Oma.«

Jetzt musste auch Daniel lachen.

Julie mochte ihn spontan. Ein groß gewachsener Junge mit

ebenmäßigem Gesicht, offenem Blick und vollem blonden Haarschopf, der ihm etwas Künstlerisches gab. An seinem Hals ein goldenes Kettchen mit dem Sternzeichen-Amulett, das T-Shirt flatterte im leichten Sommerwind. Aus der abgewetzten Jeans lugten nackte Füße, die in offenen Latschen steckten.

Daniel nahm sie freundschaftlich in den Arm. Julie ließ es widerspruchslos geschehen, ihr gefiel das – ihr gefiel es immer, wenn die Jungs auf sie abfuhren. Sie kannte ihre Wirkung, spielte gern damit. Lehnte sich wie vertraut an ihn, sodass er gut in den weiten Ausschnitt ihres Tops sehen konnte, unter dem sie wie immer keinen BH trug; von dem leichten spätsommerlichen Windhauch standen ihre Nippel deutlich sichtbar hervor. Sie blickte ihn von unten mit ihren braunen Rehaugen verführerisch an.

»Und – wo ist jetzt mein Zimmer?«, fragte sie.

»Ach ja«, riss sich der Junge aus seinen Träumen, »komm, ich zeige es dir.«

Julie spürte, dass ihre so offenherzig dargebotenen Reize ihre Wirkung wie immer nicht verfehlt hatten. Daniels Hose machte den Eindruck, als wäre hinter dem Reißverschluss quer eine Möhre eingenäht – offenbar hatte er beim Anblick ihrer kleinen Mädchentitten einen enormen Ständer bekommen. Na logisch, dachte sie, wenn hier so strenge Regeln herrschten, würden sich die Jungs wohl jeden Abend einen runterholen. Irgendwo musste der Druck schließlich hin … *Wäre doch gelacht, wann da jetzt nicht noch mehr ginge*, grinste sie frech in sich hinein.

Daniel öffnete die knarrende Holztür des ehemaligen Gesindehauses, welches das Mädchenpensionat beherbergte, und nahm die Treppe in Angriff.

»Wir müssen ins Dachgeschoss«, deutete er auf seinen Zettel, »zweite Etage.«

Kurz darauf schloss er die Tür eines rustikal eingerichteten Zimmers im Dachgeschoß des Mädchenhauses auf, machte eine einladende Handbewegung.

»Bitte.« Er stellte die Reisetasche ab. »Das ist es.«

»Gemütlich.« Julie sah sich um, schüttelte nicht ganz zufällig ihre braunen Locken aus dem Gesicht, ließ geschickt ihr winziges Top so verrutschen, dass eine der kleinen Mädchentitten fast völlig frei lag.

Das blieb ihrem Mentor nicht verborgen. Verstohlen nestelte er an seiner Jeans, die an einer bestimmten Stelle ziemlich spannte …

Das Zimmer war mit Kiefernmöbeln im alpenländischen Schweizer Stil eingerichtet; an jeder Seitenwand ein Bett, dazu zwei nicht allzu große Kleiderschränke und ein großer Schreibtisch mit zwei Stühlen.

»Deine Zimmernachbarin ist noch nicht eingetroffen.« Daniel wendete sich wieder der Tür zu. »Du kannst dir also das Bett und den Schrank frei aussuchen.«

»Nicht so hastig«, hielt ihn Julie am Arm fest und sah, dass aus der Möhre in seiner Hose inzwischen eine Gurke geworden war. »Du musst mir erst noch zeigen, wo das Bad ist.«

»Ach so«, nickte ihr Mentor, »natürlich.«

Er wusste nicht recht, was er von der Situation halten sollte. Die Kleine schien scharf zu sein wie Chili – oder spielte sie nur mit ihm? War sie ein Luder? Oder nur eins von den albernen Hühnern, die dem Stier erst das rote Tuch hinhielten und dann, wenn er mit schnaubenden Nüstern darauf zudonnerte, es einfach mit »Olè« wegzogen, um sich köstlich zu amüsieren?

Etwas unsicher führte er Julie über die knackenden Holzdielen hinüber zu den Waschräumen, in denen wie in einem übergroßen Badezimmer mehrere Waschbecken nebeneinander angebracht waren; im Hintergrund eine Reihe von einzelnen Duschkabinen.

»Nebenan ist die Keramikabteilung.« Er deutete eine Tür weiter.

»Alles klar«, nickte Julie, »da müssen wir jetzt aber nicht mehr hin.« Damit wandte sie sich wieder zu ihrem Zimmer, zog Daniel hinter sich her, schloss leise die Tür, legte ihre Arme um ihn, presste sich an seinen schlanken Körper und spürte, dass seine Latte tatsächlich knallhart war.

»Was ... äh ... was soll das?«, versuchte er nicht wirklich ernsthaft, sich ihrer Umarmung zu entziehen. »Wenn uns jemand erwischt ...«

»Hast wohl noch keine Erfahrung, wie?«, neckte sie Daniel.

»Äh ... womit? Doch ... natürlich ...«, stammelte er, »aber doch nicht mitten am hellen Tag.«

»Wenn erst meine Zimmernachbarin da ist, geht's nicht mehr so einfach.« Sie strubbelte ihm zärtlich durch den blonden Schopf, begann, an seinem Gürtel herumzufummeln.

»Man muss die Feste feiern, wie die Jungs fallen«, lachte sie und bekam seine Schnalle auf.

Daniel schob einen der beiden Stühle unter die Klinke, um nicht von unerwarteten Besuchern überrascht zu werden, fingerte unter Julies kurzes Shirt, begann ihre kleinen Apfelbrüste zu kneten, deren Knospen jetzt erst recht voll erblüht waren und hart standen wie Schokorosinen. Streifte ihr dann mit einer geschickten Bewegung das Top ab, während Julie inzwischen seine Hose geöffnet hatte und zu Boden schob.

Der Mentor trug einen gestreiften, sehr kleinen Slip, aus dem oben die Eichel seines prallen Schwanzes herausstand. Es bedurfte keiner besonderen Geschicklichkeit für Julie, ihn auch von diesem Wäschestück zu befreien. Seines Hemdes hatte er sich schnell selbst entledigt, ebenso wie Julie ihrer zerfransten Hotpants.

Beide waren nun völlig nackt, und beim Anblick der knackigen Figur der neu angekommenen kleinen braunen Maus und ihrer glatt rasierten jungen Möse pulsierte noch mal ein großer Schwall des Blutes in Daniels Lustwurzel, sodass sie jetzt fast senkrecht stand und begierig pochte.

Julie kniete sich ohne besondere Eile vor ihn, schob langsam ihre zarten, feuchten Lippen über seine stramme Olive, streifte damit seine Vorhaut zurück. Begann, an seinem Lustspender zu lecken, mit der Zunge um die Kuppe zu spielen, alle Furchen und Rillen zu bearbeiten. Daniels Schwanz war bei weitem nicht so groß wie der von Clement, er hatte eher das Maß einer Fassgurke – und so schmeckte er auch: würzig, frisch und fest …

Der Mentor stöhnte, während sie ihn so kundig bearbeitete. Er genoss es, wie sie ihn verwöhnte, wie ihr warmer Mund um sein bestes Stück spielte, darauf blies wie ein sensibler Mundharmonikaspieler auf seinem Instrument. Seine Fickposaune schob sich dabei zur vollen Länge, das Mundstück prall wie eine frische Aprikose. Eine scharfe Stute, die da angekommen war!

Julie lutschte jetzt an seinen Eiern, kraulte ihm den Sack. Unwillkürlich stellte er sich breitbeiniger hin, sodass sie leichten Zugriff hatte.

Doch Julie wollte mehr, drängte Daniel zu einem der Betten. Er verstand sofort und zog sie zu sich auf die frische Bettdecke.

Für zwei war die Matratze recht schmal, zumindest, wenn sie nebeneinander lagen. So blieb nur, Haut an Haut zu spüren, sich eng aneinander zu schmiegen. Daniel ließ seine Hände lustvoll über Julies Körper spielen, wischte wie zufällig über ihren nassen Fickschacht mit der prallen Perle.

Erst jetzt fanden ihre Lippen zusammen, spielten ihre Zungen ein verschlungenes Spiel, knabberten sie voll zärtlicher Lust aneinander, Julies Möse inzwischen total geflutet. Mit erwartungsvoll gespreizten Beinen lag sie auf dem Rücken, während Daniel immer noch die glatte Haut ihres Körpers liebkoste, mit seiner Zunge um ihr Ohrläppchen spielte, den Hals hinunter wanderte, über ihre steil aufgerichteten Nippel leckte, langsam hinabwanderte zu ihrem süßen kleinen Nabel, den ein Piercing zierte, in dessen Tiefen züngelte, schon den besonderen Geruch ihres Ficköls aufnahm, bevor er mit seiner Zunge in ihre gierige Spalte fuhr, als wolle er den ganzen warmen Nektar auf einmal trinken.

Julie röchelte. Sie war es nicht gewohnt, so zärtlich bedient zu werden. Meist waren die Jungs spätestens dann, wenn sie Julie nackt sahen, so scharf, dass sie einfach losrammelten wie die Karnickel und innerhalb kürzester Zeit ihre Ladung absahnten. Manche wurden beim zweiten und dritten Mal etwas ruhiger, aber keiner war bisher so liebkosend mit ihr umgegangen wie Daniel.

Genüsslich schloss das kleine braune Fickluder die Augen, ließ sich gehen, riss ihre juckende junge Möse auf, soweit es ging. Spürte jede einzelne Faser ihres Kitzlers, als Daniel darauf herumknabberte wie auf einer Rumkirsche – sehr sacht zuerst, dann saugte er fordernd daran. Julies Fickloch triefte vor Geilheit, immer wieder rollten Wellen kribbelnder Erregung über sie hinweg, sie vergaß alles um sich herum, verlor jedes Gefühl für Zeit und Raum. Sie hatte doch nur einen schnellen Fick zum Einstand gewollt, und nun widerfuhren ihr solche unbeschreiblichen Genüsse!

Daniel saugte jetzt fester an ihrer Lustknospe, hielt sie mit den Zähnen fest, zog langsam das ganze pralle Stück heraus, soweit es ging, biss leicht hinein. Der Schmerz durchzuckte Julie, sie wollte schreien, doch sogleich durchfuhr sie eine ungekannte Wärme, als Daniel seine Zähne Sekunden später wieder lockerte. Oh, war das ein lustvoller Schmerz … Noch nie hatte sie ein derartiges Gefühl kennengelernt, den Reiz des Schmerzes als Anreiz der Gier erfahren.

Doch es verschaffte ihr einen Kick, der sie noch schärfer machte. So wie eine Prise Salz in einem Crêpes Suzette dafür sorgt, dass alle Geschmacksnerven angesprochen werden, so brachten diese kleinen Qualen im zärtlichen Spiel genau die Würze, die ihr bisher immer gefehlt hatte. Erst so wurde aus einer einfachen Süßspeise eine auserlesene Köstlichkeit.

Wieder biss ihr versierter Gespiele zu, wieder dieser delikate Schmerz – doch jetzt ließ Julie ihn gewähren, wollte nicht mehr schreien. Wollte sich ihm ganz hingeben, wollte, dass er dies Spiel weiter, sie damit zu einem bisher nie gekannten Höhepunkt trieb.

In diesem Moment hörte man Stimmen vor der Tür, an der Klinke wurde gerüttelt. Doch der Stuhl, den Daniel in weiser Voraussicht darunter geklemmt hatte, hielt – wenn er auch mehr als einmal bedenklich wackelte. Nach einigen vergeblichen Versuchen hörte das Getöse schließlich auf, irgendetwas wurde gemurmelt von «Schlüssel holen«, dann wurde etwas Schweres abgestellt, entfernten sich Schritte.

Julie und Daniel hatten ihr Liebesspiel kurz unterbrochen, waren jetzt beruhigt, nicht entdeckt worden zu sein. In gewisser Weise heizte die Vorstellung, dass jemand in diesem Moment in dieses Zimmer wollte, ihre Phantasie durchaus an … Allerdings war auch klar, dass ihre Zeit der Lust nicht unendlich war.

Als die Schritte sich entfernten, nahm Daniel wieder ihre Perle zwischen die Zähne, zusätzlich auch noch die Krokantpralinen auf ihren Titten zwischen seine Finger, begann daran zu zwirbeln, ja kniff sachte hinein, ließ los, strich sanft darüber – kniff dann wieder, diesmal etwas länger und fester. Gleichzeitig bissen seine Zähne sacht in ihre Lustknospe … Julie war längst versunken in einer Sturmflut wollüstiger Wogen, ihr verlangender Leib bebte und zuckte.

Als Daniel jetzt auch noch ohne zu fragen zwei, drei, ja vier Finger in ihre weit offene Fickdose rammte, überrollten sie die Wellen endgültig. Alles in ihr zog sich zusammen, spannte sich, mehr und mehr, ihre Fotze begann zu zucken. Ihre Bauchmuskeln hart wie ein Brett, entlud sich ihre unbändige Geilheit in einem furiosen, nicht enden wollenden Orgasmus, wie sie ihn noch nie erlebt hatte. Im hohen Bogen schoss ihr der Mösensaft aus der tiefen Grotte, zwei, drei Mal … Sie röhrte zügellos, nässte den Boden, Daniels blonde Haare, ihren Bauch.

Schier unendlich schien das zu dauern, wollte gar nicht aufhören, immer neue Schauer liefen ihr über den Körper, ließen ihn erzittern … Julie brauchte einige Minuten, um wieder zu sich zu kommen.

Sie schüttelte völlig entrückt ihre Lockenmähne. »Was war das denn …«

»Du dachtest, wir hier im Internat haben keine Ahnung, wie man mit Frauen umgeht, wie?!«, grinste Daniel, dessen Luststab immer noch steil nach oben ragte.

»Na ja …«, wurde Julie verlegen, »ich konnte ja nicht wissen …«

Wieder Stimmen auf dem Gang, allerdings war diesmal nicht Julies Zimmer das Ziel. Etwas weiter wurde eine andere Stube aufgeschlossen, klappte eine Tür.

Daniel beachtete Julies Worte gar nicht, packte sie fest, rückte sie sich auf dem Bett zurecht, so wie er sie brauchte, fasste ihre Knöchel, schob ihre Schenkel mit fester Hand, keinen Widerspruch duldend, zur Seite, fast neben ihren Kopf und drang dann mit seiner hammerharten Rute einfach in ihr verficktes nacktes Mädchenfötzchen ein, langsam erst, dann fester. Begann sie ohne Rücksicht zu nageln, rammte ihr seinen geladenen Colt bis zum Anschlag ins Futteral, seine fette Eichel polierte Julies Fickschacht aufs Feinste. Es klatschte wie Peitschenhiebe, wenn ihre schweißnassen Körper aneinanderschlugen. Jetzt war er dran, das war ganz allein sein Ritt. Dieses verwöhnte Pariser Großstadtgör sollte lernen, was auf ›Schloss Hohenstein‹ alles möglich war …

Er schob ihr seine Latte dermaßen ins Loch, dass es Julie tief in die Matratze presste, seine spermafetten Nüsse knallten im Takt an ihre Rosette. Daniel hielt ihre Beine fest wie in einem Schraubstock, sodass Julie keine Möglichkeit hatte, sich zu wehren, hämmerte ihr seinen Lustgriffel in die Dose wie ein Straßenarbeiter seinen Presslufthammer in einen abbruchreifen Gullyschacht.

Die kleine Braune versuchte zuerst noch spielerisch ihm zu entkommen, musste aber bald einsehen, dass es keinen Zweck hatte, zu widerstreben. Fügte sich brav in das, was mit ihr geschah. Willenlos. Wollte diesem Grobschmied ein williger Amboss seiner Begierden sein …

Daniel spürte, wie die Spannung ihrer Schenkel und damit die Gegenwehr nachließ. Julie hielt schließlich sogar selbst ihre Beine mit den Händen in der befohlenen Position, sodass ihr Meister sich nun neben ihr abstützen und während des Fickens ihren Mund mit einem langen Kuss verschließen konnte.

Und wie er sie fickte! Julie glaubte sich irgendwo im Indianerland, an einen Totempfahl gebunden und aufgespießt. Immer wieder füllten diese wuchtigen Stöße ihr Lustloch mächtig aus, fuhr der Kolben in ihrer Dose unaufhörlich auf und ab, härter, schneller, härter, schneller …

Es kam ihr ohne Vorankündigung. Ein Gefühl, als stürze plötzlich das Haus ein, als fiele sie ins Bodenlose, ein gieriges Grunzen entquoll ihrem Rachen, in ihr brachiale Detonationen ihrer Gier, eine Wanne voll Ficköl schoss in ihre Möse, genau in dem Augenblick, als auch Daniel soweit war, als er ihr eine kraftvolle Fontäne seiner Männersahne bis an die Gebärmutter spritzte. Beide jetzt nur ein Klumpen gierigen, zuckenden Fleisches, vereint im orgiastischen Orkan des Grenzenlosen …

Als kurz darauf wieder jemand die Klinke des Zimmers niederdrückte, öffnete Julie fröhlich die Tür.

»Hallo«, flötete sie und streckte dem blonden Mädchen, dessen Reisetasche ein junger Oberstufenschüler trug, die ausgestreckte Hand entgegen. »Willkommen in unserem Zimmer.«

»Ich bin Sarah«, erwiderte die andere etwas schüchtern ihren Gruß.

»Komisch«, wunderte sich der Mentor, »ich hätte schwören können, vorhin war hier abgeschlossen. Wir waren nämlich schon mal hier.«

Julie konnte sich gerade noch verkneifen, »ich weiß« zu antworten, da riss Sarah das Fenster auf.

»Riecht 'n bisschen muffig hier«, entschuldigte sie sich. »Findest du nicht auch?«

»Ja«, nickte Julie geistesabwesend und trat an die Brüstung, sah hinaus.

Unten verschwand soeben ein groß gewachsener Junge mit vollem blondem Schopf hinter der Wegbiegung im Park.

IV.

»Glauben Sie nicht, dass wir hier irgendwelche Techtelmechtel dulden«, sagte Madame Clarchon, die etwas streng dreinblickende, ältere Schulsekretärin mit der ältlichen Dutt-Frisur in schneidendem Ton, »schon gar nicht unter …« – sie blätterte in den Unterlagen – »… unter Geschwistern!«

Noch bevor einer der beiden etwas erwidern konnte, waren auf den Wink der Gouvernante zwei der älteren Schüler herbeigeeilt.

»Ich bin Hercule«, sagte ein muskulöser Junge mit kurzen dunklen Haaren, und nahm auf den Wink der Gouvernante

Clements Reisetasche. »Komm mit, ich zeige dir dein Zimmer.«

»Also, bis später.« Das Mädchen winkte seinem Bruder zu, der sich gerade mit dem anderen Mentor zu seiner Unterkunft aufmachte.

»Bis später«, nickte Clement. Sein Begleiter schob ihn bereits die breite Treppe hinauf ins Obergeschoß, wo sich die Zimmer der älteren Schüler befanden.

»Hier«, sagte Hercule und schloss eines der Zimmer auf. »Das ist deine neue Heimat, jedenfalls solange du bei uns bleibst. Also: herzlich willkommen.« Er stellte Clements Reisetasche ab, klopfte ihm freundschaftlich auf die Schulter.

Das Zimmer war mit Kiefernmöbeln im alpenländischen Schweizer Stil gestaltet; an jeder Seitenwand ein Bett, dazu zwei nicht allzu große Kleiderschränke und ein großer Schreibtisch mit zwei Stühlen. Alle Wohnräume der Schüler waren hier so eingerichtet.

»Dein Zimmernachbar hat übrigens angerufen«, wandte Hercule sich wieder zur Tür, »er kommt erst übermorgen. Ist wohl irgendwie krank geworden. Es ist für euch beide eine neue Stube – du kannst dir also das Bett und den Schrank frei aussuchen. Ich muss wieder los. Du hast ja gesehen, wie viele Neue heute angekommen sind.«

»Klar«, nickte Clement ihm zu, »wir sehen uns bestimmt noch.« Der Mentor zog die Tür ins Schloss.

Clement schaute sich um, wägte ab und entschied sich dann für eines der Betten, machte sich daran, seine Siebensachen in den zugehörigen Schrank zu packen und sich die Hälfte des Schreibtisches einzurichten, sah dann auf dem Plan nach, den ihnen Madame Clarchon mitgegeben hatte, wo das Mädchenpensionat lag, in dem Julie untergekommen war, wann man sich zum Abendessen treffen würde. Bis dahin war noch reichlich Zeit, sodass er sich einen Moment aufs Bett legte und ausruhte.

Das viele Neue war doch recht anstrengend gewesen, besonders nach all der Aufregung vom Tag zuvor: erst die Autopanne, dann die stürmische Nacht mit Julie … Unwillkürlich schlief er ein.

Erst ein Klopfen an der Tür weckte ihn, ein kurzer Blick auf seine Armbanduhr machte klar, dass es mittlerweile fast Zeit war, sich auf den Weg zum Speisesaal zu machen.

»Moment bitte«, rief er etwas benommen, sprang eilig von seinem Lager, ordnete mit der Hand seine Haare, so gut es ging, öffnete. Zu seiner Verwunderung stand draußen Madame Clarchon, jene strenge Gouvernante, welche vor einigen Stunden die Anmeldeformalitäten betreut hatte, mit einer Akte in der Hand.

»Bitte?«, sah Clement sie fragend an.

»Sie sind doch mit Ihrer Schwester zu uns gekommen«, sagte die Madame und trat ein, ohne seine Einladung abzuwarten. »Es gäbe da noch ein paar Fragen.«

»Sollten Sie dann nicht besser mit Julie sprechen?«, wunderte er sich.

»Ihre Eltern haben uns mitgeteilt, dass sie Ihnen die Verantwortung für Ihre Schwester übertragen haben«, insistierte Madame Clarchon, »darum komme ich zu Ihnen.«

»Und worum geht es?«, wollte Clement wissen. Ihm schwante nichts Gutes.

»Sie beide haben vorhin solche Andeutungen gemacht, als Sie sich angemeldet haben«, setzte die Gouvernante an und nahm auf einem der Stühle Platz. »Es klang, als ob zwischen Ihnen mehr sei als nur die verwandtschaftliche Liebe zwischen Geschwistern.«

»So? Haben Sie es so verstanden?«, versuchte Clement Zeit zu schinden. Das Gespräch nahm einen Verlauf, der ihm überhaupt nicht angenehm war.

»Nun …« – Madame Clarchon stellte in dem strengen Kostüm ihre Beine nebeneinander, sodass Clement unwillkürlich ihren Slip sehen konnte – »… wir legen hier absoluten Wert auf strenge Zucht und Sittlichkeit.«

Sie blätterte in ihren Papieren.

»Hier, sehen Sie!«, deutete sie auf ihre Notizen. »Ich habe selbstverständlich einen Vermerk in den Unterlagen gemacht. Es muss schließlich alles seine Ordnung haben.«

»Natürlich, verstehe.«

Clement stellte sich neben ihren Stuhl, beugte sich vor. Tatsächlich, die Dame mit der ältlichen Duttfrisur hatte etwas notiert, aus dem man schließen konnte, dass Julie und er ein Verhältnis miteinander hätten. Wenn das verbreitet würde, ja wenn gar ihre Mum und deren Lebensgefährte in Paris davon erführen … Das wäre mit Sicherheit nicht gut. Doch konnte er es verhindern? Madame Clarchon machte erstaunlicherweise keine Anstalten, sich zur Seite zu lehnen, als er ihr beim Hinabbeugen so nahe kam. Dabei hätte er das, was doch eine ganz natürliche Reaktion wäre, gerade bei ihr erwartet …

»Und dieser Vermerk bleibt jetzt dauerhaft in unserer Akte stehen?«, fragte der Junge mit Unwohlsein.

»Das kommt darauf an …« Die strenge Schulsekretärin lehnte sich leicht zurück, sodass ihre Kostümjacke etwas aufsprang und der dünne Pullover über ihren runden Brüsten spannte. Clement sah, dass sie keinen BH trug und ihre Nippel seltsamerweise erigiert waren …

Er ließ wie zufällig seine Hand über ihr Haar, an ihren Hals streifen; sie wehrte sich nicht. Was hatte das zu bedeuten?

Die Madame war wohl Mitte Vierzig, allerdings sah sie in der überkorrekten Kleidung deutlich älter aus. Sie war durchaus schlank, und, wenn man sich ihre dicke Hornbrille wegdachte und die Haare statt des Dutts offen vorstellte, trotz ihres fortgeschrittenen Alters auch nicht unattraktiv.

»Worauf kommt es an?«, wollte Clement wissen.

»Na, wenn Sie mich überzeugen können, dass ich mich täusche …«, ließ die Gouvernante durchblicken.

Clement ahnte etwas.

Er zog sich den anderen Stuhl heran, setzte sich neben sie, legte ganz beiläufig eine Hand auf ihren Schenkel. Erneut schien Madame Clarchon es nicht zu bemerken. Während sie über irgendetwas Belangloses sprachen, wanderten seine Finger weiter, an den Innenseiten ihrer Schenkel empor, schoben den Saum des Rocks immer höher. Keine Reaktion. Erst, als seine tastende Hand ihr Höschen erreichte, spürte er plötzlich ihre Finger an seinem Reißverschluss, die dort herumgrabbelten und versuchten, seinen Schwengel zu greifen. Währenddessen stockte ihre alltägliche Konversation keinen Moment.

Clement ließ seine Hand unter den Beinsaum ihres Slips gleiten – ihre rasierte Möse war feucht. Sie zuckte leicht, stöhnte verhalten, als seine Finger ihre lüsterne Perle berührten.

Unter der Fummelei von Madame Clarchon begann Clements Latte heranzuwachsen … Eigentlich hatte er nur vorgehabt, diesen blöden Eintrag aus ihrer Akte herauszubekommen, aber er spürte jetzt, dass ihm ihre Berührung nicht unangenehm war. Irgendwie begann die seltsame Situation ihm Spaß zu machen.

Wie konnte es sein, dass diese strenge Dame einfach zu ihm in die Stube kam? Machte sie das vielleicht öfter? Suchte sie sich immer den einen oder anderen der Neuankömmlinge aus, der ihr gefiel, erfand irgendetwas, um ihn anzusprechen, und ließ sich dann von diesen Jungen vernaschen? Was war das doch für ein verludertes Weib … Und was war das für ein Schlampen-Internat!

Er hatte zunächst wirklich gedacht, sie hätte etwas bemerkt von dem, was zwischen ihm und Julie vorging! Jetzt wurde ihm klar: Nichts hatte sie bemerkt, gar nichts, und das beruhigte ihn ungemein. Sie wollte sich eindeutig nur von ihm mal richtig rannehmen und durchziehen lassen.

Claire Clarchon freute sich jedes Semester auf die Neuankömmlinge, besonders auf jene der Oberstufe. Diese Jungs waren keine Kinder mehr, standen voll im Saft, waren aber noch nicht erwachsen genug, um ihrer Autorität als rechte Hand des Direktors etwas entgegensetzen zu können. Sie wurden schnell gefügig, wenn man ihnen etwas vorwarf und damit drohte, die Eltern darüber zu informieren … Die meisten Schüler hier hatten zu Hause keine besonders guten Noten abgegeben und auch sonst keine ganz weiße Weste; ihre Eltern zahlten nun eine Menge Geld, damit die Sprösslinge ein wenig zurechtgebogen wurden und doch noch einen anständigen Schulabschluss hinbekamen. Die Drohung, etwas Negatives in die Heimat zu berichten, versetzte den Jungen daher stets einen gehörigen Schreck.

Der Gouvernante gab es immer einen besonderen Kick, wenn diese Kerle dann in einer Mischung aus Angst und Geilheit einen Steifen bekamen und nicht wussten, wie sie damit umgehen sollten. Das gab ihr die Macht, die Situation zu kontrollieren …

Draußen auf dem Flur erklang in diesem Moment der Gong, der die Schüler zum Abendessen in den Speisesaal rief. Clement hielt in der eigentlich sinnlosen Unterhaltung inne, zögerte – was sollte er tun?

Eigentlich hatte er beim Abendessen Julie treffen wollen, außerdem sollte der Schulleiter dort die Ansprache zur Begrüßung halten und ihnen erklären, wie sich die nächsten Tage gestalteten. Doch dann würde Madame Clarchon das kleine Geheimnis von ihm und Julie verraten – obwohl sie es gar nicht kannte – und damit einen ziemlichen Wirbel auslösen.

Wenn er aber hier bei ihr bliebe: Würde es jemandem auffallen, dass er nicht zum Essen kam? Seiner Schwester natürlich, aber sonst wusste ja noch niemand von seiner Existenz. Die Akten hatte die Gouvernante hier, und sein Mentor hätte genug mit den anderen neuen Schülern zu tun.

Außerdem war sein mittlerweile knallharter Schwanz der festen Überzeugung, es gäbe hier noch etwas Wichtiges zu erledigen ... Also blieb er!

»Komm«, grunzte er heiser und zog die Sekretärin auf eines der Betten. Sie folgte ihm willig, begann seine Hose zu öffnen und ihn davon, wie auch von seinem knappen Slip zu befreien. Er fummelte ihr strenges graues Kostüm mit wenigen Handgriffen von ihrem lustvoll kribbelnden Leib, kickte es zusammen mit ihrem nassen Höschen in eine Ecke.

Sein Eisenhammer hatte inzwischen volles Maß erreicht. Claire Clarchon packte den pochenden Ständer mit der erfahrenen Hand einer älteren Frau. Sie musste sich eingestehen, dass sie einen Hammer mit solchen Ausmaßen bisher noch nicht gesehen hatte, geschweige denn, davon gefickt worden war. Wieder einmal, schmunzelte sie in sich hinein, hatte sie den richtigen Griff getan. Sie mochte Jungs mit großen Männerschwänzen, die kleinen Dochte der Jüngeren waren nichts für sie. Sie wollte prall ausgefüllt sein, wollte richtig spüren, was in ihrer warmen Fotze steckte. Wenn sie es sich in ihrem Appartement auf einem Berghof unweit der Schule selbst besorgte, und das machte sie täglich, nahm sie dazu meist eine der dicken Fleischwürste aus der Gutsküche oder eine möglichst krumme, raue Salatgurke.

Darum vernaschte sie auch nie Schüler der Mittelstufe, wenn auch manche von denen sich geradezu anboten. Natürlich war es auf »Schloss Hohenstein« ein offenes Geheimnis, dass Madame Clarchon die Fickstute vom Dienst und eine rattengeile Tussi war, die für eine schnelle, heiße Nummer in der Besenkammer oder im Wandschrank immer gern die Beine breit machte.

Nur die Neuen, wie Clement, wussten das eben nicht, und schlotterten meist innerlich vor Angst, die Gouvernante könnte ihren Eltern irgendetwas Unangenehmes berichten. Das machte diese Knaben so schön willig, und genau diese angstvolle Unterwürfigkeit war es, die Madame Clarchon so scharf machte wie ein Chirurgenskalpell.

Clement stöhnte lustvoll auf, als die erfahrene Frau begann, die vom Alter her seine Mutter hätte sein können, seinen Prachtlümmel mit fester Hand anzuwichsen, ihm die Vorhaut zurückschob und seine pralle Eichel freilegte. Einige Finger ihrer anderen Hand anleckte und begann, damit über diese empfindliche Lustkuppe zu streicheln, um den dicken Schaftrand und durch die untere Rille. Immer wieder über sein Bändchen wischte – diese Stelle war besonders empfänglich dafür, so verwöhnt zu werden. Er keuchte erregt. Währenddessen bewegte Madame Clarchon ihre Wichshand unverändert im harten gleichmäßigen Takt auf und ab, Clement fühlte sich wie der Kolben im Zylinder eines mit schleifender Kupplung gefahrenen Autos.

Er wollte gern Gas geben, doch diese verfickte Alte ließ das nicht zu. Genau das machte ihn so total geil – er fühlte sich ihr ausgeliefert, war wörtlich in ihrer Hand. Sie ignorierte es einfach, wenn er ihr Zeichen gab, schneller zu werden.

Clement drehte sich zu ihr, versuchte sie zu küssen. Die Sekretärin zog ihren Kopf ein wenig zurück, leckte sich mit der Zunge verführerisch und fordernd die Lippen. Noch näher versuchte er ihr zu kommen, gurrte vor Verlangen, doch noch mehr zog sie sich zurück, ohne ihr Handwerk an seinem Fickpfahl auch nur eine Sekunde zu unterbrechen. Es machte ihn rasend, dass er nur Zentimeter vor ihrem Gesicht nicht bekam, was er wollte.

Doch Clement verstand: Hier hatte sie das Sagen, und er war derjenige, der sich bedingungslos zu fügen hatte. Umso mehr, als dass es Madame Clarchon war, die über die Akten der Schüler wachte und entschied, was sie den Eltern über deren Zöglinge mitteilte …

Die strenge Sekretärin legte in diesem Moment ihre dicke Hornbrille zur Seite, was sie nicht nur spontan wesentlich sympathischer, sondern auch mindestens zehn Jahre jünger aussehen ließ. Beugte sich dann über Clements brettharten Pfosten und begann ihn mit ihren erstaunlich warmen, weichen und sensiblen Lippen zu lutschen, züngelte dort herum, wo gerade noch ihre feuchten Finger gewesen waren, stülpte ihren Schlund bis zum Anschlag über seine pulsierende Pissflöte und melkte ihn mit sanften, rhythmischen Kopfbewegungen.

Clement glaubte, sein Blasrohr müsste jeden Moment explodieren. Er grunzte wie dürstendes Kamel. Bisher hatte er immer nur schnell gerubbelt und abgespritzt, wenn ihm danach gewesen war – ein paar Minuten hatte das höchstens gedauert. Aber die Frauen nahmen sich viel mehr Zeit. Gestern seine liebe Julie und jetzt diese versaute, strenge Gouvernante, die ihn gerade in den Wahnsinn wichste.

Immer wieder zuckte seine Latte, pochte das Blut verlangend darin, er konnte gar nicht anders, als sich völlig hinzugeben. Ständig glaubte er, gleich würde seine heiße Sahne hervorspritzen wie aus einem isländischen Geysir … Doch jedes Mal, wenn es ihm fast kommen wollte, bremste dieses Miststück von Weib ihre Fahrt ab, verlangsamte den Kolbenhub ihres Fickmauls, kniff ihm in die Eier oder … Tatsächlich! Sie verpasste ihm eine leichte Ohrfeige! Das brachte ihn immer wieder genau soweit herunter, dass allenfalls ein kleiner Tropfen seines

Liebessaftes aus seiner Flöte quoll, aber der goldene Schuss zurückgehalten wurde!

Vier-, fünfmal hatte diese verfluchte Bumskuh ihn schon soweit gehabt, jedes Mal in letzter Sekunde die Bremse gezogen. Clements Sack war von dem angesammelten Sperma mittlerweile so prall und mächtig wie das Euter einer Zuchtkuh. Der Junge glaubte, es werde ihn zerreißen, wenn er nicht endlich seinen dicken, scharf geladenen Granatenwerfer abschießen dürfte …

Wieder war es soweit. Er spürte, wie ihm die Soße in die spitze Kanüle stieg, höher und höher, während Madame Clarchon seine Eichel schon hinter dem Zäpfchen im Rachen hatte, jetzt ihre Zähne in seinen Riemen schlug und langsam, gaaaanz langsam an seinem Schwanz emporfuhr, diesen Millimeter um Millimeter freigab, dabei mit einer Hand seinen Sack knetete wie einen frischen Strudelteig.

Clement lechzte mit heraushängender Zunge wie ein Schäferhund nach einem Waldlauf, ihm schwanden die Sinne. Als die Zähne seiner Peinigerin jetzt den Schaftrand seines pochenden Fickkolbens passierten, ihm dort einen besonders lustvollen Schmerz bereiteten, hielt er es nicht länger aus. Unter brüllendem Röcheln, das klang wie der gewaltige Urschrei Godzillas, schoss wie aus dem berstenden Druckrohr einer Schaumkanone eine riesige Fontäne seines brodelnden Spermas mitten in das Gesicht der Gouvernante, über ihre Nase, ihre Augen, lief ihr sämig die Wangen hinunter. Gleich noch ein Schuss, und noch einer. Die ganze Visage dieser abgefickten Alten sahnte er ein, pumpte ihr auch eine ordentliche Portion Soße in die Lustschnauze. Madame Clarchon trank begierig den warmen Nektar seiner Knabenhoden, schleckte sich auch das Gesicht ab, konnte gar nicht genug bekommen von seiner explosionsartigen Entladung. Wichste mit der Hand seinen zuckenden Griffel, knetete ihm ein ums andere Mal die Nüsse, so als wolle sie auch noch den allerletzten Tropfen aus ihnen herauspressen, ihn leer melken für alle Zeiten.

Endlich sank Clement erschöpft und entspannt in die Kissen.

Auf dem Flur war alles ruhig, längst hatte das Abendessen begonnen, das im Erdgeschoss im großen Speisesaal stattfand. Über hundert Schüler, davon an die dreißig Neuzugänge, schoben sich Bauernbrot mit Wurst vom nahen Berghof und von den Bauersleuten selbst gemachtem Ziegenkäse rein. Direktor Grenard legte Wert auf bodenständige Verpflegung; die Schüler kamen sämtlich aus den so genannten »besseren Kreisen«, hatten oft recht hohe Ansprüche und sollten hier im Internat wieder etwas bodenständiger werden. Das entsprach auch genau dem, was deren Eltern sich wünschten.

Julie Phillips sah sich suchend um, doch ihr Bruder war nirgendwo zu entdecken. Vielleicht hatte er sich einen Moment hingelegt und dann verschlafen, schmunzelte sie in sich hinein – war wohl alles ein bisschen viel für ihn gewesen. Man wurde schließlich nur einmal zum Mann … Dafür hatte sie Daniel, ihren Mentor, wiedergetroffen, hatten sich neckisch zugeblinzelt. Allerdings saßen sie an unterschiedlichen Tischen, ziemlich weit voneinander entfernt, aber das hieß ja nicht, dass man sich auch außerhalb der Mahlzeiten aus dem Weg gehen musste …

Claire Clarchon ließ Clement ein wenig verschnaufen. Bis jetzt war sie durchaus zufrieden mit ihrem Neuzugang – der erste Fick war immer der beste, danach wussten die Jungs ziemlich schnell, wie der Hase lief und ließen sich nicht mehr einschüchtern. Allerdings kamen manche auf den Geschmack, sodass die strenge Sekretärin immer irgendwen fand, von dem sie sich nageln lassen konnte.

Während unten im Speisesaal der Nachtisch aufgetragen

wurde – es gab zur Feier des Tages Vanillepudding mit frischen Waldhimbeeren –, kam eine Etage höher der Junge aus Paris wieder zu Kräften. Die Gouvernante hockte genau über seinem Gesicht, sodass ihr Fotzenöl ihm auf die Nase tropfte. Genüsslich leckte er den Saft, als sie ihre nasse Möse auf seine Lippen senkte. Ihre Lustperle war prall wie eine reife Morelle, und Clement begann das, was er am Abend zuvor bei Julie gelernt hatte, anzuwenden. Er war ein sehr gelehriger Schüler und lernte schnell. Saugte jetzt die Knospe zwischen seine Zähne, knabberte zärtlich daran. Spielte mit seiner flinken Zunge in ihrem Fickschacht, leckte der Alten die breite Spalte schön sauber, riss ihr dabei mit beiden Händen die großen Arschbacken auf. Fummelte mit einem Finger an ihrer Rosette, die wohl auch schon so manchen Fickstab aufgenommen haben mochte …

Die Sekretärin lechzte lustvoll, ließ ihn gewähren. Tastete hinter sich, fühlte, wie sein Ofenrohr schon wieder kerzengerade aufrecht stand. Glitt etwas zurück, hinterließ dabei eine feuchte Spur Fotzenöl auf Clements Brust und Bauch, dann schob sie ihre breite Spalte schmatzend über sein blau geädertes Fickstück, begann, diesen jungen Hengst zu reiten. Als er an ihre schwappenden Glocken grapschen wollte, befahl sie ihm, seine Hände unter seinen Arsch zu schieben und diesen dabei emporzuheben, damit seine Lustlanze noch höher stand.

Sie beugte sich etwas zurück, stützte sich rücklings auf ihren Händen ab. Das machte ihren fraulichen kleinen Bauch flacher, sodass der Knabe genau sehen konnte, wie sein Prügel in ihrem Loch verschwand und wieder auftauchte. Clement spürte wie vorhin, als er sie nicht hatte küssen dürfen, dass ihn das Verbot, sie zu berühren, unendlich scharf machte, in ihm ein loderndes Begehren weckte. Doch ließ seine Zuchtmeisterin keinen Zweifel daran, dass er seine Hände gefälligst zu lassen hatte, wo sie waren.

Denn Claire Clarchon duldete keine Widerworte, wenn sie fickte. Sie begann zu keuchen, machte ihre Schenkel enger, sodass Clements stahlharte Latte in ihrer engen Dose regelrecht gehobelt wurde. Der spürte, wie seine reifen Kastanien bereits wieder frische Ficksahne produzierten, röchelte verhalten bei dem gemächlichen Trab, in den seine Reiterin ihn trieb. Doch Claire fing erst an …

Während sie ihm befahl, so zu bleiben wie er war, drehte sie sich um, bot ihm jetzt den Rücken dar und ließ seinen Pfahl wieder in ihre schmatzende Grotte gleiten. Clement genoss nun den Blick auf ihre Rosette, die sich ab und zu etwas nach außen stülpte, während die Gouvernante den Ritt beschleunigte, seinen Knüppel mit ihrer Fickfotze bearbeitete und dabei mit ihren Händen seine Beine spreizte, damit sie anschließend seine Eier bearbeiten konnte. Begann, seinen Sack zu massieren, der unter den kundigen Händen dieser alten Dressurmähre anschwoll, fummelte an seinen Nüssen, während sie das Tempo weiter forcierte.

Stoßweise ging jetzt ihr Atem, laut und brünstig, Clement hechelte wie ein alter Zossen unter ihrem Galopp.

Doch – was war das? Clement registrierte erstaunt, dass die strenge Gouvernante jetzt aus dem Sattel stieg, sich auf den Rücken legte und ihm ihre saftige, rasierte Fotze darbot, aus der ein Schwall Ficköl sickerte, über die runzelige Rosette ins Laken rann.

Sollte er sie jetzt abficken, sollte jetzt er der Reiter und sie seine willige Stute sein? Doch Claire Clarchon hatte anderes im Sinn mit diesem Schüler. Natürlich war ihr bald aufgefallen, dass Clement nicht besonders erfahren im Umgang mit Frauen war, da hatten manche der Jungs, die sie sich bisher genommen hatte, deutlich mehr zu bieten gehabt. Aber gerade das machte auch seinen jungen Reiz aus, und er sollte jetzt eine Facette des Vögelns kennenlernen, die er gewiss noch nicht kannte.

Als der junge Pariser gerade seinen fetten Lümmel in ihre Fickhöhle rammen wollte, lenkte sie mit einem erfahrenen Handgriff dessen Weg einen Zentimeter tiefer, sodass Clements Lustkuppe an ihre vom Mösensaft genässte Rosette stieß. Sacht zog sie den Burschen an sich, bedeutete ihm so, sein Rohr in dieser hinteren Luke zu verlegen. Riss sich, um ihm das Eindringen zu erleichtern, mit beiden Händen den Arsch auf.

Es dauerte einen Moment, bis Clements pralle Eichel die enge Pforte passiert hatte. Langsam schob er seinen Mörderhammer in das raue Futteral. Oooohhh, tat das gut! Die Gouvernante bedeutete ihm, es einige Male zu wiederholen – das machte ihren kleinen braunen Ring geschmeidig. Zugleich aber war es eine unerwartete Massage für Clements Ficklanze, welche ihn zu allerhöchsten Wonnen trieb. Jedes Mal, wenn seine Olive den Schließmuskel passierte, durchzuckte ihn ein Gefühl unbezähmbarer Wollust, ächzte er ungestüm auf.

Auch Claire Clarchon ließ ihrer Geilheit freien Lauf, begann ihre triefnasse Fotze mit der ganzen flachen Hand zu bearbeiten, während Clement jetzt mit festen Stößen ihr Achterdeck vögelte. Sie röchelte, fiepte, stöhnte …

»Fester!«, befahl sie ihrem Deckhengst, und der ließ sich nicht zweimal bitten. Knallte ihr seinen Stiel mit Macht ins Arschloch, während sein fetter Sack gegen ihre breiten Backen klatschte und sie mit festen Bewegungen ihre Knospe rubbelte. Er verlor völlig den Verstand, fickte nur noch rein und raus, raus und rein, jauchzte und wimmerte. Völlig entrückt beide beim Spiel mit dem Feuer, dessen lodernde Flammen immer höher schlugen, jeder nur sich selbst genug, dem anderen lustvoller Herr und Sklave zugleich.

Claires nackter, verschwitzter Körper begann zu zittern, in ihr alles gespannt, bereit für den einen einzigen Augenblick, in dem sich ihre Wollust entladen sollte, wie eine Feuerwerksrakete am Nachthimmel. Auch Clements Prügel pochte verlangend, sein Sack voll zum Überlaufen, er wollte – er musste – absahnen, musste sich erleichtern.

Die Gouvernante kam zuerst. Doch als Clement bemerkte, dass sie unter orgiastischen Zuckungen erbebte, konnte auch er sich nicht mehr beherrschen. Rammte ihr noch zwei-, dreimal den Kolben in die enge Rosette, bis zum Anschlag und ein Stückchen weiter, hinein, feuerte dann seine ganze heiße Soße in ihren Arsch, der unter seinen Stößen vibrierte wie Wackelpudding.

Beide röhrten wie ein Rudel notgeiler Hirsche in der Brunft, ob es jemand hörte – egal! Es kam und kam, Claire zuckte und wand sich, blökte hemmungslos, während Clement stöhnend seinen ganzen Sack in sie entleerte. Glucksend quoll das warme Sperma bei jedem Stoß aus ihrer von seinem armdicken Kolben brachial gedehnten Hinterluke.

Trappelnde Schritte und munteres Geplapper auf dem Flur machten deutlich, dass das Abendessen offenbar vorbei war und die Schüler wieder ihre Zimmer aufsuchten.

Claire Clarchon fand langsam wieder zu sich, und auch Clement bekam wieder festen Boden unter die Füße. Schweigend zogen beide sich an.

»Na, Madame Clarchon«, sagte der Junge schüchtern, während er den Reißverschluss seiner Jeans hochzog, »glauben Sie, Sie könnten den Aktenvermerk wieder löschen? Habe ich Sie von meiner Unschuld überzeugt?«

»Davon bestimmt«, grinste die Gouvernante und rückte ihren Dutt zurecht, schob sich die dicke Brille auf die Nase.

»Aber was die Eintragung angeht« – sie klappte den Aktendeckel geräuschvoll zu – »das werde ich mir überlegen. Vielleicht müssen wir demnächst noch mal darüber sprechen.

Ich habe jetzt auch keinen Stift dabei.«

Clement verstand. Als Claire Clarchon schon die Türklinke in der Hand hatte, griff er ihr hemmungslos unter den Rock, an ihr nasses Fötzchen und den rot gefickten Arsch.

»Ich komme dann bald vorbei.« Schnell schob er ihr zwei Finger am Slipgummi vorbei in die Dose. »Auf meinem Füller ist immer genug Tinte.«

V.

Durch das kleine Fenster der Dachmansarde fiel die warme, laubbunte Spätsommer-Sonne des Samstagnachmittags ins Zimmer. Es war ruhig im Internat. Viele der Sprösslinge wohlhabender Eltern fuhren oder flogen am Wochenende heim zu ihren Familien.

Nur wenige Schüler blieben im Pensionat – so wie Julie und René, die auf ihrer jeweiligen Stube Schulstoff nacharbeiten wollten. Julie hatte sich in den vergangenen Wochen gut eingelebt und einige neue Bekanntschaften geschlossen. René war einer der Jungen aus diesem neuen Freundeskreis. Er bereitete sich wie Julies Bruder Clement auf das Abitur vor, beide besuchten dieselbe Klasse.

Julies Stubengefährtin Sarah hingegen, war nicht heimisch geworden auf »Schloss Hohenstein« und hatte das Internat alsbald wieder verlassen, um zu ihren Eltern zurückzukehren. Bis eine neue Mitschülerin eintreffen würde, wohnte Julie nun wieder allein in dem rustikalen Stübchen unterm Dach, was ihr jedoch keineswegs unangenehm war. Immerhin konnte sie so ungestört lernen, zumal am Wochenende, wenn das Pensionat regelmäßig in eine Art Dornröschenschlaf versank.

René Dubois saß zur gleichen Zeit in seinem Zimmer im Jungentrakt, welches er seit Langem mit seinem Kameraden Yves teilte, und versuchte, eine besonders komplizierte Stelle in seinem Matheheft zu verstehen. Er zerbrach sich schon recht lange den Kopf, denn draußen war es inzwischen nahezu dunkel geworden. Durch das offene Fenster fand die eine oder andere Mücke surrend ihren Weg zu seiner Schreibtischlampe.

Er war ein kräftiger junger Mann, den die Natur mit einem gut gewachsenen, sportlichen Körper gesegnet hatte. Kurze blonde Haare, aufgebürstet zur Stoppelfrisur, wache blaue Augen, zupackende Hände. Seine Art machte deutlich, dass er wusste, was er wollte und kaum Widerspruch zuließ.

René lebte bereits seit der fünften Klasse auf »Schloss Hohenstein«. Seine Eltern besaßen ein gut gehendes Luxushotel in St. Moritz, hatten allerdings wegen dieses Geschäfts kaum Zeit, sich um ihren Sohn zu kümmern. René war das nicht besonders unangenehm; einerseits kannte er es nicht anders, andererseits war er so tagtäglich mit Freunden zusammen und konnte sein eigenes Leben gestalten. Denn die Oberstufenschüler genossen durchaus allerlei Freiheiten, und wenn man so lange im Internat war wie René, dann wusste man auch, mit diesen Möglichkeiten umzugehen.

Sein Stubenkamerad Yves war etwas später ins Pensionat gekommen, lebte nun aber auch schon mehrere Jahre dort. Die beiden teilten seit geraumer Zeit das Zimmer, hatten sich angefreundet und voreinander keine Geheimnisse.

Plötzlich klopfte es schüchtern an seine Tür. Erstaunt drehte René sich um, rief: »Herein«.

Es war Julie, ihr Biologiebuch unter dem Arm.

Eigentlich war es verboten, dass sich Mädchen und Jungs in ihren jeweiligen Pensionatshäusern besuchten, doch am Wochenende drückten die Gruppenleiter schon mal ein Auge zu, umso mehr, wenn Schüler gemeinsam lernen wollten. Hinzu kam, dass am Wochenende meist ohnehin nur ein Teamer für alle Schüler zuständig war, denn zum einen blieb ohnehin nur eine Handvoll davon im Pensionat, zum anderen hatten natürlich auch die Gruppenleiter Anspruch auf ihre Erholung und regelmäßige freie Wochenenden.

»Ich wollte dich fragen, ob ihr dies« – Julie deutete auf eine bestimmte Stelle in ihrem Buch – »schon im Unterricht besprochen habt, ich verstehe es nämlich nicht.«

»Na, Kleines, lass mal sehen.« René nahm das Buch zur Hand.

»So klein bin ich auch wieder nicht«, schmollte Julie in der ihr eigenen, schnuckeligen Art, die den Männern immer den Kopf verdrehte, und drückte die Tür klackend ins Schloss. Stapfte dann mit ihrem Lehrbuch zu seinem Schreibtisch.

Der Spätsommerabend war angenehm lau, Julie trug nur ein etwas zu großes T-Shirt, das eigentlich Clement gehörte, und eine dünne Stoffshorts, aus der ihre trainierten braunen Beine herausschauten.

Sie setzte sich neben René auf den dargebotenen schlichten Holzstuhl. René rückte etwas näher an sie heran. Sie duftete angenehm, wobei sich der Geruch ihres Körpers mit dem satten Duft des frischen Heus, der von den umliegenden Weiden herüberwehte, in höchst angenehmer Weise mischte. Beide beugten die Köpfe über Julies Buch – ihr zu weites Shirt rutschte dabei wie zufällig nach vorn, sodass Renés Blick unwillkürlich in den Ausschnitt und auf ihre knabenhaften Brüste fiel, zwei kecke Hügel, die von niedlichen braunen Nippeln gekrönt wurden.

Julie spielte gern mit ihren Reizen, sie wusste, was die Jungs erregte. Schließlich musste man, wenn die Natur einen etwas zu klein hatte geraten lassen, andere Wege finden, um auf sich aufmerksam zu machen. Und wieder einmal hatte sie recht: René konnte sich gar nicht losreißen von dem Anblick, der sich ihm da so unverhofft bot … Julie gab ihm die Zeit.

»Hier«, deutete sie dann mit naivem Blick auf eine Zeichnung in ihrem Buch, »was soll das bedeuten?«

René war etwas irritiert. Diese süße Maus brachte seine Phantasie in Wallung – und nicht nur die! Denn in seiner Shorts begann sich etwas zu regen, sein Schwanz verließ die Ruheposition und stellte sich erwartungsvoll auf. Julie blieb nicht verborgen, dass ihr Kamerad einen Steifen bekam. Unmerklich schmunzelte sie.

Doch auch René war ein abgebrühter Hund, wenn es darum ging, Weiber flachzulegen. Wie von ungefähr glitt sein Arm auf die Lehne von Julies Stuhl, seine Finger berührten ihren nackten Arm; Julie zuckte gekünstelt zurück, setzte sich ein wenig außer Reichweite, erhöhte die Spannung.

Leises Surren lenkte beide für einen Moment von ihrem Spiel ab – wieder einmal hatte eine Mücke sich ins Zimmer verirrt, kreiste um die Lampe. René stand auf, es klatschte, das Stechtier zwischen seinen Händen erlegt. Er schloss das Fenster. Plötzlich – ein harter Schlag an der Glasscheibe. Julie sprang erschrocken auf.

»Bestimmt nur ein Vogel, der mal wieder die Kurve nicht gekriegt hat«, beruhigte René; er kannte das. Wenn die Dämmerung hereinbrach und die Fenster nicht mehr spiegelten, knallten manchmal übermütige gefiederte Freunde dagegen. In aller Regel rappelten sie sich wenig später auf und flogen ihres Weges, wenn auch vermutlich mit einigen Kopfschmerzen.

»Hat er sich verletzt?« Die Kleine sprang hinzu, steckte ihre Lockenmähne durch die Vorhänge, suchte mit den Augen nach dem Vogel, der aber längst verschwunden war. René war dicht hinter ihr, sie spürte seinen heißen Atem im Nacken und rührte sich nicht. Er legte seine kräftigen Arme um ihre schmale Taille. Sie ließ es geschehen.

»Komm weg vom Fenster.« Er zog sie bestimmend an sich, in den Raum. »Muss ja nicht gleich jeder sehen, dass du im Jungstrakt bist.« Er küsste ihre Stirn, bugsierte sie zum Bett.

Julie setzte sich und wartete, was weiter geschehen würde.

René entzündete rasch eine Kerze, löschte dann das Schreibtischlicht, fischte irgendwo aus den Tiefen seines Kleiderschranks eine fast volle Flasche Rotwein, die er für solche Gelegenheiten dort immer gut versteckt hielt – natürlich war im Pensionat jeder Alkohol streng verboten – und füllte zwei Gläser.

»Zum Wohl!« Er reichte ihr grinsend eines, glitt zu ihr auf die Matratze, begann, während sie tranken, ihre Mähne zu kraulen.

Julie ließ ihn gewähren, ja, sie dürstete nach solchen Berührungen. So lange hatte sie schon nicht mehr richtig gefickt, dass ihre junge Möse fast gar nicht mehr wusste, wie ein harter Männerschwanz sich anfühlte. Nach dem wilden Abend mit ihrem Bruder Clement auf der Herfahrt und der spritzigen Begrüßung durch Daniel war es in ihrem Bett recht ruhig geworden. Ein-, zweimal hatte sie sich im nahen Wald von einem der Knechte des Bergbauernhofes nageln lassen, aber das waren schnelle Ficks im Stehen gewesen, bei denen stets die Gefahr bestand, entdeckt zu werden.

Im Gegenzug hatten die Melker ihr die eine oder andere Gefälligkeit erwiesen, etwas für sie erledigt, das im Pensionat nicht bekannt werden sollte. So genoss sie jetzt die Aufmerksamkeit, die René ihr entgegenbrachte und an der sie nicht völlig unschuldig war.

Seine Hand grabbelte unter ihr lockeres T-Shirt, kraulte über ihren kleinen Bauch zu den beiden Brüsten in der Form halber Äpfel mit zartbraunen Knospen. Genüsslich leise aufstöhnend lehnte sie sich zurück, ließ es zu, dass er ihr das Shirt auszog und ihre Mädchentitten massierte, die fest aufragenden Nippel rieb ...

In Renés Shorts stand sein Prengel hart wie Stahl.

Während er an Julies süßen Möpsen herumfingerte, griff sie seinen Taillenbund, schob die Shorts nach unten. Er trug darunter einen sehr maskulinen Slip in den Farben der USA, der sein pralles Rohr und den strammen Sack nur unzulänglich verbarg. Sanft streichelte Julie die amerikanische Flagge, Renés harter Ständer pulsierte unter ihrer Hand. Als sie auch noch zart seine dicken Eier knetete, begann er wohlig zu röcheln.

Unterdessen streifte er ihre weite Shorts nach oben; deutlich konnte man den weißen Rand erkennen, wo im Sommer ihr knappes Bikinihöschen gesessen hatte. Ihre Haut war dieses Jahr besonders tiefbraun vom gemeinsamen Familienurlaub in Mombasa, wo der internationale Konzern des Lebensgefährten ihrer Mum eine luxuriöse Lodge für ihre leitenden Manager unterhielt. Julie öffnete willig ihre Schenkel, seine kräftige Hand glitt geübt an die zarte Furche, liebkoste diese.

Drang schließlich mit zwei Fingern zwischen ihre prallen Schamlippen, spürte, dass sie schon verlangend warm und feucht war. Lustvoll seufzte sie auf, als er begann, ihre kleine Perle mit seinen sensiblen Fingern zu massieren. Schob seinen Slip weg …

Erfreut über diese Erleichterung federte seine Latte in die Senkrechte wie der Speck in der Mausfalle.

Beide lagen inzwischen gänzlich auf dem Bett. Während sie gierig aneinander fummelten, trafen sich ihre Lippen, ihre Zungen spielten miteinander ein inniges Spiel. Julie strich über die kurzen Stoppeln auf Renés Schädel, knöpfte sein Hemd auf, streifte es ihm von den Armen, kraulte die männlichen Haare auf seiner Brust. Er half ihr, schob gleichzeitig mit einer einzigen Bewegung ihre Shorts und den winzigen Slip nach unten, knüllte beides mit dem Fuß zur Seite. Beide waren jetzt gänzlich nackt.

Julie nahm mit ihren kleinen Händen an seiner pochenden Ficklatte Maß: wie eine Porreestange, nur nicht so lang, aber doch lang genug; und beschnitten. Zärtlich fuhr sie über die nackte Kuppe, ließ seine Lustolive zwischen ihren braunen Fingern hin- und hergleiten, spielte damit wie ein übermütiges Gör mit einer Murmel.

René begann leise zu keuchen. Diese schnuckelige Haselmaus war längst nicht so harmlos, wie sie sich gab … Und doch sollte sie, so beschloss er, diesen Abend so schnell nicht vergessen … Er ließ seinen Blick über ihren aufreizenden Körper streifen.

Ihre niedlichen Brüste mit den erregt aufrecht stehenden Knospen, ihr flacher Bauch, darunter die leichte, glatt rasierte Wölbung ihres Venushügels, die zarte Furche zwischen ihren geöffneten Schenkeln, die jetzt so verlangend offen stand, ihre sehnigen Schenkel und die süßen kleinen Füße …

Langsam bewegte Julie ihre Faust an seinem knallharten Hammer auf und ab, ab und auf, beugte dann ihren Kopf in seinen Schoß, um die lustvolle Spitze seines gewaltigen Freudenspenders mit ihrer kleinen, rauen Zunge zu lecken und zu lutschen wie ein dickes Bonbon.

Wollüstig stöhnte René. Auch Julie seufzte lüstern, als er ihr seinen kräftigen Zeigefinger in die nasse, kleine Mädchenmöse schob, mit dem Daumen den Kitzler beglückend, der prall und erwartungsvoll hervorstand. Gierig spreizte sie ihre Beine noch weiter und genoss mit geschlossenen Augen das tiefe Eindringen seines Fingers – oh, jetzt waren es schon zwei, die ihr geiles Fötzchen bedienten!

Zwischen Julies Schenkeln schon ein nasser Fleck auf dem Laken. Beide stöhnten und keuchten, röchelten und grunzten …

Beim heißen Spiel hatten sie gar nicht bemerkt, wie Yves, Renés Zimmernachbar, den Raum betreten hatte. Ein schlaksiger, hoch aufgeschossener Sportlertyp mit Sommersprossen im Gesicht, der die Basketballmannschaft der Internatsjugend trainierte. Er hatte den beiden schon eine Zeitlang genüsslich zugesehen, dabei auch Hand an sich gelegt: sein langer, schlanker Riemen mit den Ausmaßen einer saftigen Möhre stand deutlich hervor unter dem weichen Jogging-Anzug.

Ohne viele Worte entledigte Yves sich seiner Sportkleidung, streifte den engen weißen Slip ab. Kein Haar wuchs auf seiner Brust, der Sack sauber rasiert – ein weicher Typ, der aber gerade deswegen schon viele Liebschaften gehabt hatte.

René hielt inne im lüsternen Spiel, erhob sich, wechselte einige geflüsterte Worte mit seinem Stubennachbarn, hantierte dann am Kleiderschrank.

Unterdessen begann Julie in ihrer ungezügelten Lust, rücklings auf dem Bett liegend, völlig ungehemmt ihre kleinen Titten zu kneten, während die andere Hand an ihre weit aufgerissene, nasse Dose grapschte. Selbstvergessen stöhnte sie vor sich hin, spreizte ihre Schenkel weiter und weiter. René und Yves schauten ihr erregt beim Masturbieren zu, ihre Lusthobel pochten heftig in spitzer Vorfreude auf diesen lüsternen Amboss!

Doch kurz bevor Julie kam, nahm René mit festem Griff ihre Hände zur Seite. Aus dem Schrank hatte er vier Paar Handschellen gegriffen, mit denen er Julies Arme und Beine an die vier massiv gedrechselten Bettpfosten fesselte. Sie fühlte sich machtlos, aber seltsamerweise erregte sie dies Gefühl, welches sie bis dahin nie erlebt hatte, nur noch mehr.

Sie war zu allem bereit!

So festgeschnallt auf dem harten Lager aller Begierden, das trieb sie fast zur Ekstase. Hilflos war sie den beiden wollüstigen Burschen ausgeliefert, sie konnten mit ihr machen, was sie wollten – und das sollten sie auch! Sie wollte willige Sklavin ihrer Lüste sein, wollte benutzt werden, alles ohne Widerworte über sich ergehen lassen.

Der Anblick der beiden Schmiedehämmer und die Erwartung dessen, was auf sie zukam, machte sie nahezu willenlos, willfährig war sie bereit zu bekommen, was ihr zugedacht war. Die mit den schwarzen Lederriemen am Gestell festgeschnallten Schenkel so weit aufgerissen, dass man ohne Probleme ein Partyfass hätte in ihre Fotze schieben können.

Plötzlich war Yves rittlings über ihr, sie spürte wie sein strammer Sack rau über ihre steifen Nippel streifte. Der Bursche mit der zuckenden Möhre knüllte ihr das Kopfkissen unter die Löwenmähne. Widerstandslos öffnete Julie ihre Lippen, nahm Yves pulsierende Flöte in ihren warmen Mund, um eine feuchte Melodie darauf zu blasen. Er jauchzte lüstern auf, als sie begann, an seiner prallen Eichel zu knabbern, seinen spitzen Speer zu lecken. Mit rhythmischen Bewegungen drückte er seine Wurzel tiefer in ihren saugenden Schlund, sie leckte und blies mit geiler Lust, stöhnte und keuchte. Yves fickte wie wild ihr Maul, schob mit seinen Händen hinter ihrem Kopf seinen Knotenstock immer tiefer in sie hinein.

René bearbeitete unterdessen ihr aufgerissenes Fötzchen mit der ganzen flachen Hand, ließ seine Finger zwei-, drei-, viermal in ihr geiles Loch gleiten, beugte sich hinunter und begann ihre pralle Knospe zu lecken, die lüstern am oberen Ende ihres Fickschachts hervorstand. Gekonnt umspielte er sie mit seiner Zunge, knabberte fordernd daran, saugte sie so kräftig, als zutzele er eine Weißwurst aus.

Die kleine Braune ließ sich treiben auf dem Ozean ungezügelter Geilheit, gab sich willenlos hin, ließ sich verwöhnen von diesen beiden Saukerlen, die nur eins wollten: sie einfach wegficken als gehorsame Dienerin ihrer Wollust! Eigentlich war sie es gewohnt, selbst die Richtung anzugeben, umso mehr genoss sie es, jetzt so gebunden zu sein und war bereit, alles mit sich machen zu lassen. Ja, es machte sie scharf wie eine

Chilischote, einfach nur benutzt zu werden, sich hingeben zu müssen.

René leckte mittlerweile die vollen Lippen ihrer Grotte, dabei hatte er immer noch vier Finger in ihrer gierigen Möse, kreiste mit der anderen Hand über ihre Rosette, über die ihr warmes Fotzenöl reichlich ins Laken rann. Sie reckte ihm voller Verlangen ihren wollenden Schoß noch weiter entgegen, spürte, wie sein Finger ohne Gnade kraftvoll zwischen ihre Backen drang, wollte schreien vor Lust …

Doch René griff rasch zur Seite, schnallte ihr den kleinen schwarzen Ball um, den Knebel, der ihren Schrei zu einem heiseren, demütigen Wimmern dämpfte.

Julie grunzte gierig – oh, tat das alles gut! So ohne jede Möglichkeit der Wehr einfach genommen von diesen kräftigen Hengsten, ohne Rücksicht als Fickmagd achtlos abgevögelt zu werden – aaaahhhhh …

Jetzt schob René ihr seinen prallen Prengel ins Loch, rammte sie mit festen Stößen. Erst langsam, dann immer kräftiger knallte er sie mit aller Macht. Rein und raus, rein und raus, seine dicke Latte fuhr mit der Regelmäßigkeit des Kolbens eines auf voller Kraft laufenden Schiffsdiesels in ihre Büchse. Er ächzte und stöhnte, röhrte und rammte, kannte kein Erbarmen.

Julie keuchte im gleichen Takt. Yves pumpte ihr unterdessen immer noch seinen Ständer in den Hals, sie zuckte und wand sich und alles spannte sich, zog sich zusammen, immer fester. Ihr Mädchenkörper bebte unter den heißen Schauern, ihre Pflaume zuckte und dann, dann kam es ihr und kam ihr und kam ihr und es gab gar kein Ende … Aus ihrer glühenden Möse floss der heiße Saft in Strömen, dass ihr Hören und Sehen verging!

Oh, war das gut, von diesen starken Männern so schonungslos durchgezogen zu werden!

Unterdessen hatte René nochmals am Schrank hantiert.

Als Julie wieder zu sich kam, sah sie um seine Taille geschnallt einen breiten, schwarzen Ledergurt, besetzt mit blitzenden stählernen Nieten, von dem hinauf sich zwei schmalere Lederriemen über seiner behaarten Brust kreuzten, über seine starken Schultern liefen, sich am Rücken abermals kreuzten und dort mit blinkenden metallischen Ringen wieder am straff sitzenden Gurt befestigt waren.

Ein kleiner Riemen führte vorn hinab zu einem stählernen Ring, der über den mächtigen Prengel und seinen fetten Sack gestreift war, diesen noch praller hervorstehen ließ.

Alles an René verlangte nun nach Respekt und Gehorsam. Julie war bereit, sich ihm willig zu fügen. In der Hand hielt er eine Peitsche mit vielen dünnen schwarzen Lederstreifen, eine »Neunschwänzige Katze«, streichelte damit sacht über die Innenseiten ihrer Schenkel, ließ sie spüren, wie zart das Instrument sein konnte, zog sie langsam über ihr nasses, durch die Fesseln erzwungen breit gespreiztes Fötzchen.

Da – ein fester Hieb klatschte auf ihre Lenden.

Julies überraschter Schmerzensschrei erstickte unter dem Knebel. Dort, wo die Peitsche getroffen hatte, zeigte sich ein dunkelroter Striemen. Die Haut wurde angenehm warm. Julie genoss dies ungewohnte Gefühl, lernte, dass dem brennenden Schmerz des Hiebes immer diese wundervolle Wärme folgte. Als die Peitsche wieder pfeifend durch die Luft schnitt, erneut auf ihre Haut schnalzte, unterdrückte sie den Schrei, schloss die Augen, spürte die der Wärme folgende erregende Rötung.

Ihr Gebieter wischte nun mit den dünnen Riemchen sacht über ihre Titten, deren Nippel hart und steif aufragten, ein-, zwei-, dreimal, hin und her. Es kribbelte angenehm. Plötzlich, ohne Vorwarnung, klatschte in rascher Folge das Leder auf die kleinen Möpse, derbe auf ihren Bauch, geißelte ihre Schenkel mit kräftigen Schlägen.

Einen Hieb zog er ihr extra quer über die Möse.

Ließ sie dann den Schmerz auskosten, spüren, wie die Durchblutung ihren Körper erhitzte, wie die Haut sich rötete. Hie und da quoll ein kleiner Tropfen Blut hervor.

Julie winselte unter dem Knebel in purer Gier. Dieser strenge Zuchtmeister sollte sie zureiten, weiter versohlen, ihr den kleinen Knackarsch zwiebeln, sie wollte seine ruchlose Sklavin sein, willenlos festgekettet als demütiges Bumsopfer auf dem Altar seiner Begierden …

Wieder sausten die Riemen auf ihre Lenden, klatschte das Leder auf ihre Titten, schlug er zwischen ihre Schenkel auf ihre gespreizte glitschige Grotte. Bei jedem Hieb seiner »Neunschwänzigen Katze« zuckte sie auf der hölzernen Pritsche, empfing mit unendlicher Wonne seine Züchtigung, die ihr diese schmerzlich-schöne Genugtuung verschaffte. Sie glaubte, explodieren zu müssen vor unersättlicher Lust – er sollte weiter machen, nur weiter, immer weiter! Wie tat das gut, so gezüchtigt zu werden …

Renés Fickprügel stand prall wie ein einsatzbereiter Dreschflegel, hart klopfte die Lanze im Geschirr, er keuchte und atmete schwer. Was war das für eine heiße Stute, der er da die Sporen gab, so jung und unverdorben und doch ihm völlig ausgeliefert. Sein lüsternes Horn stand kurz vor dem Platzen, der Sack angeschwollen vom heißen Sperma, so spitz war er.

Yves stand unterdessen etwas abseits, beobachtete seinen Genossen bei der Lektion, wichste sich selbst, knetete seine Eier, stöhnte gierig.

Julies Atem ging schneller, sie grunzte fügsam unter dem Knebel.

Draußen war es inzwischen gänzlich dunkel geworden; nur noch vereinzelt klang Vogelgesang herüber. Die Nacht legte sich über »Schloss Hohenstein«. Draußen im Wald und auf den Almen kam das Leben zur Ruhe.

Drinnen aber stand der Höhepunkt erst noch bevor. Endlich wurden Julies stumme Schreie nach strenger Züchtigung erhört. Für einen kurzen Moment schloss René ihre Fesseln auf, warf mit rauer Hand, keinen Widerspruch duldend, die zartbittere Fickstute auf den Bauch, und schon klickten wieder die Fesseln aus schwarzem Leder und blitzendem Chrom um Glieder und Bettpfosten. Den Kopf zur Seite gedreht, lag Julie da; die blonden, schweißnassen, strubbeligen Haare fielen auf ihre braunen Schultern, darunter ihr glatter, junger Rücken, an dessen Ende ihr fester, knackiger Mädchenarsch sich aufreizend wölbte, von wo aus sich ihre Beine, zwischen denen ihre nasse Fotze und die kleine braune Rosette sich aufreizend aufgerissen darboten, breit zu den Fesseln an den Pfosten spreizten.

René kniete über ihrem Kopf, blickte zu ihren Füßen. Er nahm den Knebel zur Seite, schob seine eiserne Lanze zwischen ihre lechzenden Lippen, begann sie in ihr Ludermaul zu ficken.

Yves massierte die knackigen Backen ihres runden Mädchenarsches, der offen emporragte, knetete sie heftig. Julie verlor nun jede Beherrschung. Sie spürte, wie Yves mit einem harten Stoß seine lüsterne Latte bis zum Anschlag in ihren Hintern rammte, der bis gerade noch so jungfräulich gewesen war! Oh, war das geil, oh, tat das gut … Langsam begann er zu reiten, schob seine Lustmöhre in das enge Futteral, dehnte mit jedem Stoß ihren Schließmuskel, nahm Fahrt auf, stieß schneller, fester …

Bis in die Magengrube spürte sie seine Stöße, mit denen er ihre Rosette entjungferte. Ein unbeschreibliches Gefühl, zwischen den Backen so prall gefüllt zu werden.

Ach, käme jetzt doch die köstliche Züchtigung!

Als hätte er ihren sehnlichen Wunsch erahnt, zog Yves seinen langen schmalen Riemen aus ihrer rauen Röhre, gab den lüsternen Arsch frei, damit René dem das geben konnte, was er so sehr brauchte.

Schon pfiff das Leder wieder durch die Luft, klatschte nieder. Prickelnde Wonnen prasselten auf ihren Rücken, dann endlich versohlte René ihr genüsslich den kleinen Mädchenarsch, den frisch gefickten. Auf die linke Backe, dann die rechte, fünf, zehn, fünfzehn Hiebe … Ihr Hinterteil glühte wie die Kohlen eines Freudenfeuers. Jetzt gar ein fester Hieb mitten in die Ritze – oh, oohh, Julie war dem lüsternen Wahnsinn nahe.

René hieb und hieb, und sie stöhnte und stöhnte und leckte ihn unterwürfig, genoss diese Geißelungen durch seine starke Hand, es klatschte und knallte, die Peitsche tanzte Samba auf ihren Backen. So wollte sie gezüchtigt werden bis in alle Ewigkeit!

Julie jauchzte und grunzte, quiekte und röchelte, als sei sie nicht von dieser Welt.

Und noch ein Hieb auf den Knackarsch und noch einer! Dankbar hob sie den flammenden Hintern hoch, damit die Schläge fester trafen, wollte diese geile Glückseligkeit voll empfangen, riss sich auf, soweit es ging. Oh, tat das gut, diese kräftigen Prügel! Es brannte wie Feuer, und doch sehnte sie sich so sehr nach dieser züchtigenden Pein! Sie war ein willfähriges Objekt, in geiler Demut ihrem Herrn ergeben.

Aus ihrer klatschnassen Möse ergossen sich Fluten ihres lüsternen Mösensafts, tränkten die harte Pritsche.

René zerzauste mit seinen Fingern ihr schweißnasses Haar, während er seinen knallsteifen Prengel immer fester zwischen ihre dankbaren Lippen stieß, die sie fest darum geschlossen hatte, jetzt sogar ein wenig ihre Zähne an diesem Blasrohr spielen ließ.

Der ganze Raum roch nach Möse und Schwänzen. Julie

war völlig ihrer Lust ausgeliefert und wimmerte. René keuchte immer stärker und Yves, der in höchster Erregung dieser Unterwerfung zusah, wichste sich schon wieder im Stehen neben dem Bett.

Für ihn war es kaum noch auszuhalten, er kniete sich auf die Matratze hinter Julie, und hämmerte seinen hart gewichsten Lümmel in ihre triefnasse Fotze. Sie wusste, was von ihr erwartet wurde, fing an, sich rhythmisch zu bewegen, auf und ab und auf und ab. Während Yves sie so von hinten abfickte, dabei ungestüm röhrte und keuchte, schob René sein Rohr tiefer und tiefer in ihren Rachen; sie leckte gehorsam, kaute und blies wie ein Herbstorkan, er stöhnte voller Gier.

Julie versank in einer Wolke willfähriger Wollust, sie wollte lecken, saugen, gefickt und versohlt werden, immer weiter von René, ihrem gestrengen Herrn und Gebieter, und Yves, seinem sanften Prinzen.

Sie spürte, wie es ihr kam. Auch in Renés Schwanz pochte schon lange die warme Sahne, verlangte nach Erleichterung, und Yves konnte schon gar nicht mehr an sich halten. Gleichzeitig kamen sie alle drei, in einem orgiastischen Feuerwerk entluden sie sich ineinander. René pumpte Schwall um Schwall in Julies Schlund und sie schluckte mit Wonne seine warme Soße, konnte nicht genug davon bekommen. Ihr Rücken, ihre Schenkel, ihr Fötzchen, ihr Arsch, alles zuckte und bebte, vibrierte und explodierte. Auch Yves feuerte eine heiße Ladung nach der anderen in ihre saftige Mädchenmöse, sie wollte diese Schwänze nie wieder loslassen, wollte immer und immer mehr vollgespritzt werden mit diesem geilen Saft.

Endlich, endlich hatte Yves seine Flinte leer geschossen. Aus Renés Pfeife quoll ein letzter Schluck. Julie lag glücklich in ihren Kissen. Ihr rann der Saft aus allen Löchern. Zärtlich wichste sie noch ein paar Mal Yves lange Lustmöhre und leckte René einige Tropfen vom Ständer, während sich auf ihrer Haut immer deutlicher die Striemen der lustvoll genossenen Züchtigung abzeichneten. Yves massierte ab und zu zärtlich ihre Muschi, aus der immer noch das feuchte Glück tropfte.

Wenig später schliefen sie ohne viele Worte erschöpft, aber glücklich, gemeinsam auf der schmalen Matratze ein, wohlig entspannt in dem guten Gefühl, dass dies erst der Anfang ihrer gemeinsamen Freuden war …

VI.

Sanft prickelte das angenehm warme Wasser auf ihrer zimtbraunen Haut; diese allabendliche Dusche in dem großen, aus wertvollem rosa Marmor gearbeiteten und mit goldglänzenden Armaturen edel ausgestatteten Bad war Florence zur genüsslichen Gewohnheit geworden.

Das weitläufige Atelier, das sie mit ihrem derzeitigen Lebenspartner Hugo, einem jungen Französischlehrer des Internats »Schloss Hohenstein«, bewohnte, lag im obersten Geschoss eines romantisch verschnörkelten Hauses aus der frühen Gründerzeit, hoch über allen ziegelroten Dächern und dem dichten grün der ausladenden Kronen zahlreicher alter Alleebäume der kleinen walisischen Stadt.

Sorgsam achtete Florence unter der Brause darauf, ihre dunkle Mähne trocken zu halten. Ihren Vater, einen farbigen Geschäftsmann aus der französischen Überseeprovinz Reunion, hatte Florence nie kennengelernt, denn sie war das Andenken ihrer Mutter an eine kurze, aber heftige Urlaubsliaison. Geblieben war nur die Caramelfarbe ihres sportlich trainierten Körpers, die tiefbraunen Locken über ihrem glatten, ebenmäßigen Gesicht mit nussbraunen Augen und weichen Lippen. Ihre Freundinnen aus dem Fitness-Center beneideten Florence oft um diesen südlich-sonnigen Teint, ebenso wie um ihre mädchenhafte Figur.

Mit sanften Bewegungen schäumte sie sommerlich-blumig nach blühendem Jasmin duftendes Gel gefühlvoll auf ihre schlanken Schultern, die knabenhaft kleinen Brüste – zwei samtig-frische Aprikosen, die von zarten schokoladigen Knospen gekrönt wurden. Verteilte Shampoo auf ihrem festen, flachen Bauch, sacht glitten ihre bronzefarbenen Finger in das kurz geschorene, fast schwarze Dreieck zwischen ihren sehnigen Schenkeln.

Florence genoss das wohlige Gefühl: Wonnevoll fuhren ihre Hände über die samtigbraune Haut, schmeichelten den dunkelweichen Rosinen, wanderten zögernd in das warme Tal nicht weit unter ihrem nupsigen Nabel. Sehnendes Stöhnen entrang sich ihrer Brust, sündige Schauer krabbelten auf ihrem Rücken, als ihre Finger die Perle der Lust berührten.

Hugo, ihr Lebensgefährte, war nicht nur Lehrer, sondern engagierte sich zusätzlich in einem Arbeitskreis, der die Freundschaft zwischen »Schloss Hohenstein« und anderen Internaten pflegte; wie so oft verspätete er sich wieder einmal über die Zeit.

Florence, selbst ausgebildete Lehrerin, gab momentan nur an einigen Nachmittagen Nachhilfestunden oder betreute gelegentlich Schüler, die zur Strafe für mancherlei mehr oder weniger gelungene Streiche nachsitzen mussten. Sie vermisste sehr ihre zärtlichen Stunden zu zweit am glühend knisternden Kamin mit den leuchtend sprühenden Funkenfontänen, bei denen sie sich früher liebevoll auf dem weichen, hellbraunen Hirschledersofa aneinandergekuschelt hatten – wortlos ins flackernde Feuer geschaut, sich so nah gewesen waren.

Jetzt korrigierte Hugo stattdessen meist noch bis spät in die Nacht Arbeiten seiner Schüler oder führte die Korrespondenz des Arbeitskreises, schnarchte dann alsbald neben ihr im Bett.

Verträumt strichen ihre Finger über den glänzend-glatten Brausegriff. Leise seufzend nahm sie ihn aus der Halterung und spülte sich ab. Ausgiebig richtete sie den starken Strahl aufs feste junge Fleisch, führte den Schlauch dann zwischen ihre Schenkel, spürte genüsslich an ihrer jungen Mädchenmöse den kräftig massierenden Guss. Lustvoll-leise Laute drangen über ihre leicht geöffneten Lippen – oh, welches Verlangen brannte in ihr nach Zärtlichkeit!

Ein strahlendes Leuchten in den Haselnussaugen, stellte sie das Wasser ab, kletterte aus der Kabine und frottierte sich schmeichelnd mit einem bordeauxroten Badetuch, schlüpfte dann graziös in ihren vielfarbig mattseiden-schillernden Kimono.

Als Florence aus dem Bad trat, drehte sich klackend der Schlüssel im Schloss der Etagentür: Hugo trat ein und begrüßte sie mit einem flüchtigen Kuss.

»Es waren noch Konferenzen«, entschuldigte er routiniert seine Verspätung. Er ließ Florence in der offenen Badezimmertür stehen, passierte die daran anschließende nach amerikanischem Vorbild offen in den Raum integrierte Küche und steuerte geradewegs auf seinen großen, mit allerlei Unterlagen überhäuften Schreibtisch zu, der in dem weitläufigen Dachstudio unmittelbar an der giebelhohen Fensterfront stand.

Von hier aus hatte man des Abends einen wundervollen Blick über das nächtlich funkelnde Häusermeer. Unzählige Lichter glimmten aufgeregten Glühwürmchen gleich durch die Dunkelheit herauf.

Der Kamin der Essbar blieb also wieder einmal kalt. Florence hockte sich für einen Augenblick missmutig in die daneben gestellte, schwere Eckgarnitur. Hugo vertiefte sich intensiv in seine Korrekturen.

Sehnsüchtig schaute Florence zu ihm hinüber. Ihr dünner Umhang war vorn auseinandergefallen, verbarg keinen ihrer körperlichen Vorzüge mehr. Keck reckten sich die Knospen ihrer zarten Aprikosenbrüste, zwischen ihren leicht gespreizten

Schenkeln öffnete sich einladend ihr feuchtes Fötzchen, das sie so gern gestopft bekommen hätte. Doch Hugo nahm ihre leidenschaftlich erregten Blicke nicht wahr, blätterte abwesend in seinen Lehrbüchern.

Florence aber trieb intime Lust: Sie trollte sich alsbald nach nebenan ins stilvoll möblierte Schlafzimmer.

Über dem großen französischen Bett verlief eine gläserne Ablage an der schlicht weißgetünchten Wand, auf welcher einige erotische Romane verstreut lagen. Die Glasplatten der Nachttische ruhten auf handgeschnitzten, goldlackierten sitzenden Löwen. Eine große Schale mit frischem Obst auf einem antiken Holzwägelchen daneben verbreitete gehaltvoll fruchtig-frischen Duft.

Florence ließ den weich-wallenden Sari von ihren Schultern fallen und glitt in ihrer muskatbraunen Nacktheit unter die gemeinsame, goldglänzende Seidendecke, die nun in fließender Eleganz ihren Körper umspielte. Ihre steifen Nippel zeichneten sich deutlich ab, eine sachte Vertiefung zeigte unaufdringlich an, wo sich ihre Möse befand.

Im Schein der kleinen Lampe mit dem roten Brokatschirm, die unter dem Bord befestigt war, blätterte sie angeregt in einem der pornographischen Bücher, begann zu lesen. Geschichten über Paare, die sich in einem Swingerclub trafen … Sie konnte sich die geschilderte Szenerie plastisch vorstellen. Ja, das würde ihr jetzt auch gefallen, geriet sie ins Träumen, von zwei oder drei Kerlen mal so richtig hart durchgezogen zu werden. In jedem Loch ein Rohr, das musste total geil sein! Und wenn dann alle drei zugleich ihre heiße Sahne in sie pumpten … Welche Frau wünschte sich das nicht in ihren geheimsten Träumen, dass da jemand kam und sie ohne viele Worte einfach abnagelte?

Aufreizend rieben sich ihre Schokoladenrosinen an der seidigen Decke, zwei Handbreit unter ihrem Nabel wurde es verlangend warm und feucht. Ihre lüsterne Büchse juckte und verlangte nach Aufmerksamkeit. In der Seidendecke zeichnete sich in Höhe ihres Fickschachts ein feuchter Fleck ab, begehrlich begann sie, tagträumend ihre Kirsche zu massieren.

Sie hörte nur am Rande, wie Hugo noch kurz an seinem Schreibtisch rumorte, anschließend im Bad eine rasche Dusche nahm, dann geräuschvoll hinter sich die Schlafzimmertür schloss.

»Ein wirklich interessantes Projekt«, gähnte er, rutschte neben ihr unter die Decke, hauchte: »Schlaf gut!«, und drückte ihr einen kühlen Kuss auf ihre Stirn und löschte das Licht.

Im Dunkeln schob Florence den Erotikroman zur Seite, der raschelnd neben dem Bett zu Boden fiel. Schon waren Hugos tiefe, regelmäßige Atemzüge zu hören. Florence rückte unter der glatten Decke nah an ihn heran.

Lustvoll glitten ihre Finger über die feine Seide, hinüber zum Obstkorb, tasteten suchend im diffusen Dämmerlicht, spürten endlich die längliche Frucht, welche dort ruhte. Zärtlich glitten ihre Hände darüber, schlossen sich auf der Decke schließlich sacht darum.

Hugo atmete heftig.

Florence strich sanft mit der Nasenspitze durch seinen Schopf, sog tief den ganz eigenen Duft seiner Haut ein. Liebevoll knabberte sie an seinem Ohrläppchen, ihre andere Hand wanderte unter die Bettdecke, packte seinen Prengel. Der war so prall, dass ihre Finger darum nicht zusammenfanden.

Leise grummelnd wendete Hugo sich zu ihr, schob seinen Arm über ihr Kissen, langte in ihre dunkel gelockte Mähne. Florence züngelte über seinen Hals, verschloss seinen halb geöffneten Mund mit ihren erwartungsvoll geöffneten Lippen. Hugos drahtiges Brusthaar kitzelte auf ihrem glatten, samtbraunen Bauch.

Genüsslich fuhr sie mit der saftigen Banane über ihre sehnigen Schenkel, rollte das Obst mit der Hand lustvoll darauf hin und her. Hugo seufzte innig auf und drehte sich gänzlich zu ihr. Die Knospen von Florence' frischen Aprikosen standen lüstern hervor, scheuerten schlüpfrig am glatten Stoff.

Wollüstig lechzend bediente sie mit einer Hand ihren schlafenden Freund, massierte dem Schlafenden den Schwanz, der langsam hart zu werden begann, führte zugleich mit der anderen die Banane auf ihren Nabel, streifte erregt den Mösenhügel; rau rieb die harte Kuppe über ihre zarte Haut.

Langsam zog sie die Spitze der Frucht zu ihren begehrlich geöffneten Schenkeln, fuhr ein paar Mal aufreizend an deren Innenseiten entlang. Erwartungsvoll schob sie ihr den schmelzenden Schoß entgegen, ein sinnlich-brunftiger Schrei entrang sich ihr beim kraftvollen Eindringen.

Hugo atmete jetzt deutlich schneller unter dem, was Florence ihm an süßen Träumen bescherte. Sie glaubte sogar, verhaltenes Keuchen zu vernehmen. Selbst genoss sie gierig den ungezügelten Ritt auf der Tropenfrucht, die ihre nasse Grotte gut füllte. Die leicht gebogene Form verschaffte ihr zusätzliche Wonnen, stimulierte Punkte, von deren Existenz ihr Hugo vermutlich noch nicht einmal gehört hatte.

Dem strich sie jetzt über den Rücken, knetete kraulend seine athletischen Arschbacken. Hitzig röchelnd stieß sie unterdessen die Banane in ihre Dose, war wie ein Zylinder vom Kolben völlig ausgefüllt von deren strammer Länge auf dem genässten Laken. Immer heftiger wurden ihre rhythmischen Bewegungen, fuhr im selben Takt mit der einen Hand an Hugos inzwischen knallharten Stängel auf und ab, während sie mit der anderen die Banane in ihr Loch rammte, immer lauter ihr hemmungsloses Stöhnen ...

Tief in sich empfing sie es mächtig und stark bei jedem rauen Stoß. Ihre Schokoladenrosinen mittlerweile hart wie

Krokantpralinen, die kleine Furche begann saftig zu beben. Florence bäumte sich auf, ihr lüsterner Leib loderte flammend im Feuer wilder Wollust. Fester und fester stieß sie das gelbe Obst in ihre weit offene Dose, ihr Leib bebte, heisere Grunzlaute erfüllten den Raum, wild röchelnd wälzte sie sich auf dem durchnässten Tuch, wichste zugleich Hugos Lümmel wie den Pumpenschwengel eines Dorfbrunnens … endlich – ja, endlich – entlud sie sich gurgelnd und jauchzend in einer furiosen, orgiastischen Explosion, zuckte am ganzen Körper, genoss wie im Rausch das nicht enden wollende Pulsen. Auch Hugo hatte schlafend abgesahnt, ihr alles auf den flachen braunen Bauch gespritzt, seine warme Soße rann jetzt über ihre Lenden ins seidige Laken.

Florence genoss die nicht enden wollende Erregung, ließ sich darauf ein, spürte ihr nach … Sank erst viel später wohlig erschöpft und entspannt zurück in die Kissen.

Unwillig drehte sich Hugo auf die andere Seite, schnarchte geräuschvoll vor sich hin. Florence zärtliche bronzebraunen Hände krabbelten unter der warmen, glänzenden Seidendecke hervor. Mit festem Griff zog sie die Schale von der Banane und biss herzhaft hinein …

VII.

Claudine Legrand konnte nicht umhin, die pralle Beule zu sehen, welche sich in Antoines knappem roten Slip deutlich abzeichnete.

»Na«, fragte sie ihren Sohn, »ist Marie schon weg?«

Marie war Antoines jüngere Freundin, die er in den letzten Sommerferien kennengelernt hatte. Sie absolvierte unter der Woche in Genf eine Ausbildung, kam darum nur am Wochenende zu Besuch und musste Sonntagabends immer recht früh wieder aufbrechen.

»Ja, leider«, antwortete Antoine seufzend, »viel zu früh, wie immer.«

»Man sieht's«, konnte Claudine sich ein Schmunzeln nicht verkneifen.

Erst jetzt bemerkte der Junge, dass er nur ein T-Shirt und diesen engen Slip trug. Da seine Mutter es aber nun ohnehin bemerkt hatte, störte es ihn auch nicht weiter, er war in solchen Dingen recht unkompliziert.

Erst seit Kurzem lebte Claudine Legrand in dem kleinen Haus in einem Dorf unweit von »Schloss Hohenstein«. Antoines französische Eltern hatten sich schon vor vielen Jahren getrennt, Claudine war als Lehrerin für Englisch und Geographie zunächst weit weg in eine kleine Stadt auf dem Land in Großbritannien gezogen und Antoine fürs Erste in Lyon bei seinem Vater geblieben. Der wechselte allerdings seine Freundinnen wie die Hemden und hatte schon in der fünften Klasse seinen Sohn auf das Internat gegeben.

Als er beruflich für längere Zeit nach Übersee ging, hatte es sich günstig gefügt, dass Claudine die Stelle in der Schule von »Schloss Hohenstein« angeboten wurde. So konnte sie in der Nähe ihres Sohnes sein, wenn sie auch nicht zusammenwohnten. Antoine lebte selbstverständlich im Pensionat, wie es die Regeln verlangten.

Nur an den Wochenenden besuchte er, wie viele andere Schüler auch, seine Mutter und verbrachte die Tage bei ihr – das machte auch das Zusammensein mit Marie wesentlich einfacher.

Er hatte just seinen achtzehnten Geburtstag gefeiert, dazu auch seinen neuen Zimmergenossen Clement eingeladen, der eben erst aus Paris hierhergekommen war, und machte seine ersten Fahrstunden für den Führerschein.

Claudine Legrand hatte von Männern die Nase ziemlich

voll, nachdem sie zweimal an den Falschen geraten war. Sie genoss es mittlerweile, allein zu sein. Sie hatte damals sehr jung geheiratet und war jetzt kaum doppelt so alt wie Antoine, und auch dieses Alter sah man ihr nicht an. Sie war mittelgroß, recht schlank, durchtrainiert und von knabenhafter Figur. Eine strubblige, blonde Windstoß-Frisur unterstrich ihre jugendliche Art, und ihr knapper Bikini zeigte mehr, als er verbarg.

»Ich hab Durst.« Antoine trabte durch das Wohnzimmer zur offenen Küche, goss einen Whisky-Cola mit viel Eis ein und lehnte sich schlürfend an den Tresen. Die Beule in seinem Slip trat dadurch noch deutlicher hervor.

Claudine folgte ihm und strich unwillkürlich mit der Hand daran vorbei. Kein Zweifel! Auch wenn Antoine eigentlich noch ein großer Junge war, an dieser Stelle war er schon ganz Mann …

Antoine zuckte bei der Berührung ein wenig zusammen, ließ es aber geschehen. Auch Claudine mixte sich in aller Ruhe einen Drink, wandte sich dann mit: »Komm, es ist noch recht warm draußen …« zur Terrasse, wo die gelbe Hollywood-Schaukel stand. Antoine folgte ihr. Sie setzten sich, und ein paar Minuten schauten beide verträumt und sacht wippend in die untergehende Sonne, nahmen ein paar Schlucke.

Claudines Blick wanderte wieder so unauffällig wie möglich hinüber zu ihrem Sohn auf dessen Slip, in dem immer noch seine Männlichkeit klar erkennbar war. Offenbar hatte er noch schnell zum Abschied mit Marie gefickt … Sie stellte sich vor, wie der Bursche die Kleine wohl auf dem Teppich gewaltig durchgevögelt hatte – seltsam, sie hatte gar nichts gehört. Vielleicht waren die beiden auch spät dran gewesen und hatten ihren Abschiedsfick unterbrechen müssen, damit Marie noch pünktlich zu ihrem Überlandbus kam, der Sonntagabends nur ein einziges Mal aus den Walliser Bergen hinunter zum

See fuhr. Das würde erklären, warum Antoine immer noch diese Mörderlatte hatte. Ein paar Mal versuchte sie sich mit anderen Gedanken abzulenken, doch es ließ ihr einfach keine Ruhe. Irgendetwas an dieser Situation machte sie einfach geil.

Wie zufällig ließ sie ihre Hand auf Antoines sonnengebräunten Schenkel gleiten – und war erstaunt und erregt zugleich, dass er sie nicht beiseiteschob. Seine Haut fühlte sich jungenhaft glatt an. Er hatte an Brust und Beinen kein einziges Haar, was ihn deutlich jünger aussehen ließ, noch zumal er nicht besonders groß war. Langsam strich Claudine mit ihren Fingern auf und ab, immer ein wenig höher …

Antoine genoss es sichtlich. Der knappe rote Slip schien jetzt fast zu platzen. Zunächst war er überrascht, als die Hand seiner Mutter ihn berührte, doch zugleich durchfuhr ihn ein ganz ungewohntes, lustvolles Kribbeln. Er spürte, wie sein praller Knabenschwanz sich noch härter aufpumpte. Schließlich hatte er die Sonntagsnummer mit Marie mittendrin abbrechen müssen, damit sie nicht ihren Bus verpasste, und nun verlangte die Ficksahne danach, endlich abgemolken zu werden. Sündige Gedanken erfüllten ihn – ja, es war ein verbotenes Spiel, was Claudine begann, doch er war bereit, es mitzuspielen. Außerdem machte ihm sein lustvoll pochender Schwanz überdeutlich klar, dass jetzt keine Zeit für lange Überlegungen war.

Er rückte näher an seine Mutter heran. Die spürte seine Hand auf ihrem Bauch, sacht, noch ein wenig unsicher über ihren Nabel streichelnd, in dem ein kleiner goldener Ring glänzte, besetzt mit einem funkelnden Stein. Einen kurzen Moment hielt sie inne – was geschah hier? Durften sie beide das tun, was sie taten? Durften sie sich auf einen geheimen Weg begeben, dessen Ende absehbar war? Wie kleine Blitze schossen manche Gedanken durch ihren Kopf, doch Claudine konnte und wollte sich in diesem Moment damit nicht aufhalten.

Außerdem hatten sie sich jahrelang nicht gesehen, all die Zeit, in der Claudine Legrand in England unterrichtete und Antoine schon die Schule von »Schloss Hohenstein« besuchte. Sie waren wie gute Freunde. Viel zu sehr irritierte sie längst Antoines praller roter Slip, hatte in ihr ein unstillbares Verlangen geweckt, ein Verlangen, das nach Befriedigung lechzte. Und sie wollte es befriedigen, hier und jetzt …

Ihre verruchte Lust ließ sie feucht werden, das Bikinihöschen bekam einen dunklen Fleck. Ihr Sohn bemerkte es, ließ seine Hand weiter über ihre sonnenwarme Haut gleiten, hinauf zu ihren Brüsten, deren Nippel so hart standen wie Kieselsteine, schob eine Hand unter den BH des Bikinis, knetete ihre Titten, zwirbelte die Brustwarzen zwischen zwei Fingern.

Ihre Blicke trafen sich, verlangende Blicke …

Warme Lippen, Haut auf Haut, ein heißer Schauer durchfuhr Claudine Legrand, als Antoine sie küsste, ihr seine Burschenzunge in den Hals schob. Sie war erstaunt, wie erfahren er im Küssen war … Sie erwiderte seine Zärtlichkeiten, knabberte lustvoll an seinen Lippen, er züngelte an ihrem Ohrläppchen.

Ihr Herz pochte wie wild, als Antoine etwas ungestüm mit der Hand in ihren Slip glitt, an ihre glattrasierte Möse griff. Sie spreizte sich ganz wie von selbst.

»Langsam!« Sie hielt die hastige Hand ihres Sohnes fest. »Wir haben ja Zeit.«

Claudine strich zart über Antoines straff gespannten Stoff, spürte seine knallharte Latte, die verlangend pochte, unter ihrem Griff im Takt seines Herzschlags pulsierte.

Ein richtiger Männerschwanz, kam ihr in den Sinn. Sie griff in den Bund des Slips, schob Antoine die Vorhaut zurück, legte seine pflaumendicke Eichel frei und stellte dabei fest, dass er auch an dieser Stelle keine Haare mehr hatte. Das ließ ihn wirken wie einen Knaben – es spitzte sie nur noch mehr an.

Ihr Plus ging schneller. Fordernd streifte sie Antoine mit einem Ruck den Slip ab, und dessen Eisenhammer genoss diese Befreiung sichtlich. Er stand kerzengerade empor, prall wie eine junge Zucchini, zuckte und bebte.

Claudine schloss fest ihre mütterliche Hand darum, begann ihn langsam, aber hart zu wichsen. Schob die Vorhaut zurück, soweit es ging, und noch weiter. Sie spannte schon, was Antoine einen äußerst lustvollen Schmerz bereitete. Seine Lustknospe und fast der halbe Schaft lagen jetzt frei. Antoine stöhnte unter dem erfahrenen Griff laut auf, ihn durchfuhr ein Kribbeln verdorbener Seligkeit. Was war seine Mutter nur für eine geile Schlampe, dass sie ihn dermaßen geschickt verwöhnte!

Er machte die Beine so breit es ging, rutschte ein wenig tiefer auf der Hollywood-Schaukel, damit Claudine seinen prallen Prengel noch besser bearbeiten konnte.

Die knetete nun kraftvoll seine Eier, auch die waren fest und dick, nahm den Sack oberhalb der Nüsse zwischen zwei Finger und zog ihn lang, so lang es ging. Antoine glaubte, er müsse jeden Moment explodieren, so geil war er jetzt. Konnte keinen klaren Gedanken mehr fassen, war ein willfähriger Knecht seiner Wollust, alles an ihm, jede Faser seines jungen Körpers getrieben von zügelloser Gier – er wollte, er musste jetzt ficken, er wollte Claudines feuchte Fotze spüren, wollte seine Stahlrute in ihr nasses Loch versenken, es ihr richtig besorgen, sie so hart nageln, dass ihr Hören und Sehen verginge. Was war seine junge Mutter für ein liederliches Luder …

Ungestüm riss er Claudine den BH herunter und begann erneut, die kleinen Brüste zu massieren, an ihren Nippeln zu saugen, die hervorstanden wie kleine dunkle Murmeln. Claudine ächzte leise, als er auch noch zart hineinbiss. Was war ihr junger Sohn doch für ein durchtriebener Feger – ihre Gefühle schlugen Purzelbäume, sie zitterte ein wenig unter den Wogen ihrer Lüsternheit, glitt hinweg in ein Meer animalischer Triebe …

Ja, sie wollte, dass dieser junge Kerl sie jetzt in all seinem unerfahrenen Ungestüm nahm, von vorn und von hinten, hart sollte er mit ihr sein, sollte sie pfählen mit seinem mächtigen Stachel und dann seine heiße Sahne in all ihre Löcher pumpen. Sie wollte ihn reiten wie einen jungen Hengst, dem man die Sporen gibt. Er musste zugeritten werden, das spürte sie, und sie wollte es tun, in diesem Augenblick!

Antoine hatte Claudine mittlerweile auch von ihrem Tangahöschen befreit und begann, an ihrer Knospe zu spielen. Erst zart, tastend, dann fester, rieb sie mit zwei, drei Fingern, zog ihre verlangende Möse weit auf. Dabei spürte er, dass seine Mutter nass war wie ein Gartenpool, der geile Saft rann ihr aus dem heißen Loch über die sehnigen Schenkel …

Zack – rammte er ihr zwei Finger in die weit geöffnete Dose, begann sie damit kräftig zu ficken. Sie war recht eng, das fiel ihm auf. Claudine juchzte, als noch ein dritter Finger in sie fuhr, sie prall ausfüllte. Oh, war ihr Sohn ein versauter Hurenbock – so war sie lange nicht mehr beglückt worden!

Die Sonne war längst hinter dem Horizont versunken. Ihre bebenden Lippen trafen sich erneut in der aufkommenden Dämmerung, berührten sich. Ihre Zungen ineinander verschlungen küssten sie sich wie zwei ausgehungerte Liebende, die endlich zueinander gefunden hatten – heiße Leiber im unbändigen Sinnenrausch.

»Lass uns ins Haus gehen«, flüsterte Claudine Antoine ins Ohr. »Es wird kühl draußen.«

Eng umschlungen schafften sie es gerade bis zur schweren, schwarzledernen Wohnzimmercouch. Claudine konnte eben noch ein kleines indirektes Licht einschalten, dann schob ihr Sohn sie schon auf den Rücken, legte ihren Kopf auf eines der beigefarbenen Stoffkissen, ein anderes unter ihren Arsch, eines ihrer Beine über die Rückenlehne. Sie ließ das andere herabhängen. Jetzt war sie vollkommen gespreizt. Aus ihrer Lasterhöhle rann die Wonnesoße auf den hellen Velours unter ihrem Hintern.

Antoine glitt ohne große Umstände über sie. Sie grunzte begierig, als er ihr sein Ofenrohr tief in den nassen Fickschacht rammte, sie spürte die hammerharte dicke Eichel in ihrer kleinen Fotze, genoss es, dass er hinten anstieß, als er sie nun fest fickte, immer fester, ja sie regelrecht an das Sofa nagelte. Oh, war das geil! Ihre Feige zuckte, stoßweise ihr heißer Atem, sie ließ sich einfach fallen, genoss es, so heftig geritten zu werden.

Immer lauter ihr Röcheln, »Jajaja …«, stöhnte sie bei jedem seiner Stöße, »besorg's mir!«

»Halt's Maul«, zischte Antoine ihr zu, als sie von ihrem Geschwätz nicht abließ und gab ihr eine gut sitzende Ohrfeige. Claudine war einen Moment wie betäubt, vollkommen erschrocken, doch nicht so sehr über die unerwartete Züchtigung, sondern darüber, dass dies ihre Lust nur noch mehr steigerte.

Abgründe taten sich auf, schrecklich schön … Neue Welten, die sie mit Antoine, nur mit ihm, entdecken wollte – ja, dieser starke Jüngling sollte sie Manieren lehren, sie wollte sich ihm unterwerfen, er sollte ihr Herr und Meister sein!

Jetzt röchelte sie erst recht laut, gab kehlige Laute von sich, grunzte »Fick mich, los fick mich!«, und es funktionierte. Zwei weitere Ohrfeigen klatschten in ihr Gesicht, in einer leichten Rötung erkannte man die Umrisse seiner Hand.

»Wenn du nicht sofort Ruhe gibst, versohle ich dir den Arsch«, herrschte Antoine sie an. »Mit der flachen Hand, du ungezogenes Gör.«

Natürlich gab Claudine keine Ruhe, jetzt erst recht nicht! Er riss seinen Riemen aus ihrer feuchten Grotte, setzte sich aufs Sofa, legte Claudine mit festem Griff übers Knie: »Damit du lernst, zu gehorchen!« Mit der flachen Hand gab er es ihr auf den strammen Hintern. Zwischen den knackigen Backen konnte er gut Claudines rot gefickte Fotze leuchten sehen.

Zackzackzack – klatschten seine Hiebe. Antoine kannte sich selbst nicht mehr … Was war nur in ihn gefahren? Welche Tiefen seiner Seele hatten sich da geöffnet, was tat er? Doch seine Gefühle fuhren Achterbahn, er konnte keinen klaren Gedanken fassen, wusste nur: Das, was gerade geschah, musste geschehen. Seine Lust steigerte sich ins Unermessliche, jede Beherrschung war verloren, er folgte nur noch seinem animalischen Instinkt, jeder Hieb ein wahrer Genuss, das Miststück auf seinen Knien sollte um Gnade winseln …

Claudine kostete jeden einzelnen Schlag aus. Ja, das brauchte sie, einen Mann, der ihr zeigte, wo es langging, ohne lange zu diskutieren, der sie als das kleine Mädchen behandelte, welches sie im Innersten immer noch war, das oft genug frech rumzickte und Launen an den Tag legte, der ihr mit harter Hand die Flausen austrieb …

Schon ihr Vater hatte ihr früher öfter mal das Höschen strammgezogen und sie mit der Gerte versohlt – und sie hatte es oft nicht wirklich als Strafe empfunden, es manchmal sogar provoziert.

»Zähl mit«, befahl Antoine, ihr Herr, mit schnarrender Stimme, »von dreißig abwärts.« Und drosch weiter auf ihren Hintern ein.

»Dreißig«, jammerte Claudine mit gespielter Leidensmiene, »Neunundzwanzig …«

Schließlich waren sie bei eins angekommen.

»Aufhören«, flehte Claudine, »bitte aufhören!«, und wünschte sich doch nichts sehnlicher, als dass er sie weiter züchtigte.

Antoine hatte unterdessen mit schnellem Griff die Gardinenkordel heruntergerissen, sie doppelt gelegt. Pfeifend sauste das Tau mitten in Claudines Ritze … Ein brennender Schmerz durchfuhr sie, wie von tausend Nadelstichen, Sterne vor ihren Augen. Schützend wollte sie die Hände vor die schmerzend gestriemten Backen halten, doch Antoine befahl ihr aufzustehen.

»Bücken«, herrschte er sie an, »Hände an die Knöchel.«

In dieser Stellung reckte sich ihr Arsch besonders prall nach oben, die Haut schön gespannt wie das Fell eines Bongos.

»Beine breit«, befahl er, schob rüde ihre Füße zur Seite. Dann traf auch schon das Seil ihre emporgereckten Backen, knallte auf die hervorlugende verfickte Weibermöse …

Ja, das zwiebelte, ooohhh tat das gut! Claudine kostete den Hieb aus, Antoine ließ ihr Zeit, bevor er das nächste Mal zuschlug. Sie sollte die Wonnen spüren, die es bereitete, wenn das warme Blut an die malträtierte Stelle schoss, wenn es unter der geschändeten Haut prickelte.

Wieder und wieder ließ er den Strang niedersausen, auch ihm bereitete es höchste Lust, diesem unartigen Balg, das seine Mutter war, den Arsch zu striemen. So geil war er noch nie gewesen … Sein Schwanz hart wie ein Pfeiler der *Golden-Gate-Brücke*, sein Sack prall wie ein melkreifes Euter.

Schließlich hielt er inne, gebot seiner Mutter, sich auf dem Sofa auszuruhen, setzte sich neben sie.

Während er noch seine ungewohnten Gefühle genoss, übernahm Claudine das Ruder, legte ihn rücklings auf die Couch, spreizte seine Schenkel, machte zwei Finger an ihrer glitschigen Möse nass und schob sie Antoine langsam in die gefurchte Rosette. Das machte ihn schier wahnsinnig! Er dachte, ihm müsse gleich der Lümmel platzen, so spitz war er …

Claudine stieß ihn, massierte sein Loch. Antoine atmete hastig, vergaß alles um sich herum.

Lange würde er es nicht mehr aushalten, das war ihm klar

– er wollte, er musste jetzt ficken! Nahm also seine Mutter bei der Hand, stoppte sie, befahl: »Auf die Knie!«

Sie tat wie geheißen, wusste sie doch nur zu gut, dass dieser Meister ihr nichts durchgehen ließ, kniete sich vor das Sofa, spreizte ihre Beine bis zum Zerreißen. Ein gurgelnder, spitzer Schrei entrang sich ihrer Brust, als Antoine ihr von hinten seinen gewaltigen Kolben mit Macht in den triefenden Trichter trieb, aus dem die geile Soße in einem Schwall herausschwappte. Er knallte sie wie ein Schmied seinen Hammer auf den Amboss, ihre jungen Brüste scheuerten auf dem Sofa, ihre Nippel fest wie Beton, auch sie glaubte, sie müsse vor Geilheit zerbersten.

Immer härter fickte er, immer fester …

»Spritz ab«, röchelte sie, während Antoine sie ohne jede Gnade abnagelte.

»Noch nicht!« Er hielt inne und schob ihr gleichzeitig drei Finger in den Arsch, begann sie zu weiten und zu dehnen.

Claudine genoss es … Dieser Kerl, ihr Sohn, war echt ein total geiles Ferkel! Kaum hatte sie das gedacht, spürte sie, wie Antoine ihr seinen Balken mit Macht in die hintere Luke stieß – erst langsam, dann fester, dann fickte er sie in die Rosette, dass ihr Hören und Sehen verging. Er rammte ihr seinen Spieß fast bis zum Herz, so kam es ihr jedenfalls vor. Jeder seiner kolossalen Stöße machte sie noch heißer. Sie spürte, wie es in ihr aufstieg, begann sich mit der flachen Hand selbst zu befriedigen, während Antoine hinten seinen Pflock setzte.

Auch Antoine konnte sich kaum noch beherrschen, diese Rosette war so wahnsinnig eng. Bei jedem Stoß presste es ihm den Schwengel zusammen, als wolle der Schließmuskel ihm den Saft regelrecht abpumpen …

Immer heftiger Claudines Finger an der prallen Kirsche. Jetzt schob sie sich wie von Sinnen selbst vier Finger in die Luströhre.

Antoine spürte, dass sie kam, fickte ihren kleinen Arsch brachial, gab ihr ein noch paar feste Klapse auf den knackigen Hintern, so wie man eine Stute zum Galopp antreibt. Claudine machte es sich mit der ganzen flachen Hand und …

»Jaaaaaaaaa … Jaaaaaaa … Jaaaaaaa!« Sie kam und kam … Und wie sie kam!

Über ihr schlug die Welt zusammen, sie versank und hob ab zugleich, sie flog, ihr ganzer Körper schüttelte sich, zuckte, alles um sie herum begann sich zu drehen, ihre Sinne schienen zu schwinden … Mit solcher Macht war es ihr noch nie gekommen, wirklich noch nie!

Antoine ließ sie einen Augenblick gewähren, ließ sie kommen, spürte ihr Zucken, ihre Vibrationen, wie ihr vor Lust brennender Körper sich aufbäumte, weiter und weiter, schließlich in einem gigantischen Orgasmus explodierte, wieder und wieder …

Langsam, ganz langsam ließen die Zuckungen nach, Claudine kam zur Ruhe, wirkte völlig entspannt, auch ein wenig abwesend.

Antoine schob ihr, ohne lange zu fragen, seinen zum Bersten gefüllten, stählernen Prügel ins Maul. Seine junge Mutter leckte ihm willig die Eichel und knetete seine fetten Eier, dass er beinahe benommen wurde. Schließlich nahm sie seinen prallen Männerschwanz ganz, ganz tief. Er fickte ihren verlangenden Schlund, ihm stiegen die Säfte, Claudine leckte und knetete. Und dann kam es ihm, ja es kam über ihn, er ließ los, sein junger Körper bäumte sich auf, spannte sich ein letztes Mal an, um sich dann in einem titanischen Strudel lodernder Lust zu entladen. Er schoss ihr die ganze Ladung ins Gesicht, seine heiße Sahne, auf die Haare, die Brüste, pumpte weiter und weiter, immer mehr, die warme Ficksoße tropfte schon über Claudines kleine Titten auf den Teppich, und immer noch sahnte er ab, es wollte gar nicht aufhören. Sein bebender Körper begehrte auf, er grunzte, spritzte sich leer, ganz leer – ein letzter kraftvoller Schuss … Endlich, endlich wurde er ruhiger, der Druck ließ nach, Claudine leckte ihm zärtlich den letzten Tropfen von der Eichel.

Einige Augenblicke saßen sie stumm eng umschlungen auf dem Sofa, streichelten einander. Antoine strich sanft über die roten Striemen auf Claudines Arsch, immer wieder tauschten sie versonnen kleine Küsse.

»Ich muss los.« Der Junge erhob sich widerstrebend. »Um zehn Uhr ist im Pensionat Bettruhe.«

»Ich weiß.« Seine Mutter strich ihm zärtlich übers Haar. »Aber wir sehen uns ja bald wieder.«

»An jedem Wochenende«, versicherte er ihr und begann sich anzukleiden.

Claudine brachte ihn wenig später zur Tür. Ein letzter inniger Kuss, dann verschwand ihr Sohn in der Dunkelheit.

Teufelskerl, dachte Claudine, als sie langsam die Haustür schloss.

VIII.

Der Herbst brachte das Gold nach »Schloss Hohenstein«. Überall färbten sich die Blätter an den Bäumen karminrot, sattelbraun, pfirsichgelb und in allen anderen Farben des erdigen Spektrums, in welche es die Sonne den ganzen warmen Sommer über getunkt hatte.

Julie Phillips war wieder einmal im Wald unterwegs, vielleicht das letzte Mal in diesem Jahr, dachte sie sich. Es konnte manchmal schnell gehen … Dann wurden die Abende kühl, Nebel stieg aus den nachtfeuchten Wiesen, in die alsbald der erste Frost schlug, und am Morgen lag kein Tau, sondern Raureif auf den Gräsern.

An diesem Tag aber gab der September noch einmal alles, was er zu geben hatte, verwöhnte Landschaft und Menschen mit weit gespanntem blauen Firmament und der goldenen Himmelsscheibe wärmenden Strahlen, die sich im Blätterdach des Forstes brachen und auf dem weichen Waldboden mit dem ersten Laub spielten, welches beim sachten Windhauch in kleinen Wirbeln seinen Reigen tanzte.

Die junge Pariserin genoss es, allein durch diese urwüchsige Natur der Schweizer Berge zu streifen – das gab ihr stets ein Gefühl besonderer Innerlichkeit und Tiefe. Hier wieselte ein Igel durchs morsche Geäst, das irgendwann krachend herabgebrochen war, dort wetzte ein Frischling auf kurzen Beinen über eine Lichtung. In den Schonungen knabberten Rehkitze, noch weiß ihre Blume, die jungen Triebe von den Tannen, und über allem kreiste manchmal ein Gänsegeier auf der Suche nach schneller Beute.

Julie spazierte ihren üblichen Weg – irgendwann war ihr diese Strecke vertraut geworden. Gleich beim ersten Mal hatte sie, ein wenig den Berg hinauf, damals die kleine Sennhütte entdeckt, in der jene Knechte vom Fuderbauern den Sommer verbrachten, welche das Almvieh hüteten und die frische Milch zu Tal brachten oder gelegentlich, vor allem im Sommer, auch direkt an Touristen verkauften.

Ab und zu hatte sie sich schon von dem einen oder anderen der Melker schnell im Stehen von hinten wegfiedeln lassen. Das war für die Jungs eine willkommene Abwechslung, und sie taten dafür ihrerseits dem kleinen Luder manchen Gefallen. So konnte Julie auf geheimnisvolle Weise die Alkoholvorräte einiger Jungs im Internat auffüllen, obwohl solche berauschenden Getränke auf »Schloss Hohenstein« selbstverständlich strikt verboten waren. Ihr Portemonnaie war ebenfalls seltsamerweise immer gut gefüllt …

Auch diesmal führten sie ihre Schritte in die Richtung der Alpweiden – doch schon unterwegs fiel ihr auf, dass sich kaum noch braunbuntes Vieh an dem saftigen Gras gütlich tat. Nur hie und da eine einsame Kuh, deren mächtige Glocke am prächtig bunt bestickten Ledergurt um den Hals mit ihrem prallen Euter um die Wette schwang. Sollte die Herde schon abgetrieben worden sein? Doch im Näherkommen entdeckte sie, dass aus dem Schornstein der steinernen Behausung ein dünnes Rauchfähnchen stieg, das von der leichten Brise sogleich in alle Himmelsrichtungen verweht wurde.

Als sie nur noch einen guten Steinwurf entfernt war, wurde von drinnen knarrend die schwere Bohlentür geöffnet, und Barnabas, einer der Fuderknechte, winkte ihr.

»Na, Madli, wieder einmal allein unterwegs?«

Julie trabte zu ihm, strich ihm sacht über den Arm und hauchte ihm zur Begrüßung ein Küsschen auf die Wange.

»Ja«, lachte sie, »ich mag noch einmal das gute Wetter ausnutzen. Bald wird es vorbei sein mit den Waldspaziergängen, wenn erst der Winter kommt. Du stachelst!« Grinsend schüttelte sie sich. »Wohl lange nicht rasiert.«

»Wir haben hier so selten Damenbesuch«, sagte Barnabas.

Der Kerl war baumlang und ebenso stark, ein Hüne von einem Mann mit Händen so groß wie der Sitz seines Melkschemels und damit das genaue Gegenteil der muskatfarbenen süßen Maus mit den warmen, braunen Augen unter der dunklen Löwenmähne, die nur eins dreiundsechzig Körpergröße maß und von zierlicher, fast knabenhafter Figur war. Er war der Einzige, mit dem Julie bisher noch nicht gebumst hatte – meist war er draußen auf den Wiesen unterwegs gewesen, während sie sich mit den anderen Sennern vergnügte.

»Wo sind denn deine Kameraden?« Die Kleine lugte an ihm vorbei in den einzigen Raum. Im dunkel verrauchten Kamin knisterte ein gemütliches Feuer aus Holzscheiten, in einem mittels Dreibein in die Flamme gehängten Kessel kochte Wasser.

»Die sind schon vor zwei Wochen mit dem Vieh zu Tal«, antwortete Barnabas gemächlich im herzhaften Schwyzerdütsch. »Ich hüte noch die letzten Kühe ein. Übermorgen steige ich auch hinunter. Magst einen Kaffee, Madli?« Dabei deutete er auf den Kessel. »Ich habe grad Wasser aufgesetzt.«

»Gern.« Das Mädchen folgte ihm ins Innere der Behausung, zog hinter sich die Tür ins schmiedeeiserne Schloss.

Barnabas trug ein kariertes Hemd und eine speckige, abgewetzte knielange Lederhose. Während er mit dem Kaffeetopf und dem Wasser hantierte, spielten seine Armmuskeln, die wie seine Waden durch die schwere körperliche Arbeit gut ausgeprägt waren. Julie bemerkte es mit einer gewissen Begehrlichkeit.

Sie hatte bisher meist nur dürre Knabenschwänze drin gehabt, auch wenn der Riemen ihres Bruders Clement ganz ordentliche Ausmaße besaß. Die Melker hatten da alleweil mehr echte Männlichkeit zu bieten gehabt, nicht nur was ihre stark geäderten, kräftigen Hüteknüppel anging, sondern auch in der Art, mit Frauen umzugehen. Diese Kerle wussten ein Weib zu nehmen und konnten ordentlich zupacken. Bei dem Gedanken daran tat ihr noch jetzt die verfickte Mädchenmöse weh, die diese Naturburschen mehrmals regelrecht wundgevögelt hatten, sodass sie nach ihren Wanderungen stets ein paar Tage lang kaum sitzen konnte.

Unversehens war sie näher an Barnabas herangetreten, und als der sich mit den beiden vollen Blechbechern umdrehte, stieß er sie an, ein Schwall heißen Kaffees schwappte über ihr Shirt und sein kariertes Hemd.

»Oh!« Erschrocken zuckte er zurück, nahm spontan ein Handtuch und begann, Julie mit raschen Bewegungen den Fleck abzuputzen.

»Nicht so hastig.« Sie hielt seine Hand fest. Ihr war es gar nicht unangenehm, schließlich blieb das Wischen mit dem rauen Leinen nicht ohne Wirkung auf ihre kleinen Marzipanmöpse, deren Nippel sich in dem dünnen Shirt sofort lustvoll aufrichteten, noch zumal sie wie immer keinen BH trug. Das blieb Barnabas nicht verborgen, dessen Fickkünste bei den Mädels im Dorf schon lange legendären Ruf genossen.

Er hatte natürlich mitbekommen, dass die anderen Knechte die Kleine ein paar Mal ordentlich durchgezogen hatten, und hatte es stets bedauert, dass er jedes Mal auf den Weiden war. Umso mehr freute er sich, an diesem Tag der verluderten pariser Bumsschnalle zu begegnen, fast schien es ihm eine himmlische Fügung zu sein.

Nur seine derbe Lederhose verbarg, dass er schon gleich einen Mörderständer bekommen hatte bei dem Gedanken, es der zarten Maid diesmal so richtig zu besorgen.

Auch Julie war einer guten Nummer nicht abgeneigt – sie war schon länger nicht mehr richtig genagelt worden.

Nachdem ihre Stubengefährtin Sarah das Internat recht schnell wieder verlassen hatte, war kurz darauf Pauline eingezogen, eine etwas pummelige Streberin mit einer hässlichen dicken Hornbrille, die noch nicht recht wusste, was sie mit ihrer haarigen Muschi anfangen sollte – auch wenn Julie sie mitten in dunkler Nacht schon einmal beim heimlichen Masturbieren erwischt hatte.

Außerdem neigte Pauline zum Petzen und war auch sonst ein kleiner Kotzbrocken. Mit den spermatriefenden Ficksessions, die Julie mit manchen der Jungs in ihrer Bude gelegentlich veranstaltet hatte, war daher ziemlich abrupt Schluss gewesen, ohne dass es bisher einen Ersatz gab.

Da kam ihr Barnabas gerade recht, um ihren Liebesschacht endlich wieder einmal so richtig knallprall gefüllt zu bekommen.

Der Kuhhirte verstand, was sie meinte und ließ das Handtuch fallen. Streichelte mit seinen bauernbrotgroßen Händen Julies Brüste, kleine feste Mädchentitten, deren Nupsies hart und aufreizend hervorstanden wie kandierte Kirschen. Sie genoss es, wehrte sich nicht, als der Almknecht ihr wie von ungefähr unter das Shirt griff, es mit einem kurzen Ruck von ihrem Leib streifte. Sie hinüberbugsierte zu der Lagerstatt aus Strohsäcken unter einem grob gewirkten Laken.

Unterdessen machte sich Julie an dem breiten Latz seiner zünftig bestickten Lederhose zu schaffen, löste mit geschickten Fingern erst den einen, dann den anderen Knopf, klappte die Luke schließlich herunter und fasste entschlossen hinein. Barnabas röhrte wie ein brunftiger Stier, als sie sein scharf geladenes Geschütz berührte. Ihr geschicktes, kunstfertiges Fummeln machte es ihm nicht leicht, den Zustand höchster Anspannung auszuhalten.

So war es eine enorme Erleichterung, als das verdorbene Miststück endlich die Hose von seinen muskulösen Schenkeln schob, zugleich auch den unförmigen hellgrauen Doppelripp, den er darunter trug und der mittlerweile spannte wie ein englisches Pfadfinderzelt, fast schmerzhaft seine Fickhaubitze beengte. Wie ein aufgerichteter Elefantenrüssel stand seine Kanone jetzt inmitten dichten schwarzhaarigen Buschwerks, und Julie, die schließlich schon eine Menge Schwänze in der Hand und in der Möse gehabt hatte, pfiff bewundernd durch die Zähne. Das hier war absolut das größte Teil, das ihr bisher je untergekommen war. Die Zaunpfosten der Almweiden wirkten dagegen fast wie Zahnstocher.

Sie musste beide Hände nehmen, um diesen Mammutprengel zu umfassen, unter dem ein Sack von den Ausmaßen eines rindsledernen Pfeifentabaksbeutels baumelte, darin zwei Nüsse groß wie Hühnereier.

Das Stroh unter dem rauen Leinen knirschte leise, als Julie dem Bauernburschen mit zarter Hand bedeutete, sich hinzulegen. Er spreizte unwillkürlich leicht die Beine, während das karierte Hemd über seiner Brust auseinanderfiel und die strammen Muskeln eines ausgeprägten Sixpacks freilegte. Langsam, wie es ihre Art war, begann Julie das pralle Ofenrohr zu bearbeiten. Ließ ihre Hände locker daran auf und ab gleiten, spielerisch geradezu, ohne jede Eile. Fummelte zwischendurch an dem mächtigen Gehänge, klemmte mit zwei Fingern am oberen Rand seine Bälle ab, zog ihm den faltigen Beutel lang, bis dieser fast zu reißen drohte, verdrehte dessen Haut wie einen alten Putzlumpen beim Auswringen.

Barnabas Wollust wurde so zum Äußersten getrieben. Heiße Schauer rannen ihm über den Rücken, er kam dem Wahnsinn nahe, stöhnte kehlig wie ein Zuchtbulle an der Besamungsmaschine, glaubte jeden Moment abspritzen zu müssen, doch die verfluchte Bumsmaus verstand es, ihn nicht kommen zu lassen.

Sobald sie spürte, dass seine Säfte zu steigen begannen, kniff sie ihm schmerzhaft in die Eier, was ihn unverzüglich zurückholte in die Realität. Sogleich sank sein Pegel schlagartig, und dies Lotterweib begann von neuem, ihn mit allerlei Handwerk aufzuheizen, schickte sich wieder an, den Melker zu melken. Schloss ihre Fäuste fest um seinen Marterpfahl, dessen blutpralle Adern hervorstanden, wie Zuleitungen zur Einspritzpumpe eines Ackerschleppers, fuhr daran mit Kraft auf und ab wie der Schwengel einer Hofpumpe. Schnaufte ein wenig, fingerte an seiner Lustolive herum, die fast so groß war wie eine Aprikose, spielte mit seiner Vorhaut, schob den Lappen zurück, soweit es ging, nässte ihre Finger an den Lippen und grabbelte durch die kleine Rille, um den Schaftrand seiner ausgewachsenen Spermagurke.

Barnabas grunzte vor Vergnügen. Noch nie hatte er solche

Wonnen erlebt. Unbändige Lust brandete durch seinen Körper, ließ ihn selig erschauern. Was war diese Stadtmaus doch für ein abgeficktes Luder – erfahren wie eine alte Hexe und dabei so frisch und knackig wie eine junge Waldelfe!

Dann – und das gab ihm ein Gefühl, als wolle sein Hirn schier zerplatzen wie eine überreife Melone – begann sie seinen stahlharten Hammer klatschend zu ohrfeigen! Links-rechts-links-rechts, wie man früher ein unartiges Balg zur Räson brachte, patschte sie mit ihren Händchen an seine mächtige Samenpeitsche, keuchte dabei erregt. Er stieß einen erstickten Laut schmerzlichen Erstaunens aus, seufzte dann hingebungsvoll.

»Wer hat dir bloß erlaubt, so hart zu werden?«, schimpfte sie mit seiner schwankenden Zaunlatte, und schon wieder pfiffen ihre Finger durch die Luft, trafen genau.

Barnabas jaulte wie ein getretener Hund, doch er wehrte sich nicht. Im Gegenteil: Ein wenig hob er seinen strammen Arsch an, sodass sein Knüppel noch weiter emporstand, die liebevolle Züchtigung besser empfangen konnte, die ihn auf ganz ungewohnte Weise schärfte. Bei jedem Hieb federte seine Fickeiche geschmeidig zur Seite, was durch den Rückstoß den folgenden Schlag jedes Mal etwas fester auftreffen ließ. Ihn machte diese Behandlung vollkommen willenlos, sollte das dreiste Großstadtgör doch mit ihm anstellen, was es wollte, er war bereit sich ihr hinzugeben, alles zu erdulden, was sie ihm zufügen, wohin sie ihn treiben würde. Wenn er nur am Ende dieses dornengesäumten Weges seine Soße mit heißem Strahl in ihre Löcher pumpen dürfte …

Sein Körper produzierte in der Erwartung dessen, was da auf ihn zukam, literweise sämige Ficksahne, sodass Barnabas' Sack bald so prall war wie das Euter einer strammen Milchkuh nach drei Tagen auf der Weide.

Hatte er sich bisher nur von Julie verwöhnen lassen, gelang es ihm jetzt nicht mehr, seine Griffel bei sich zu behalten. Während sie wieder genüsslich seinen Pfosten peinigte, riss er ihr ungestüm den Knopf von der Jeans, grapschte ihr diese mitsamt dem winzigen roten Slip vom Lotterleib, sodass die heiße Stute ganz nackt vor ihm stand. Eindeutig wollte sie von ihm am kurzen Zügel geritten werden!

Sie gurrte verlangend, aus ihrer glatt rasierten nassen Pflaume floss ein Rinnsal von Fotzenöl ihre sehnigen, muskatbraunen Schenkel entlang. Das war fast zu viel für Barnabas. Mit fester Hand zog er die Kleine zu sich herab, rammte ihr zugleich zwei seiner Finger mit den Ausmaßen von Bockwürsten schmatzend in die triefende Grotte und seine raue Zunge in den Hals. Julie gab sich ihm hin – das hatte sie gewollt, ein Kerl, der nicht viel fragte, sondern einfach tat, was getan werden musste. Sie erwiderte seinen ungestümen Kuss, erschauerte, als er begann, mit der anderen Hand ihre griffigen Quarktaschen zu bearbeiten, zu kneten wie ein Bäcker den Hefeteig. Spreizte ihre Schenkel, damit seine Pranke besseren Zugang fand.

Jetzt war es an ihr, sich bedienen zu lassen – und dieser knorrige Bergkauz war mit allen Wassern gewaschen. Als er ihr plötzlich drei seiner Wurstfinger in die gedehnte Dose hämmerte, glaubte sie platzen zu müssen – wie sollte das erst werden, wenn er seinen fetten Rammelkolben in ihrem engen Bumszylinder versenken würde!

Selig grunzend schob sie ihm ihre Lenden entgegen, ließ sich von seinen Fingern füllen, knabberte lustvoll an seiner Zunge. Doch Barnabas wollte mehr – sie spürte, wie er in diesem Moment mit dem kleinen Finger seiner Fickhand ihre Rosette bespielte, sanften Druck ausübte, dann ohne viel Vorarbeit eindrang. Jetzt nagelte er sie schon in beide Löcher. Doch ehe sie zum Nachdenken kam, hatte er seine Lage so verändert, dass nun sein mächtiger Sahnespender unmittelbar vor ihrem lüsternen Maul pulsierte.

Es bedurfte keiner Frage, was er von ihr wollte, und sie gab es ihm. Blies auf seiner Hirtenflöte eine melancholische Sehnsuchtsmelodie, die in zutiefst anrührte. Anders jedenfalls konnte man das Pochen in seinem Schwengel nicht deuten, das von höchster Erregung zeugte, ebenso wie sein hemmungsloses Blöken, während ihre geschickte warme Zunge kunstvoll seinen Kolben verwöhnte.

Langsam, fast unmerklich, begann er seinen Luststab in ihrem Schlund hin und her zu schieben, immer tiefer damit in ihren Rachen vorzudringen. Julie musste heiser husten, als er ihr Zäpfchen passierte, sie glaubte, er wolle mit seinem strammen Schlauch ihren Magen vollpumpen ... Ein Teufelskerl, der keine Rücksicht nahm und keine verlangte, ein Urvieh, für den alles, was jetzt zählte, der wilde, unbezähmbare Trieb war.

Unterdessen zupfte er an ihrer voll erblühten Knospe, ließ diese langsam durch seine weißen, naturgesunden Zähne gleiten. Schleckte über ihre triefnasse Spalte, leckte ihr den Saft vom Schlitz, saugte den Nektar aus ihrem Blütenkelch.

Julie begann in ihrem Herzen zu schweben, ließ sich nur allzu gern so verwöhnen. Das war echte Erfahrung, das war ein wahrer Kerl, brachial und herzlich, bestimmend und fürsorglich zugleich, eben ein Mann von echtem Schrot und Korn.

Die Fickmaus brauchte drei ihrer kleinen Finger, um seine runzelige Bauernrosette zumindest einigermaßen zu füllen. Als sie diese ohne zu fragen in seinen behaarten Männerarsch nietete, röchelte der Seppel unbeherrscht in purer Geilheit.

Verschlungen wie die Laokoon-Gruppe in der Darstellung des Kampfes dieses trojanische Priesters und seiner Söhne gegen die Schlangen des Bösen lagen Julie und ihr Bauernbursche im Stroh, spürten nicht, wie die brüchigen Halme ihre Haut zerkratzten, liebten sich ungestüm, waren zügellos und zu allem bereit.

Julie wusste, dass es irgendwann sein musste, und sie fürchtete sich insgeheim ein wenig vor dem Augenblick. Doch als Barnabas schließlich seinen prallen Rüssel aus ihrem Rachen zog und sie mit fester Hand aufbockte, war ihr klar, dass es nun soweit war. Jetzt würde er in sie dringen, würde ihre kleine, nasse pariser Görenfotze mit seinem Marterpfahl schänden und so prall ausfüllen, wie sie es noch nie erlebt hatte.

Es war nur ein leichter Schmerz, der sie durchzuckte, als er seinen glühenden Stempel mit Macht in ihren Schacht rammte, als wolle er sie durchs Stroh an die nackte Erde schmieden. Dann gab ihre vom vielen Ficken gut gedehnte Möse nach, nahm seinen Schweizer Riemen auf und gab ihm den Raum, den er brauchte. Ein kleiner spitzer Schrei, als er mit seiner mächtigen Knolle an ihren Muttermund stieß, obwohl immer noch eine Handbreit seines Jagdspeers außerhalb ihrer Röhre war.

Dann begann er zu arbeiten, anders konnte man es wahrlich nicht nennen. Wie man einen Pflock zum Festbinden des Viehs in den Boden schlägt, so zwiebelte er ihr seine zum Bersten geladene Männlichkeit ins Futteral, mit langsamen, harten Stößen, die keinen Widerspruch duldeten. Wurde dann schneller, heftiger. Gierige Brunftschreie entrangen sich seiner Brust, während Julie nur noch hecheln konnte wie ein dürstendes Schoßhündchen – ihr war, als treibe ihr der grobe Kerl seinen Knotenstock direkt bis ins Herz.

Barnabas Bolzen schien mit jedem kraftvollen Einschub nur noch fester zu werden. Julie hatte sich inzwischen mit einer ihrer winzigen Hände an den prallen Zünder gegrapscht, bediente sich hemmungslos selber, rubbelte ihre Perle mit der flachen Hand, als wolle sie diese für immer ausradieren.

Streckte jauchzend ihr kleines knackiges Hinterteil diesem starken Bergmeister entgegen, der ein ums andere Mal stöhnend wie ein Lastarbeiter beim Steineschleppen mit seinem Rundholz ihre Dose glatthobelte.

Doch da – was war das? Jetzt warf er sie herum, setzte sich selbst auf die Strohsäcke, leicht an die Hüttenwand gelehnt, stülpte sich das süße kleine Fickferkel frontal auf seinen Ständer, gebot ihr, ihn zu reiten. Julie tat, wie ihr geheißen, stützte sich dabei rücklings mit ihren Händen an seinen Knöcheln ab, während er fast zärtlich, jedenfalls so zärtlich es ihm möglich war, ihre Löwenmähne kraulte und ihre Zuckerzitzen massierte. Sie spürte, dass es nicht mehr lange dauerte, bis sie ein erstes Mal kommen würde, doch das war jetzt egal. Sie fühlte sich wie ein Spanferkel auf dem Grillspieß, so wie Barnabas sie zügellos pfählte. Wieder glitt ihre Hand an ihre glühend rote Möse. Wie von Sinnen bearbeitete sie die pralle Kuppe ihres Lustzentrums, spürte wie es ihren angespannten Leib fast zerriss, als die ersten Zuckungen über sie kamen wie eine Naturgewalt. Blitz und Donner schlugen krachend über ihr zusammen, die Welt um sie herum war vollkommen versunken. Wie die funkensprühende Lava eines Vulkanausbruchs machte das in einem Schwall hervorströmende Mösenöl ihren Stollen noch glitschiger, rann an dem prallen Knallschaft ihres Bumsberserkers entlang in die Strohsäcke.

Ihr ganzer Körper geschüttelt wie bei einem Erdbeben, wollten und wollten die Wallungen ihrer Lust nicht enden.

Barnabas hatte gespürt, dass sie soweit war und sein hartes Tagwerk kurz unterbrochen, damit sie ihre Glücksmomente voll auskosten, sich ihrem Orgasmus einfach hingeben konnte. Er beobachtete Julie, wie es ihr mit aller Macht kam, wie ihre Gesichtszüge entgleisten, ihr Atem stoßweise ihren Apfelmund verließ und kleine Schweißperlen über ihre Stirn rannen. Wie ihre Schenkel zuckten, ihre Bauchdecke sich anspannte und ihre Alabasterbrüste bei jedem Höhepunkt vibrierten.

Endlich, endlich kam Julie zur Ruhe, fasste sich, schlug die nussbraunen Augen auf, beugte sich hinab zu ihrem Rittmeister, verschloss seine Lippen mit einem zärtlichen Kuss.

Das war das Zeichen. Der raue Kuhhirt schob sich das junge Fleisch von der Lanze, warf die Kleine rücklings aufs Stroh, hob ihre Schenkel höher und höher, bis sie neben ihren Ohren zum Liegen kamen, bedeutete ihr, die Stelzen dort festzuhalten.

Noch während das Mädchen damit beschäftigt war, ihre Position zu stabilisieren, visierte er die hintere Luke an, dies kleine braune Loch, dessen Enge ihm gerade bei den Maßen seines Presslufthammers ganz besondere Wonnen versprach. Julie stieß einen angstvollen Schrei aus, als sie bemerkte, was er vorhatte, doch Barnabas stand der Sinn jetzt nicht nach zartfühlendem Kuscheln. Ohne Gnade schob er mit der Sensibilität einer rollenden Dampfwalze sein Monsterrohr durch den engen Ring, der wie eine Mausefalle zuschnappte, sobald er seine kartoffelgroße Olive hindurchgepresst hatte. Weiter und weiter hinein musste der Fickstahl.

Julie winselte und wusste nicht, ob es wegen der schieren Gier war, die sie überfiel, oder wegen des Reißens an ihrer Rosette, die – so empfand sie es – in diesem Moment in tausend Stücke zersprengt wurde.

Für ihren Hinterlader war es wie feines Schmirgelpapier, das ihm aufreizend die Feile bürstete, der schmerzhaft enge Ring steigerte seine Lust ins Unermessliche. Er wusste, dass auch er jetzt nur noch wenig Zeit hatte, bevor sein spermaschwangeres Sameneuter Erleichterung verlangen würde. Jeder Zentimeter, um den er sein Rohr tiefer verlegte, brachte ihn näher an seine Explosion heran. Der Pegel seiner so lange aufgestauten Ficksahne stieg bedenklich an. Schon quoll ihm ein erster Tropfen aus dem Alphorn, noch einer …

Julie bemerkte, dass er jetzt völlig enthemmt war, dass es nichts mehr gab, was diesen Bulldozer stoppen konnte, der in voller Fahrt alles niedermalmte, was sich ihm in den Weg stellte. Rammstöße wie Bombeneinschläge füllten den kleinen Knackarsch der süßen Maus zum Zerbersten, dieser Bauernlümmel stopfte sie unbarmherzig wie eine Weihnachtsgans. Ihr Rücken blutig gescheuert vom trockenen Heu, ihre Schenkel überdehnt, ihre beiden Löcher aufgerissen wie die Einfahrt zum Gotthardtunnel.

Barnabas bäumte sich auf wie ein durchgehender Zuchthengst, tief aus seinem Inneren brach sich ein Röhren Bahn, das unter normalen Umständen ganze Hundertschaften an Hilfskräften alarmiert hätte. Doch hier oben auf der Fuderalm gab es niemanden, der es hätte hören oder Julie zu Hilfe eilen können – wozu auch. Dieser ungehobelte Hütebursche stieß einfach immer wieder mit seinem Fickschwert zu.

Wie ein Orkan im Regenwald, wie Sturzbäche aus der Himmelspforte klatschte seine apokalyptische Spermaflut in den Arsch der kleinen Fickmaus, Ladung um Ladung pumpte er mit der rhythmischen Zuverlässigkeit eines isländischen Geysirs in ihre klamme Ritze. Julie glaubte, die immer neuen Salven müssten ihr bis an die Gurgel schwappen, fast schmeckte sie schon das warme Sperma im Hals.

Doch auch sie konnte sich nicht länger beherrschen. Längst hatte sie sich selbst gefingert, sich zum Schluss gar vier Finger in die von Barnabas Schwengel brutal geweitete Bumshöhle geschoben, hatte es sich mit aller Inbrunst besorgt, als sei sie nicht von dieser Welt. Zum zweiten Mal an diesem denkwürdigen Tag wurde ihr fast schwarz vor Augen, ihr ruchloser Leib bebte und zitterte, als es ihr noch einmal gewaltig kam. Fischiges Fotzenöl ergoss sich aus ihrem malträtierten

Loch, mischte sich mit der heißen Samensoße, die aus ihrem entweihten kleinen Arsch quoll. Beider Leiber wie unlösbar zusammengeschweißt, ergaben sie sich den Mächten ihres Verlangens, ließen sich treiben in den Strudeln sündiger Wollust, vergaßen Zeit und Raum.

Sie kamen erst wieder zu sich, als laut an die Tür geklopft wurde, so als begehre jemand ungestüm Einlass.

»Es ist nur's Milchvieh«, stellte Barnabas nach einem Blick aus dem Fenster trocken fest. »'s will gemolken werden.«

Das hatten Julie und der Bauernknecht längst hinter sich.

Als die kleine Geile einige Zeit später breitbeinig hinabstieg nach »Schloss Hohenstein«, wusste sie: Wieder würde sie einige Tage lang nicht sitzen können. Doch auch dieser Gedanke konnte den seligen Gesichtsausdruck nicht vertreiben. Sie war sich sicher, noch einmal würde es nicht Wochen dauern, bis sie wieder etwas Warmes zwischen die Beine bekäme …

IX.

Fröhliches Lachen hallte am Abend durch den Duschkeller des Mädchenpensionats. Wie jeden Freitag gab es warmes Wasser in den geräumigen Gemeinschaftsduschen der nach Jungen und Mädchen getrennten Wohnheime. Unter der Woche mussten die Schüler von »Schloss Hohenstein« ausschließlich kalt duschen. Direktor Grenard hielt das für gesünder, um die Schüler ein wenig abzuhärten und an das einfache Leben heranzuführen, schließlich stammten die meisten von ihnen aus den so genannten besseren Kreisen und waren von zu Hause allerlei Luxus gewohnt. Da konnte es nicht schaden, wenn sie hier im Internat etwas bodenständiger erzogen wurden.

Allerdings gab es das warme Wasser nur eine Stunde lang. Während unter der Woche die Schüler zum Duschen gingen, wann immer sie Lust dazu hatten, versammelte man sich Freitagabends deswegen stets wie zu einem kleinen Event.

Nur Pauline, Julies neue Zimmergenossin mit den glänzenden schwarzen Haaren, tat sich etwas schwer und genierte sich, vor den anderen Mädchen nackig herumzulaufen. Einerseits hatte sie einen kleinen Komplex wegen ihrer etwas pummeligen Figur, andererseits waren die meisten der anderen Schülerinnen im Schritt rasiert – ihre sehr konservative Großmutter jedoch, auf deren herrschaftlichem Gutshof sie bisher aufgewachsen war, fand das unsittlich und hatte ihr vor der Abreise eingeschärft, ja nichts dergleichen zu tun.

Daran hielt sich Pauline, auch wenn Julie sie immer mal wieder damit aufzog. Schließlich musste die in den Ferien nicht zurück auf das mecklenburgische Gut zur gestrengen Oma. Wenn jene aber entdecken würde, dass ihre Enkelin sich ihren Weisungen nicht fügte, gäbe es mit Sicherheit nicht nur unerfreuliche Diskussionen, sondern möglicherweise sogar eine Strafe. Schon einmal hatte sie einen ganzen furchtbaren Tag lang den Schweinestall ausmisten müssen, weil sie der schmallippigen alten Dame freche Widerworte gegeben hatte – mit Schaudern dachte sie daran.

Wie immer hatten die Mädels viel Spaß unter den Deckenbrausen. Solche Mädchen, die sich schon auf das Abitur vorbereiteten, zusammen mit den kleinen, die daheim gerade erst die vierte Klasse abgeschlossen hatten und jetzt auf dem Internat eingeschult worden waren. Manche tauschten verstohlen verliebte Blicke aus, streiften wie unabsichtlich gegenseitig ihre seifenglatten Mösen oder schnippten sich an die lustvoll aufgerichteten Nippel – sei es aus Spaß, um sich zu necken, oder einfach, weil sie geil aufeinander waren. Denn natürlich gab es unter den Schülerinnen auch einige, die sich miteinander genug waren, nichts von Jungen wissen wollten.

Auch Julie war nicht abgeneigt, eine solche Erfahrung zu

machen, doch hatte sich bisher noch keine Gelegenheit ergeben.

Woher auch, schmunzelte sie unmerklich in sich hinein und ließ das warme Wasser genüsslich auf ihre knackigen Titten prasseln. Schließlich hatte sie bisher genug damit zu tun gehabt, sich von den Knaben des Hauses der Reihe nach ficken zu lassen, ganz abgesehen von ihren handfesten Abenteuern auf der Fuderalm.

Nur Pauline war wieder einmal nicht zu sehen – bestimmt käme sie erst in den letzten Minuten, wenn die meisten Mädchen längst zurück auf ihren Zimmern und sie fast allein in dem wohl fünf auf fünf Meter messenden Raum war. Das Risiko bestand für solche Zuspätkommer allerdings darin, dass dann oft das warme Wasser aufgebraucht war, welches man in einem großen Bottich auf dem Dachboden des alten Fachwerkhauses im typischen Walliser Stil, mit umlaufenden Balkonen und üppig rot blühenden Geranien in den Blumenkästen, in einer altmodischen Apparatur mit verschnörkelten Stellrädern lange vorher erhitzen musste, sodass am Ende doch nur wieder ein kalter Guss aus den Düsen perlte.

Das schamhafte Mädchen machte sich unterdessen noch an ihrem Schrank zu schaffen. Ihre Zimmergenossin Julie war längst, das große gestreifte Handtuch unter dem Arm, zur Freitagsdusche aufgebrochen, hatte sie auch fröhlich aufgefordert, mitzukommen. Doch Pauline genierte sich wieder einmal. Ihr bisschen Babyspeck an den Hüften, die kleinen, leicht tütenförmigen Brüste mit den spitzen Höfen, all das, glaubte sie, würde sie zum Gespött machen. Ganz zu schweigen von der dichten, schwarzen Wolle an ihrer Scham, die breit bis auf ihre kurzen Schenkel wallte wie drahtiges Pudeldrahthaar.

Überhaupt fühlte sie sich immer ein wenig außerhalb der Gemeinschaft, denn die anderen Schülerinnen hatten, wie sie sagten, schon unglaublich oft gebumst, während Pauline bis jetzt nur ihre Finger und vergangenes Jahr zu Weihnachten einmal ganz heimlich auch eine der dicken Kerzen vom Adventskranz in ihre jungfräuliche Fotze geschoben hatte. Ihre Großmutter auf dem Herrensitz führte ein strenges Regiment und hatte immer sehr darauf geachtet, dass sie abends auf jeden Fall mit den Händen auf der Bettdecke einschlief.

Darum hatte sie mit dem warmen Duschen gar keine Eile, ordnete hier ein paar Blusen, schob dort Kleiderbügel hin und her.

»Beeil dich!« Julie stieß in diesem Moment die Tür auf, stürmte frisch nach Gel duftend herein. »Du bist wieder einmal bei den Letzten.«

»Jaa-hhaa«, nölte Pauline, schlüpfte in Zeitlupe in ihren Bademantel, nahm missmutig ihr Handtuch, ein frisches Höschen und was sie sonst noch so brauchte, machte sich langsam auf in den Keller. Über den langen Flur, die Treppen hinunter, Stufe für Stufe. Mit jedem Schritt wurde ihr unwohler ums Herz, erleichternd wirkte nur, dass ihr immer mehr Mädchen entgegenkamen, die mit dem Duschen schon fertig waren. So würde sie – wie immer – hoffentlich allein sein, schnell die Dusche nehmen und sich dann alsbald wieder auf ihrer Stube verkriechen.

Doch an diesem Tag sollte alles ganz anders kommen.

Sie legte in dem kleinen Vorraum ihre Utensilien auf eine der langen Bänke an der Wand, sah sich um. Noch drei, vier Mädels waren da, die sich aber auch mehr oder weniger anschickten, sich die Seife abzuspülen und abzutrocknen.

Als Pauline unter den warmen Schauer trat, war sie ganz allein. Das machte sie unbefangen. Mit leichter Hand verteilte sie Duschgel über ihre blasse Haut, in ihre glatten, langen schwarzen Haare. Ganz unwillkürlich glitt ihre Hand auch über ihre Brüste, zu ihrem Nabel, zurück zu den Zuckertüten.

Irgendetwas in ihr war aufmüpfig. Ganz gegen die Anweisungen ihrer gestrengen Großmutter begann sie gedankenverloren ihre Nippel zu zwirbeln, mitten im Duschraum, allein mit sich und dem Rauschen des Wassers, welches ihr leises Lechzen verschlang.

Platschend fiel ihr die rosa Plastikflasche mit dem Duschgel zu Boden, während die Hand, die diese zuvor gehalten hatte, sich zwischen ihren Schenkeln verlor, über die jetzt manche Schaumflöckchen rannen, welche sie zuvor auf ihr Haar, ihre Schultern geschäumt hatte. Die Finger suchten ihren Weg. Verträumt stellte sie sich ein wenig breitbeiniger, seufzte entrückt auf, als sie ihre lustpralle Knospe berührte, spürte, dass ihre volle Furche von einer warmen Feuchte war, die nicht von dem auf sie perlenden Wasser rührte.

Mit geschlossenen Augen genoss sie, wie ihr Begehren sie fort von alten Ufern trieb, hinaus auf ein Meer, dessen Küste sie nicht sehen, ja noch nicht einmal erahnen konnte, das aber Freiheit und Abenteuer versprach.

Doch da – was war das? Jäh wurde sie aus ihren träumerischen Sehnsüchten gerissen, als plötzlich eine Hand von hinten erst an ihren weiblich runden Arsch, dann zwischen ihren Beinen hindurch an ihre erwartungsvoll leicht geöffnete Möse fasste, dort einen Moment verweilte, dann begann, zu fummeln.

Pauline wollte sich in der ersten Überraschung jäh umdrehen, doch bremste sie in letzter Sekunde ihre Bewegung. Diese Hand meinte es offenbar gut mit ihr, jedenfalls gab es keine Anzeichen, dass man ihr wehtun wollte. So verharrte sie, wartete, was weiter geschehen würde, gespannt und unsicher zwar, aber doch erwartungsvoll und ungewohnt unverzagt. Vielleicht war alles ja nur eine erregende Phantasie …

Aber das konnte nicht sein. Eine zweite Hand begann

jetzt, ebenfalls von hinter ihr kommend, mit ihren Möpsen zu spielen, diese sacht zu kneten, die braunen Tütenspitzen zu umspielen.

Heiße und kalte Schauer rannen über Paulines Rücken, und diese hatten nichts mit der Dusche zu tun, die ohnehin nur noch lauwarmes Nass lieferte. Ihr Herz ließ Gefühle frei, die sie bisher gar nicht kannte und daher auch nicht einordnen konnte. Eine Mischung aus Begehren und Verlangen, Angst und Scham, Abenteuerlust und schlichter Geilheit, die bereit war, jetzt, sofort, Dinge geschehen zu lassen, die bisher in ihrem Leben nicht vorgekommen waren.

Finger kamen von hinten, wurden ihr in den Mund gedrängt, liebkosten ihren Leib.

Wie? Was? Zugleich waren da diese Hände, die ihre prallen Liebeslippen zwischen den Schenkeln streichelten und auch an ihre Titten grapschten, fordernder wurden. Dann – Pauline konnte es nicht fassen, doch sie ließ ihre Augen geschlossen – müssten das … *vier* Hände sein, zu denen doch mindestens zwei Menschen gehören mussten … Wo war sie hineingeraten, welches Spiel spielte man mit ihr? Egal – sie war bereit es mitzuspielen.

Jetzt hoben all diese Hände sie hoch. Wie auf einem weichen Kissen wurde sie fortgeschafft und wehrte sich nicht, träumte diesen Traum weiter, nichts anderes konnte es sein, wollte nicht erwachen.

Nach ein paar Schritten fühlte sie sich auf die Bank im Umkleideraum gelegt, ihre Beine wurden weit gespreizt, festgehalten. Etwas Kühles berührte ihre Möse, zugleich hörte man ein leises Zischen wie von einem undichten Autoreifen. Dann wurde ihre nasse Spalte massiert, sehr zärtlich, als verteile jemand wohlriechendes Öl dort, als würde sie im biblischen Sinne gesalbt. Hinunter glitten die schmeichelnden Finger, über den weit geöffneten Fickschacht, an ihren Arsch, über die weichen Backen, wieder zurück, kreisten auf dem Venushügel.

Ihr war, als verliere sie, so intensiv bespielt, vor überbordender Wollust nahezu das Bewusstsein. Irgendwo zwischen der Gegenwart und dem Nirwana verharrte sie in einem unwirklichen Schwebezustand. Wie in eine weiche, leichte Wolke aus duftenden Blüten gehüllt, erlebte sie, was geschah, in entrückter Trance.

»Vorsichtig«, raunte eine leise Stimme, »dass du ihr nicht weh tust.«

»Gewiss nicht«, flüsterte jemand anders, doch sie konnte nicht erkennen, ob es männliche oder weibliche Stimmen waren.

Dann schabte etwas über ihre Scham, langsam, in gleichmäßigen Strichen, vom Bauchnabel hinunter zum Schlitz. Noch einmal, jetzt weiter an den Innenseiten ihrer Schenkel entlang – ein leichtes Kratzen, das ihr Verlangen ins schier Unendliche steigerte.

Ihre Arschbacken wurden auseinandergezogen, auch dort tat die Klinge – darum schien es sich zu handeln – ihr frivoles Werk. Pauline wurde nebulös klar, dass man sie zwangsrasierte, dass das Pudelfell an ihrer Möse jetzt ratzekahl entfernt wurde. Noch einmal quer über ihren Mösenhügel schrappte das Messer, von links nach rechts und von rechts nach links, vorsichtig an den blutprallen, gierig geschwollenen Schamlippen entlang.

Was für ein geiles Gefühl …

Weiter, weiter, durchfuhr es sie, *macht bloß weiter!*, und schob ihren Schoß der scharfen Klinge gar noch entgegen, dass sie leichteres Spiel hätte.

Kurz darauf ein angenehm warmer Guss, man spülte ihr die Creme ab, strich anschließend ein wenig nach südlichem Meer duftendes Parfum auf, das auf der gereizten Haut einen kurzen Moment lang leicht brannte, dann erfrischend kühlte.

Nach einem Augenblick der Entspannung wurde sie in die Dusche zurückgeführt, wie eine frisch gestriegelte Stute in ihre Box. Man beugte sie auf die Knie, schob sie in Position, sodass ihre nun völlig glattrasierte Bumsbüchse sich verlockend nach hinten öffnete.

Wieder wurde ihr fleischiger Hintern gespreizt, in die Rille etwas Hartes hineingelegt, das sich anfühlte wie eine frische Spargelstange. Nein – oh Gott! – das war ein Schwanz, und was für einer! Ein knallharter Ständer, der da an ihrer jungfräulichen Haut scheuerte. Die Hände – sie wusste längst nicht mehr genau, wie viele es waren, hatte um sich herum die Welt vergessen, ließ sich fallen, getragen von all der ungewohnten Zärtlichkeit – spielten an ihren Brüsten, umschmeichelten ihren Körper, brachten ihre vom wolligen Dschungel befreite Knospe zum vollen Erblühen.

Der Knüppel an ihrem Hintern glitt langsam die Pofurche hinab, schnappte über die fest verschlossene Rosette, erreichte dann ihre Grotte, die von dem fremden Fummeln und von der scharfen Rasur längst nass war wie der Brunnen eines savannischen Nomadendorfes nach einem warmen Monsunregen, begehrte Einlass, ließ sich nicht abweisen. Allerdings unternahm Pauline auch nichts, was ihn hätte hindern können. Ein kleiner Schmerz – dann war ihr Futteral gefüllt, so prall gefüllt, dass sie glaubte, sich nicht mehr bewegen zu können. Als habe man sie auf einen stämmigen Zaunpflock gespießt.

Doch Zeit, sich irgendwelche Gedanken zu machen, blieb nicht. Schon begann der Unbekannte zu stoßen. Langsam, mit gefühlvollen Bewegungen, zog er seinen Stempel ein Stück zurück, um dann wieder geschmeidig einzufahren in den tiefen Stollen. Langsam zurück, wieder rein. Einige Male ging das so, dann wurde sein Rhythmus schneller. Wie eine Dampflok, die beschleunigt, stampfte sein Kolben in ihrem Fickzylinder, fester, schneller, heftiger, auch der Atem des Eisenbiegers, der da seinen harten Stahl mit Macht in ihrem hitzigen Fegefeuer schmiedete, ging jetzt stoßweise und ruckartig, unbeherrscht und zügellos. Pauline vernahm durch das beständige Brausen des Wassers, das unvermindert niederströmte, sein heftiges Keuchen – auch sie selbst röchelte enthemmt, gab sich hin, wollte, dass er sein krummes Rohr ohne Rücksicht in ihrer Fickfeile gerade hobeln sollte.

Die fremden Finger bespielten ihre Möse von vorn, eine ganze flache Hand pflückte ihre Lustblüte, massierte diese empfindliche Stelle wie eine Töpfersfrau ihre junge, noch weiche Skulptur. Andere Griffel streiften über ihren lustvoll erschauernden Körper, ihre weit geöffneten Schenkel.

Pauline war der Realität längst vollkommen entrückt, hatte Zeit und Raum hinter sich gelassen, die gestrenge Großmutter – vergessen, Vergangenheit.

Was hier mit ihr geschah, dachte sie sich, könnte der Empfang im Paradies sein. Sie grunzte vor Entzücken, als ihr jemand fest, aber nicht zu kräftig, in die hervorstehenden Nippel kniff, die aus ihren spitzen Tütentitten hervorwuchsen wie Amarettini aus der Schokoladensoße auf kleinen Vanillepuddings. Sie schmiegte sich in die schmeichelnden Hände, die ihr so wohltaten, jede Stelle ihres jungen Körpers liebkosten und zartfühlend bespielten wie kundige Harfenisten die Saiten ihres wertvollen Instruments.

Immer noch sprühte der Wassernebel aus der Decke, wurde allerdings langsam kühler – Pauline bemerkte es nicht. Ihr Leib durchflutet von Hitzewallungen. Glühend loderte in ihr unbändige Lust, sie wollte alles kosten, was ihr hier dargeboten wurde.

Knallhart die Rammstöße von hinten jetzt, die Lokomotive

hatte Fahrtgeschwindigkeit erreicht, das Gestänge ratterte im heftigen Maschinentakt, fuhr in sie wie ein feuriger Knüppel in die Höllenglut, ließ kein Pardon mehr zu. Das Mädchen hatte längst alle Gewalt über sich verloren, ließ geschehen, was geschah, spürte, wie in ihr Wallungen aufstiegen, die sie bisher noch nie erlebt hatte. Ihre Seele wollte schier bersten vor Glück, die Eruptionen ließen sie zucken. Ihr Röcheln wurde zum Schrei. Wie eine brunftige Hirschkuh empfing sie die heiße Lava, welche ihr die gnadenlose Heckkanone jetzt sämig in die frisch gefickte Mädchenmöse pumpte, während die fremde Hand an ihrem Zünder gleichzeitig ihre eigene Rakete starten ließ, sie hinauf zu ungeahnten Höhen massierte, weiter und weiter, ihre brennende Ekstase bis ins Unerträgliche steigerte. Pauline sträubte sich, wollte es hinauszögern, diese Fontänen der Lust noch länger ihren Leib verwirbeln lassen, doch sie explodierte in einem schillernden Flammenbukett mit der Macht eines ganzen japanischen Feuerwerks. Wieder und wieder zündeten bengalische Garben, um sich dann in einem furiosen Funkenkelch zu verlieren, langsam, ganz langsam hernieder zu sinken, schließlich endgültig zu verglühen.

Eine kleine Weile ließ sie dies Glitzerspektakel in sich noch nachklingen, spürte dem letzten Glimmen der Wunderkerzen hinterher, bis auch dies endgültig verloschen war.

Öffnete zögerlich die Augen. Sah sich um. Sie war allein im Duschraum. Niemand zu sehen. Nirgendwo. Blickte irritiert an sich hinunter. Sah die blitzblank rasierte Scham, bar jeden noch so kleinen Härchens, an deren einer Ecke noch ein Klecks Rasierschaum klebte.

Hörte, wie der Hausmeister von fern rief: »So, die Damen, das Wasser wird jetzt abgestellt. Bitte fertig machen.«

Pauline grinste. Das hatte sie schon hinter sich …

X.

Die Beleuchtung war heruntergedimmt, man rückte enger zusammen, die Musiker der Kapelle waren zu Schmusetakten übergegangen. Der Tanzabend in der hübsch dekorierten Turnhalle von »Schloss Hohenstein«, der jedes Jahr zum Herbstausklang veranstaltet wurde, war wieder einmal ein voller Erfolg.

Erste Paare tanzten Wange an Wange, ein bunt gemischtes Völkchen aus Schülern und Lehrern, auch manche Eltern waren der Einladung des Direktoriums gefolgt.

»Komm«, bat Julie ihren Tanzpartner Antoine, »einen Blues noch, bitte.«

Antoine ließ sich nicht lange bitten. Marie, seine Freundin, war an diesem Wochenende in Genf geblieben, um sich auf die Abschlussprüfung ihrer Ausbildung vorzubereiten, und er war einem Abenteuer mit der frechen kleinen Braunen ohnehin nicht abgeneigt. Seine Mutter hatte nichts dagegen, solange sie mit ihrem Sohn immer am Wochenende, nachdem Marie wieder abgereist war, gepflegt ficken und den Arsch versohlt bekommen konnte.

Die Arme um Julies Taille geschlungen, schwebte Antoine sacht mit ihr im Dämmerschein über die Dielen. Er spürte, wie Julie, die Hände auf seinem Rücken, mit den Fingerspitzen über sein Hemd streichelte, sich an ihn presste, fühlte unter ihrer dünnen Bluse die erblühten Knospen ihrer knackig-kleinen Pfirsichtitten.

Julie war an diesem Abend ganz besonders geil. Nach dem strammen Dreier mit René und Yves hatte sie zwar noch einmal auf der Alm mit Barnabas, dem Knecht gebumst, aber mittlerweile war es für solche Eskapaden fast zu kalt. Hinzu kam, dass der Melker den Winter über hinab ins Tal stieg, also zum Ficken gar nicht zur Verfügung stand.

So streckte sie sich auf die Fußspitzen, hauchte einen zärtlichen Kuss auf Antoines Wange, fand mit ihren lustvollen Lippen die seinen, verschloss sie mit einem langen, erregenden Kuss.

»Schön, mit dir zu tanzen«, wisperte sie fast unhörbar in sein Ohr, bugsierte ihn unmerklich zum Ausgang. Antoine ließ ihre Zärtlichkeiten geschehen, genoss den warmen, ganz eigenen Duft ihrer Haut, ihrer Haare, küsste flüchtig ihre Stirn, legte vertraut die Hände an ihre Hüften, spürte, dass sie unter der glitzernden Strumpfhose keinen Slip trug. Seine Glut war entfacht, erste Flammen loderten empor.

Sie näherten sich den Umkleideräumen. In einem passenden Moment öffnete Julie die Tür, und wenige Augenblicke später befand sich ein Paar weniger auf der Tanzfläche – was allerdings in dem Trubel und zu der fortgeschrittenen Stunde niemandem auffiel.

Julie tastete nach dem Lichtschalter, doch Antoine, dessen dicke Nudel längst stand wie eine doppelte Makkaroni, legte sacht seine Hand auf die ihre, fuhr mit seinen schlanken Fingern durch ihre Lockenmähne, liebkoste ihr Gesicht, löste im Hinabgleiten die Knöpfe ihrer eng anliegenden Seidenbluse, streifte ihr den knisternden Stoff von den Schultern, der raschelnd zu Boden fiel.

Ihre Nippel reckten sich hart empor, lustvoll-leises Stöhnen entrang sich ihrer Brust, als er liebkosend darüberspielte, während er den Reißverschluss ihres Rocks öffnete. Als der auf den kalten Fliesenboden rauschte, riss er mit einem kurzen Ruck ihre Strumpfhose auf, fingerte die von ihren Beinen.

Julie schob Antoine hastig Jackett und Rollkragenpullover von der Figur, riss ungestüm die Gürtelschlaufe seiner weißen Jeans auf, konnte gar nicht erwarten, sein hartes Rohr zu spüren, das fordernd unter dem dünnen kleinen Slip pulsierte.

Voller Leidenschaft taumelten sie im Dämmerlicht des

Mondes, das durch die vergitterten Milchglasfenster hereinfiel, zu den Holzbänken mitten im Raum, auf denen die Schüler üblicherweise saßen, um ihre Sportschuhe anzuziehen. Es war verboten, die Turnhalle mit Straßenschuhen zu betreten; für das Herbstfest wurden extra dünne Kunststoffmatten ausgerollt.

Julie bedeutete ihrem Mitschüler, sich auf dieser harten Bank auf den Rücken zu legen, schnappte sich die Reste ihrer Strumpfhose, schnallte ihn damit in Höhe des Bauchnabels an die Bank, band das Nylon unter dieser mit einem unlösbaren Knoten zusammen. Er war fixiert, konnte seine Position nicht mehr verlassen, war dieser wollüstigen Fickstute hilflos ausgeliefert. Eine vollkommen neue Erfahrung für ihn, war er doch gewohnt, den Ton anzugeben. Das allerdings war Julie total egal, darauf konnte und wollte sie keine Rücksicht nehmen.

Sie hockte sich breitbeinig über ihn. Er konnte auf seinem Bauch spüren, wie warm und feucht ihre Möse war, als sie mit sachtem Druck über seine Schenkel glitt. Ihre flinken Finger spielten über seine knabenglatte Brust, zwirbelten seine kleinen Nippel – das hatte noch keine Frau versucht! Zu seinem Erstaunen erregte es ihn, doch bevor er sich ganz darauf einlassen konnte, glitten ihre versauten Griffel hinab über den jetzt zum Zerreißen gespannten Slip, in dem sein pralles Ruder hart wie Schiffsstahl stand, fassten zwischen seine Schenkel, spielten fordernd mit seiner Samenpeitsche, dann wieder hinauf. Sie küsste ihn flammend am ganzen Körper …

Auch Antoine ließ seine Hände, soweit ihm das in seiner Lage möglich war, über ihre heiße, wollüstige Haut gleiten, massierte mit sanfter Kraft die saftigen Rundungen, verweilte einen Moment auf ihrem Nabel, fuhr dann tiefer über ihre lustvoll offene Fickdose, spreizte mit sachtem Druck ihre sehnigen Schenkel noch weiter.

Julie hatte so lange dieser männlichen Kraft entbehrt, dass

sie glaubte, schier bersten zu müssen vor loderndem Verlangen. Alles in ihr, jede Faser ihres Körpers, gierte danach, endlich seinen steifen Fickriemen in ihre junge Fotze gerammt zu bekommen.

Sie konnte, sie wollte nicht länger warten. Mit einem Ruck riss sie Antoine den Slip herunter, langte mit festem Griff dorthin, wo er jetzt am meisten Entspannung brauchte. Er grunzte lüstern auf, als ihre kleinen braunen Hände an seinem Zauberstab zur zärtlichen Faust zusammenfanden, kräftig zupackten, ihn mit festem Griff, aber sehr langsam und fast quälend wichsten.

Das machte seinen Ständer hart wie Beton, brachte ihn aber auch an den Rand des Wahnsinns. Denn er glaubte beständig, sofort abspritzen zu müssen, aber das langsame Auf und Ab ließ das nicht zu, hielt ihn im Schweben zwischen Himmel und Hölle. Der Schaum in seinem Schaft kochte, war kurz vor dem Überlaufen wie heiße Milch, aber er durfte ihn nicht loswerden …

Ihre andere Hand wanderte tief zwischen seine weit gespreizten Schenkel. Julie stieß ihm einen, nein zwei, ihrer Mädchenfinger in den kleinen knackigen Knabenarsch. Er spürte ihre Nägel tief in sich, wie sie sein Lustzentrum massierten.

Ungezügelt röchelte Antoine, dem die brachiale Füllung seines rauen Arschlochs höchsten Genuss bereitete. Er glaubte, sein Schädeldach müsse sich heben, so fett war sein Sack inzwischen, so prallvoll geilen Saftes. Seine Eier pumpten immer noch mehr von der dicken Ficksoße in seine feiste Sahnespritze.

Seine Hände pflückten Julies Pfirsichtitten, die sich ihm so reif entgegenstreckten, deren Knospen hart wie Haselnüsse waren, liebkoste die zarte Haut ihrer Mösenlippen mit seiner spielerischen Zunge, glitt tiefer, schmeckte sie ganz …

Dann sprang Julie in den Sattel. Eine kurze, kraftvolle

Drehung, ein spitzer Schrei höchster Geilheit entrang sich ihrem röchelndem Rachen. Sie wurden eins, ihre Bewegungen synchron zu den Takten der Tanzkapelle, die gedämpft zu ihnen drangen.

Im Saal war man zur ersten Polonaise übergegangen, der fröhliche Lindwurm schlängelte sich übers Parkett, manche sangen lauthals mit. Einmal wurde sogar übermütig die Tür zu den Umkleiden geöffnet – Julie und Antoine erstarrten einen Moment. Doch dann fiel sie glücklicherweise wieder schwer ins Schloss, ohne dass jemand hereinkam.

Weiter ging's beim heißen Ritt. In kraftvoller Lust klatschten ihre schweißnassen Leiber aufeinander im Sturm unbezähmbarer Gefühle, der zum tosenden Orkan wurde, jede Beherrschung hinwegfegte wie welkes Herbstlaub.

Sie gab diesem scharfen Hengst die Sporen, er rammte ihr von unten seinen Pferdeschwanz in die nasse Grotte, rammelte sie ohne Gnade, hämmerte ihr sein dickes Fickrohr bis an die Eierstöcke, so tief es nur ging …

Immer lauter ihr lüsternes Lechzen, immer wilder die Wogen der Wollust, dann … ja, dann … sie kamen zusammen, seine ganze fette Ladung knallte in ihre Luderfotze, schoss bis an den Muttermund. Sein Schwengel pumpte alles aus seinem prallen Sack, entleerte sein Sameneuter mit vollem Druck in die Möse dieses verfickten Weibstücks, wollte gar nicht aufhören, noch eine Garbe und noch eine … Die warme Sahne tropfte schon aus ihrem Loch auf seinen Sack.

Julies Schacht zuckte, als Antoine so mächtig spritzte, zog sich zusammen, spannte sich wie der Hahn eines Revolvers vor dem Schuss … Dann, wie das Brechen eines Dammes, löste sich alles in ihr. Wie von einem Wasserfall wurde ihr Fickstollen geflutet, ihr Mösenöl mischte sich in die immensen Wellen seines Spermas.

Wild zuckten die glatten, nassen Leiber, wieder und wieder versanken sie, überschäumt von ihrer unstillbaren Lust …

Kurz darauf öffnete sich unauffällig die Tür der Umkleideräume zur Sporthalle, wo die Kapelle gerade den »Rausschmeißer« anstimmte. Julie und Antoine tanzten ganz selbstverständlich diesen, ihren Tanz.

»War doch ein sehr gelungener Abend.« Brigitte Coursin, eine der jungen Lehrerinnen, stupste die beiden an.

»Auf jeden Fall«, nickte Julie und wischte sich unbemerkt die warme Soße vom Bein, die unentwegt aus ihrer Fotze rann.

XI.

»Huch!« Brigitte Coursin stolperte ein wenig, als sie die Turnhalle nach dem Herbstfest verließ. »Da habe ich wohl doch ein Gläschen zu viel getrunken.«

»Dann sollten Sie nicht mehr Autofahren, Frau Kollegin«, warf Direktor Grenard ein, der am Ausgang die Besucher verabschiedete.

»Ja, aber wie komme ich dann nach Hause?«, antwortete die Lehrerin erschrocken. »Ich wohne schließlich fast zehn Kilometer entfernt.«

»Das sollte kein Problem sein«, mischte sich Claudine Legrand, Antoines Mutter ein. »Ich wohne gleich um die Ecke, kommen Sie doch mit zu mir.«

»Oh – wenn das möglich wäre, das käme mir natürlich sehr entgegen.« Brigitte war noch ein wenig schüchtern. »Ich möchte aber keinesfalls stören.«

»Sie müssen sich keine Sorgen machen«, beruhigte Claudine sie, »mein Hexenhäuschen ist zwar klein, aber unter der Woche bin ich dort ganz allein.«

»Na, dann …« Brigitte klang erleichtert.

Wenig später schloss Claudine Legrand ihre Haustür auf.

»Bitte.« Sie machte eine einladende Handbewegung und ließ der Kollegin den Vortritt.

»Gemütlich«, fand diese. »Sie haben offenbar ein Händchen, es sich schön zu machen.«

»Danke«, lachte Claudine. »Sollen wir nicht Du zueinander sagen?«

Die Kollegin streckte ihr freundschaftlich die Hand entgegen: »Ich bin Brigitte.«

»Und ich Claudine«, schlug diese lachend ein.

Wie zart ihre Hand ist, dachte Brigitte, *so weiche Haut* ... Sie war im selben Moment irritiert über diese ungewohnte Empfindung.

»Magst du auch noch einen Drink?« Claudine begann sich in der offenen Küche im Wohnzimmer einen Drink zu mixen.

»Oh ja, gern.« Brigitte folgte ihr. »Jetzt, wo ich nicht mehr fahren muss ...«

»Einen ›Singapore Sling‹?«

»Kenn ich nicht ... aber wenn du ihn empfiehlst.«

»Auf Ginbasis, nicht zu süß.« Claudine hantierte mit den Flaschen, gab einige Eiswürfel in zwei Gläser, öffnete eine Flasche Soda.

Die beiden Frauen setzten sich auf das schwarze Ledersofa mit den hellen Velourskissen, auf dem vor kurzem Antoine seine Mutter so wüst weggefickt hatte – die Spermaflecken hatte Claudine Legrand mittlerweile selbstverständlich sorgfältig entfernt. Sie plauderten ein wenig über dies und das, schließlich waren sie Kolleginnen und hatten sich eine Menge zu erzählen. Auch, dass beide eine beendete Ehe hinter sich hatten, verband sie ... Schließlich gähnte Claudine, trank ihren Cocktail aus.

»Lass uns zu Bett gehen.« Sie erhob sich und lenkte ihre Schritte zum Schlafzimmer, in dem – für alle Fälle – ein großes französisches Bett stand.

»Ich brauche vor dem Schlafen eine heiße Dusche«, sagte Brigitte, »dürfte ich wohl ins Bad?«

»Gern.« Claudine reichte ihr zwei Handtücher, deutete auf eine Tür. »Dort, der Lichtschalter ist außen.«

Sogleich knöpfte die praktische Brigitte ohne weitere Umstände ihre Bluse auf, legte sie mit der Jeans über einen Sessel im Schlafzimmer. Darunter trug sie einen modisch gemusterten, weichen BH, der ihre großen, festen Brüste angenehm formte. Aus dem straffen, weißen Sportslip quoll reichlich rotblonde Wolle ihrer Scham. Ihre volle Furche zeichnete sich deutlich ab unter dem glatten Stoff, der sich über ihren runden Backen reizvoll spannte.

»Eine richtige Germanin», lächelte Claudine mit seltsam verlangendem Blick.

Brigitte war irritiert.

»Das ist das erste Mal, dass ich mit einer Frau gemeinsam übernachte – noch dazu im französischen Bett unter einer Decke. Komisch, was?« Sie errötete und versuchte, ihre etwas verworrenen Gefühle zwischen Unsicherheit und Neugier zu sortieren.

»Irgendwann ist immer das erste Mal.« Claudine blinzelte schelmisch und fuhr sich mit ihren schlanken Händen aufreizend durch die blonde Strubbelfrisur.

Brigitte wandte sich zum Bad, stellte sich unter die Dusche. Der warme Schauer prickelte angenehm auf der hellen Haut, entspannt seifte sie ihren nicht zu üppigen Körper. Lustige Schaumkrönchen glitten über ihre prallen Brüste mit den bierdeckelgroßen Höfen, über das bisschen Wohlstandsspeck am Bauch. Manche flossen durch die Rille des runden, kräftigen Arschs, andere in den rotwollig behaarten Hügel zwei Handbreit unter ihrem Nabel. Die volle Spalte setzte mit den breiten

Schamlippen relativ hoch an, was ihre zwar trainierten, aber etwas zu kurzen Beine kaschierte.

Unversehens stand Claudine in der Tür, trug nur noch ein buntes Stirnband. Der knabenhaft schlanke Körper sportlich trainiert, zwei kleine Mädchentitten, gekrönt von dunkel schimmernden Kaffeebohnen. In ihrem Nabel glänzte ein kleiner goldener Ring, besetzt mit einem funkelnden Stein. Dort, wo früher flaumig-schwarze Härchen sich kringelten, war sie seit Langem glattrasiert. Ihr schlanker Rücken ging über in einen schmalen, knackigen Apfelpo.

Brigitte stutzte, doch bevor sie irgendetwas sagen konnte, war Claudine bei ihr unter der Dusche, nahm ihr zärtlich das blumig duftende Cremestück aus der Hand.

»Ich mach das schon«, hauchte sie ihr lustvoll ins Ohr, während sie sanft ihren drallen Busen schäumte, ihr einen zarten Kuss auf die unbewusst leicht geöffneten Lippen hauchte. Brigitte ließ es zögernd geschehen, stellte überrascht fest, dass es sie sogar ein wenig erregte.

Claudine züngelte derweil spielerisch um ihre Ohrläppchen, wischte über die weichen Wangen, wanderte hinab auf ihren Hals. Gefühlvoll strichen ihre kleinen Finger über die großen braunen Höfe, schlossen sich sacht um die erigierten Nippel, rieben und zwirbelten sie mit leichtem Druck.

Lustvoll stöhnte Brigitte auf. Sie kraulte zögernd, doch mit ungewohnt erwachendem Verlangen Claudines Strubbelhaare, tastete auf den glatten Rücken, wanderte an ihre zartfesten Halbkugeln. Zwirbelte die knackigen Kaffeepralinen darauf, kraulte abwärts zum goldenen Ring, liebkoste das blanke Fötzchen, griff lüstern in den längst feuchten Spalt. Claudine, zwischen ihren schlanken Beinen willfährig und erwartungsvoll geöffnet, röchelte heiser. Fest knetete sie Brigittes stramme Backen, leckte mit rauer Zunge ihre harten Zitzen.

Beide knabberten lustvoll aneinander, genossen voller Hingabe die Hitze ihrer eng aneinandergeschmiegten Körper. Ihr Atem ging schneller, beide losgelöst vom Hier und Jetzt …

»Komm aufs Bett«, grunzte Claudine in unverhohlener Geilheit, stellte die Brause ab.

Mit zwei, drei schnellen Bewegungen frottierten sie ihre vor lasterhafter Lust lodernden Leiber, warfen sich ungestüm auf das frisch bezogene Lager, Brigittes sehnsuchtsvoll geöffneter Mund fand Claudines verlangend-warme Lippen, ihre Zungen verschlungen im zärtlichen Spiel.

Claudine massierte mit festem Griff Brigittes reife Weibermelonen, grabbelte hinunter an die breite Fuge, welche inzwischen nass war wie ein Wasserfall, aus dem der Liebessaft ungehemmt ins unschuldige Laken rann. Brigittes Beine fordernd gespreizt. Mit der ganzen flachen Hand fuhr Claudine ihr über die rotwollige Dose, aus welcher der kleine Wonnespender prall hervorstand.

Auch Claudines französische Grotte triefte vor schierer Lust, nässte das reine Linnen. Sie stöhnte wollüstig auf, als Brigitte den Mittelfinger in einem einzigen kraftvollen Stoß tief in ihre sehnende Möse trieb.

Unterdessen hämmerte Claudine zwei, drei ihrer zarten Finger mit Macht in Brigittes fordernden Fickschacht, stieß hin und her und her und hin, schob dann ihre fotzennasse Hand zwischen Brigittes schmatzende Lippen; die leckte voller Inbrunst den Lustsaft ab.

Gierig kraulte Claudine Brigittes rotblonde Büschel. Heiseres Röcheln und der Duft frischen, warmen Mösensaftes erfüllten den Raum.

Die begehrende Zunge der blonden Lehrerin suchte sich ihren Weg über Brigittes verruchten Luderleib, knabberte an den Melonenknospen, schleckte sich hinunter an die reife

Pflaume. Genüsslich saugte sie die pralle Perle ein, kaute leise stöhnend darauf herum.

Brigitte grunzte wie ein brunftiges Ferkel vor glücklicher Lust, als Claudine mit einem kurzen Ruck ihre Backen aufriss, einen ihrer schlanken Finger in das enge braune Runzelloch bohrte: oh, tat das gut! Sie bekam eine Gänsehaut, die nicht von räumlicher Kälte rührte. Oohh … konnten diese verdorbenen Frauenhände gierig sein! Sie brannte vor Verlangen, Claudine nahe, noch näher, ganz nahe, ja, in ihr zu sein.

Claudines knackiger junger Arsch lag neben Brigittes Gesicht. Lechzend zog sie den unverbrauchten jungen Hintern über sich, sodass sie die nasse Dose mit ihren heißen Lippen schleckend verwöhnen konnte. Sie züngelte über die glatte braune Haut, schmeckte den salzigen Saft, sog knabbernd an der sattroten Kirsche, die erwartungsvoll herauslappte, schleckte durch die schmale Rille. Mit beiden Händen riss sie ungestüm diesen geilen Knackarsch auf, der so verführerisch fest war, liebkoste die enge Rosette.

Die Lehrerinnen röchelten in schierer Gier. Brigittes Hände grapschten an Claudines kleine Möpse, die beim wilden Spiel hüpften wie Schlittenglöckchen im Schneesturm, zwirbelten die steifen Kaffeepralinen, zogen fest und rhythmisch daran.

Das Laken, nur noch ein nasser Lappen, durchweicht von nicht enden wollenden Strömen würzigen Liebessaftes. Von Claudines Schenkeln rann es lüstern auf Brigittes rotes Haar, ihre Hände krallten sich ungestüm in Brigittes kräftige Backen. Diese knetete lustvoll Claudines kleinen Knackarsch.

Claudine beugte sich zu ihrer Reisetasche, fischte einen biegsamen, doppelseitigen schwarzen Vibrator heraus – viel größer und länger, als man ihn ihrem kleinen Möschen je zugetraut hätte, und dessen gerippte Kuppen edel vergoldet waren. Sie fuhr mit dem summenden Stück zunächst spielerisch über ihren sehnigen Körper, lutschte selbstvergessen an der goldenen Spitze, glitt damit sanft über die runden Rosinen, strich hinab an ihre feuchte Grotte, rammte sich schließlich den harten Knüppel, laut aufstöhnend vor ungezügeltem Verlangen, tief ins lumpige Luderloch.

Genoss mit geschlossenen Augen die erfüllende Wonne, fickte sich selbstvergessen mit zärtlicher Hand.

Brigitte wäre fast zersprungen in wildem Begehren. Keuchend sah sie Claudine zu, hielt den unbändigen Trieb ihres sündigen Wollens kaum noch im Zaum, masturbierte sich selbstvergessen.

Nun griff sich Claudine auch noch gedankenverloren an ihre kleinen Marzipanmöpse. Das war endgültig zu viel! Brigitte konnte sich nicht mehr beherrschen, die ganze feste Faust zwiebelte sie sich in die saftige Feige, nietete sich einen Finger der anderen Hand mit aller Macht in die Rosette – oh, was war sie für eine lose Fickstute!

Claudine nagelte sich immer heftiger, hob lüstern ihren Rammschacht höher und höher, das ganze Bett ruckte und zuckte. Brigittes Kürbisse schwappten im lustvollen Spiel – längst hatten sie jedes Gefühl für Zeit und Raum, für Scham und Anstand verloren, waren sich nur noch gefügige Gespielinnen ihrer hemmungslosen Gier.

Aber Brigitte wollte nicht nur sich selbst genügen, wollte diese kleine, verdorbene Claudine verwöhnen, hämmerte ihr einen Finger gnadenlos in die raue rückwärtige Luke. Claudine jauchzte quiekend auf in zügellosem Glück. Den brummenden Vibrator fest in die nasse Ritze geklemmt, setzte sie sich vor Brigitte. Mit leisem Schmatzen verschwand das andere Ende des gewaltigen schwarzgoldenen Prügels in Brigittes weit aufgerissenem Fickkelch.

Ihre glühenden Grotten trafen sich bei jedem kraftvollen

Fickstoß, ihre heißen Leiber verschmolzen, wurden eins. Jede Berührung ihrer Haut wie tausend Volt, prickelnde Spannung sprang von einer zur anderen, sie ritten dasselbe Pferd und verschafften sich höchste Wonnen im heftigen Trab. Immer tiefer knallten sie sich den schwarzen Prinzen in ihre lüsternen Löcher, immer härter stießen sie zu, zügellose Luder ohne Anstand und Maß …

Hitze stieg in ihnen auf. Ihre glühenden Leiber erbebten unter den pulsierenden Wallungen. Wie eine Lawine heißen Wüstensands kam es schließlich über sie, hemmungslose Lust, die nichts mehr aufhalten konnte.

Gierige Grunzlaute röhrten durchs Zimmer. Fest pfählten sie sich mit dem erregt summenden schwarzen Zauberstab, immer schneller, immer fester … Sie keuchten heftig, stießen und zuckten im stampfenden Takt, röchelten und waren sich ruchlose Rittmeister beim gierenden Galopp.

Immer hemmungsloser ihr Hecheln und Jauchzen. Immer tiefer drang diese mächtige Lanze, bebend pulsierten ihre Körper, alles in ihnen spannte sich in höchster Erregung, und dann, dann: jaaaa … Donnernd toste die Lustlawine ins Tal, riss alles mit sich, walzte nieder, was ihr in den Weg kam, rollte über sie hinweg.

Als sie wieder zu sich kamen, scheuerten sanft die Nippel ihrer Brüste aneinander. Zärtlich rieb Brigitte ihre feuchte Furche noch ein paar Mal über Claudines sehnige Schenkel, die ihre glatte Muschi sacht auf Brigittes heiße Haut presste. In liebevoller Umarmung wälzten sie sich auf dem Lotterlager, streichelten sich, genossen die wohlige Erschöpfung nach dem Biss in den verbotenen Apfel im verwunschenen Garten ihrer geheimsten Sehnsüchte, schliefen schließlich eng umschlungen und glücklich unter der gemeinsamen Seidendecke ein.

XII.

»Ich schlage vor, Sie machen zunächst Ihre Mathematik-Hausaufgaben«, wies Florence Brillard den schlaksigen Yves Roussiers an, einen hoch aufgeschossenen Sportlertyp mit Sommersprossen im Gesicht, der die Basketballmannschaft der Internatsjugend trainierte. Man hatte den Rabauken wieder einmal zum Nachsitzen verdonnert. Zusammen mit seinem Zimmergenossen René sollte er in deren gemeinsamem Zimmer eine ganze Flasche Rotwein geleert haben, von der niemand wusste, wie die dorthin gekommen war. René hatte zur Strafe schon einen Nachmittag Unkraut im Schulgarten jäten müssen, doch da Yves im Unterricht zunehmend schlechtere Leistungen brachte, hielt man es für angebracht, bei ihm das Nötige mit dem Nützlichen zu verbinden: Ihn nachsitzen zu lassen und ihm dabei zugleich Nachhilfe angedeihen zu lassen.

Eigentlich war Yves ein recht anständiger Junge – doch war er wohl durch den aufmüpfigen, oft ungezogenen und widerspenstigen René, der sich seit Jahren nicht recht in die Schulordnung fügen wollte, unter ungünstigen Einfluss geraten. Leider gab es keine Möglichkeit, die beiden räumlich zu trennen – zu groß war die Nachfrage interessierter Eltern am »Schloss Hohenstein« nach Plätzen für ihre Sprösslinge. Man hatte bereits einigen absagen müssen. Da Yves' Eltern anspruchsvollen beruflichen Aufgaben nachgingen und sich deutlich zu wenig um ihren Sohn kümmerten, hatte Direktor Grenard, der Leiter von »Schloss Hohenstein«, seine Mutter dringend zum nächsten Elternabend eingeladen, um ein ernstes Wort mit ihr zu sprechen.

Nun also saß Yves Roussiers allein mit Florence Brillard in einem der Klassenräume mit den alten Bänken, in deren Klappdeckel schon manche Schülergenerationen ihre Initialen, mancherlei Liebesschwüre oder anzügliche Sprüche geritzt hatten, schlug sein Buch und sein Heft auf, vertiefte sich in die Aufgaben. Während die junge, mädchenhafte Lehrerin mit caramelfarbener Haut und tiefbraunen Locken über ihrem glatten, ebenmäßigen Gesicht mit nussbraunen Augen und weichen Lippen sich am Katheder, dem etwas erhöhten Pult für die Lehrer, in ein Buch von Georges Simenon vertiefte.

Florence, selbst ausgebildete Lehrerin, gab momentan nur an einigen Nachmittagen Nachhilfestunden und betreute gelegentlich Schüler wie Yves, die zur Strafe für mancherlei Streiche nachsitzen mussten. Ihr Ehemann Hugo war einer der Französischlehrer des Internats, wenn auch kein besonders beliebter. Er galt als ziemlich humorlos, Typ: *wandelnde Büroklammer*. Man munkelte, dass seine hübsche Frau sich mit dem Gedanken trüge, bald eigene Wege zu gehen.

Draußen ließ das Wetter keinen Zweifel daran, dass der Winter nahte. Einer der intensiven Herbststürme fegte übers Land, in dem die hohen Tannen, welche das Schulgebäude umstanden, ihre ausladenden Wipfel wiegten. Durch manche Ritzen der alten Fenster pfiff es, immerhin war überall gut geheizt, sodass es drinnen recht gemütlich, ja heimelig war.

»Wie rechnet man das bloß?«, stöhnte Yves. Differentialgleichungen waren gar nicht sein Fall, das Letzte, was er in Mathematik verstanden hatte, waren geometrische Berechnungen.

»Zeigen Sie mal.« Florence erhob sich, trat mit wenigen Schritten zu ihm. Als sie sich herunterbeugte, hing der V-Ausschnitt ihres hellvioletten Pullovers ein wenig durch, sodass Yves ganz unwillkürlich hineinsehen konnte – nein, musste! Sie trug keinen BH, den hatten ihre Möpse, die aussahen wie sanfte, mit reichlich Zimt bestreute und jeweils mit einer kandierten Cocktailkirsche gekrönte Milchreishügel, auch keinesfalls nötig. Sie waren nicht besonders groß, gerade eine Handvoll, aber allemal genug, um sie gut greifen zu können.

»Hier«, deutete Florence auf eine bestimmte Stelle in seinem Heft, »da haben Sie sich verrechnet. x^2 ist in diesem Fall neun und nicht acht.«

»Natürlich«, nickte der junge Mann, ohne wirklich zu verstehen, was sie meinte, schrieb etwas hin.

»Das ist auch wieder verkehrt«, schüttelte Florence resignierend den Kopf. »Ihnen fällt Mathematik wohl schwer.«

»So kann man sagen«, seufzte ihr Schüler, »insbesondere dies Thema. Ich weiß einfach nicht, wie ich es anfangen soll.«

»Vielleicht beginnen wir einmal an einem anderen Punkt.« Die junge Lehrerin blätterte in seinem Buch etliche Seiten zurück.

»Gute Idee«, fand Yves, konnte dabei den Blick nicht von den niedlichen Titten lösen, die bei jeder ihrer Bewegungen leicht schwangen. Dabei scheuerten die Nippel leicht an dem rauen Pulloverstoff, was nicht ohne Wirkung blieb – sie standen bald aufrecht wie kleine Zigarillostummel.

»Hier!« Florence fand die Stelle, die sie gesucht hatte. »Gleichungen mit einer Unbekannten. Das können Sie vielleicht noch.«

»Mmmmhh …«, brummte Yves. Er erinnerte sich dunkel an das Thema – das war im Unterricht vor etwa drei Jahren durchgenommen worden.

»Auch nicht?« Seine Lehrerin klang betrübt. »Kommen Sie, ich zeige es Ihnen an der Tafel.« Damit schnappte sie sich sein Buch und trabte nach vorn.

Der schlaksige Junge folgte ihr.

»x plus zwei gleich sieben«, schrieb sie an. »Na?«

»Tja … äääähhmm … dann ist x gleich …«

»Versuchen Sie x freizustellen«, gab ihm die freundliche Lehrerin einen Tipp.

»Freistellen?«

Aus seinem Blick sprach völlige Ahnungslosigkeit. Allerdings schaute er auch weniger auf die Tafel als auf Florence' Pullover und auf deren knallenge Jeans, in der sich im Schritt sehr deutlich ihre fruchtige Furche abbildete. Man konnte meinen, sie habe sich überhaupt nur deswegen so aufreizend angezogen, um baldmöglichst wieder ausgezogen zu werden.

Yves hatte seit jenem Abend, als er zusammen mit René die kleine Julie vernascht hatte, nicht mehr gefickt, und die dauernde Wichserei, bloß um den drohenden Samenkoller zu vermeiden, machte ihm auf Dauer auch keinen Spaß. Da wäre es schon wesentlich interessanter, diese kleine Haselnuss zu vögeln ... Schließlich wusste jeder, dass mit ihrem Kerl nichts mehr lief – die Süße müsste doch scharf sein wie ein frischer Rettich!

Er trat einen Schritt dichter an die Tafel, was ihn zugleich auch näher an Florence brachte. Sehr nah. So nah, dass er den zarten Duft des blumigen Parfums empfinden konnte, welches sie am Morgen aufgelegt hatte: sommerlicher Blütenduft im Winter. Das weckte Träume nach Karibik und Palmen ... und knackigen Bikinimädchen.

Sie spürte seinen heißen Atem in ihrem Nacken, drehte sich um, sah in die Augen dieses Schülters, die begehrlich auf ihrer Figur ruhten, ahnte, was ihn in diesem Augenblick umtrieb, wovon er tagträumte. Verharrte einen Moment, war nicht sicher, wie sie reagieren sollte.

Ihr Verstand sagte glasklar: *Er ist dein Schüler – Finger weg!* Doch in ihren Gefühlen herrschte ein gewisser Aufruhr. So lange schon entbehrte sie männliche Zärtlichkeit! Hugo, ihr Mann, hatte nur noch seine Arbeit und den «Arbeitskreis Kooperation« mit anderen Internatsschulen im Sinn, zwischen ihnen hatte sich im Bett schon lange nichts mehr abgespielt. Zwar fingerte sich Florence fast jeden Abend, wenn ihr lustloser

Gatte längst erschöpft neben ihr schnarchte, und manchmal besorgte sie es sich zwischendurch auch im Bad mit dem prickelnden Strahl der Handbrause, aber das war natürlich keine Dauerlösung. Der Duschkopf war schließlich kein vollwertiger Ersatz für eine lebendige männliche Samenkeule, die einen satt und prall ausfüllte, und auch nicht für eine warme Zunge, die einen heftig in den Wahnsinn blies. Sie dürstete geradezu danach, endlich einmal wieder so richtig abgevögelt und geleckt zu werden, nach allen Regeln der Kunst …

Das alles drehte sich in ihren Gedanken und Gefühlen wie eine Achterbahn auf dem Oktoberfest, doch sie kam nicht mehr dazu, einen Entschluss zu fassen. Denn in diesem Moment spürte sie Yves Finger auf ihrer Jeans, mitten im Schritt. Einfach so hatte der lange Lümmel frech dorthin gegrapscht, wo sie es gerade jetzt am dringendsten brauchte! Sie hätte ihn schroff zurückweisen sollen, doch irgendetwas in ihr verhinderte das. So stammelte sie nur, leise keuchend, pflichtgemäß halbherzig: »Was tun Sie denn da … Sie loser Vogel, Sie …«

Es klang nicht wirklich überzeugend.

Yves kümmerte sich gar nicht darum. Er wusste: Frauen sagten oft Nein, schon um nicht als Freiwild zu gelten – und meinten doch Ja. Da Florence auch keine Anstalten machte, seine Hand dort wegzunehmen, wo sie nun einmal lag, hatte er keinen Grund, mit dem aufzuhören, was er gerade begann und das dafür sorgte, dass seine Jeans eine mächtige Beule bekam.

Auch die junge Lehrerin wehrte sich nicht weiter – stattdessen ließ sie es zu, dass er auch noch seine Lippen auf die ihren presste, mit seiner verlangenden Zunge in sie drang. Noch ein schwacher Versuch, ihn fortzustoßen, doch ihre Arme wollten nicht ernsthaft die Kraft dazu aufbringen. Gleichzeitig blieb ihr nicht verborgen, dass ihre Möse saftig wurde, weil die ganz eindeutig ihren Gefühlen folgte und nicht ihrem Verstand.

Unterdessen grabbelte Yves längst unter ihren weichen Kaschmirpullover, massierte ihre Mohrenköpfe mit seinen schlanken Fingern, zwirbelte die Zigarillostummel. Florence stöhnte leise auf. In einem allerletzten Aufbäumen eines winzigen Funken Verstandes bugsierte sie ihn in Richtung der Tür, drehte mit einer Hand den Schlüssel im Schloss, verriegelte so den Eingang zum Klassenraum. Niemand durfte je erfahren, was hier geschah!

Yves schob sie mit erstaunlich fester Hand zurück aufs Katheder, streifte ihr ganz selbstverständlich den Pulli ab, öffnete ohne zu fragen den Gürtel ihrer Jeans.

»Bitte ... nicht«, hauchte Florence ihm flehentlich ins Ohr, und wollte doch nichts lieber, als dass er weitermachte. Das tat der Lange, zog entschlossen den Zipper des Reißverschlusses herunter, sodass unter der aufspringenden Nietenhose ein kleines, am Zwickel inzwischen klammes schwarzes Spitzenhöschen zum Vorschein kam, das mehr freigab als es verdeckte. Streifte mit gekonnter Geste diese Klamotten vom sacht bebenden Leib seiner sündigen Lehrerin, die so vollkommen nackt war. Verführerisch lugte aus der leicht geöffneten, glatt rasierten Spalte eine pralle, erblühte Knospe hervor.

Diese Blüte würde er pflücken, wusste Yves. Er warf die junge Frau rücklings aufs Pult, nur ihre Arme und die Schenkel hingen über. Die ließ es willenlos geschehen – nun hatte sie sich eingelassen, nun musste sie erdulden, was mit ihr geschah. Gegenwehr war zwecklos, das machte auch die durchaus bestimmende Art ihres Schülers klar, der offenbar kein Pardon kannte.

Der zog den kleinen, mit Strasssteinen verzierten Gürtel aus ihrer auf den Boden geknüllten Hose, schlang ihn um ihre und die Beine des Tisches, zog das Leder stramm und rastete die Schließe ein. So konnte das geile kleine Luder ihm nicht mehr entwischen.

Florence wollte gar nicht entwischen. Sie war wie in Trance, seit dieser Junge sie so zärtlich geküsst hatte, war ihm verfallen mit Haut und Haaren. Strampelte spielerisch noch ein wenig, als er sie auszog – er sollte nicht glauben, dass sie für jeden so leicht zu haben sei. Dieser Kerl jedoch verstand es trotz seiner Jugend, mit Frauen umzugehen, durchpulste es sie, während sie spürte, wie das warme Blut in ihre Schamlippen wallte, wie ihre Spalte klatschnass wurde, sich bereit machte für Zärtlichkeit.

Als Yves sich den Gürtel griff, glaubte sie zunächst, er wolle ihr den Arsch versohlen – in besseren Tagen hatten Hugo und sie manchmal »Lehrer und unartiges Gör« gespielt, was regelmäßig darin endete, dass ihr Mann ihr mit seinem breiten Hosengürtel den Hintern gebläut hatte. Ein leiser Seufzer stieg aus ihrer Brust bei diesen Gedanken … Sie hatte ihre Rolle stets genossen. Doch das war schon so lange her!

Als der Schüler nun ihre Schenkel an den Tisch band, der stramme Gurt ihre Waden einschnürte, gab ihr dieses Gefühl gewisser Wehrlosigkeit und Ohnmacht einen zusätzlichen Kick. Sie mochte es, sich unterwürfig zu geben – irgendwo tief in ihrer Seele schlummerte schon immer der Wunsch, von starken Kerlen beherrscht und angewiesen, auch ohne viel Federlesens genommen zu werden. Jetzt erwachte diese Sehnsucht wieder einmal zum Leben. Da war das Festschnallen doch ein guter Anfang!

Ein wenig wunderte sich Yves, dass seine Lehrerin sich ihm einfach so hingab – er hatte damit gerechnet, dass sie ihm eine schallende Ohrfeige versetzen und sich wehren würde. Offenbar aber entbehrte sie es schon so lange, wieder einmal richtig wegnagelt zu werden, dass sie geradezu begierig war, sich hier und jetzt, sofort, von ihm nehmen zu lassen.

Nachdem er ihre Füße gebunden hatte, sie so machtlos vor ihm lag, ihren feucht glitzernden Venushügel deutlich hervorgereckt, die kurze Spalte empfangsbereit gespreizt, stand seine schlanke, lange Latte, die mit dem Ausmaß einer jungen Zucchini gut zu seiner schlaksigen Figur passte, aufrecht wie der Eiffelturm in Paris. Einzig seine Levis hinderte sie daran, nach vorn zu schnellen wie der Peilstab eines Wünschelrutengängers. Auch er machte sich daher mit zwei, drei schnellen Bewegungen frei – zu beengend war, was er auf dem Leib trug. Dann beugte er sich hinunter zu diesem verdorbenen Satansbraten, der da sehnend darauf wartete, es besorgt zu bekommen.

Er konnte mit Florence jetzt tun, was er wollte. Sie hingegen konnte nur noch ihre Arme bewegen, hatte keine Chance, sich ernsthaft zu wehren oder gar wegzulaufen, war ihm auf Gedeih und Verderb ausgeliefert. Dies Gefühl der Macht war es, was ihn schärfer machte als eine ganze rote Chilischote. So spitz war er lange nicht mehr gewesen, sein knochiger Prügel pulste vor ungestümer Geilheit.

Er spielte mit seiner weichen Zunge über ihre Augenbrauen, die Lider, züngelte an ihre Nasenspitze, dann zu ihrem Mund. Voller Begehren streckte ihm das Lotterweib ihre Zunge entgegen, doch Yves gab ihr nur die Spitze der seinen, achtete sorgsam darauf, dass ihre Lippen sich nicht berührten. Immer, wenn dieses Leckstück ihren Kopf etwas hob, um ihn zu erhaschen, zog er sich ein wenig zurück. Nicht sie, er bestimmte, was geschah. Ob sie ihn überhaupt küssen dürfte und wenn ja, wann?

Unterdessen spielten seine feingliedrigen Hände um ihren naturbraunen Körper, hinauf und hinab, über die wie gebrannte Mandeln aufrecht stehenden Nippel, an ihre weit gespreizte, nasse Grotte, über die Innenseiten ihrer sportlich trainierten Schenkel.

Die junge Lehrerin hielt es kaum aus. Was war dieser Schulbursche doch für ein abgefeimtes Luder! Trieb seine ruchlosen Spiele mit ihr, zeigte eindeutig, wer hier das Sagen hatte, dass sie, willfährige Magd seiner Lust, ihn nur küssen durfte, wenn er das wollte. Diese devote Rolle, die so sehr ein Teil der dunklen Seite ihres Ichs war, ließ sie jede Hemmung vergessen. Das war genau, was sie brauchte. Dieser Schnösel sollte sie benutzen, sollte sie züchtigen und entehren, wie es ihm beliebte. Sie wollte dankbares Opfer seiner zügellosen Begierden sein, war bereit, sich hemmungslos hinzugeben.

Während Yves mit seiner flinken Zunge längst über ihre knackigen Möpse wischte, an den Zuckermandeln knabberte, ja auch sanft hineinbiss, schob er ihr zwei, drei Finger in den vom erregten Lechzen halbgeöffneten Mund. Dankbar leckte die servile Stute ihm jeden einzelnen Griffel mit Inbrunst ab. Stöhnte dabei verlangend, röchelte heiser, als er ihr sogar noch den kleinen Finger ins aufgerissene Maul steckte, darin herumfuhrwerkte. Dieser Gebieter war so gut zu ihr!

Der lange Lecker konnte nicht anders, er musste mit ein paar schnellen Bewegungen seinen stahlharten Lümmel anwichsen. Ihm stand die Ficksahne schon bis zum Hals, es würde keinesfalls lange dauern, bis er zum ersten Mal abspritzen müsste. Sein schmaler Sack mit den beiden länglichen Eiern baumelte zwischen seinen Beinen wie ein der Schwerkraft folgender Vesperbeutel. Um seine ungestüme Gier zu bremsen, schob er sein dürres Gemächt nach unten, klemmte sich beides fest zwischen die Beine. Der leichte Schmerz, den ihm das verursachte, ließ den fast überbordenden Pegel in seinem zum Bersten gefüllten Spermafass immerhin um ein paar Millimeter sinken.

Mittlerweile war seine Zunge an ihrem Nabel angelangt, in welchen er begierig hineinschleckte. Das Kitzeln ließ Florence erschauern, sie musste unwillkürlich leise kichern. Doch das tat sie nur einmal. Sofort klatschte Yves' Hand in ihr Gesicht, eine gut sitzende Ohrfeige machte ihr klar, dass Albernheiten hier keinesfalls angesagt waren. Schuldbewusst riss sie sich zusammen, öffnete demütig ihre Schenkel noch weiter, um sich zu unterwerfen, hauchte verschämt: »Entschuldigung.«

»Ich bitte mir Respekt aus«, fauchte Yves. »Sonst setzt's was.«

»Ja, Meister«, wisperte Florence.

Yves' Lippen machten sich jetzt an ihrer Möse zu schaffen, aus der das lauwarme Fotzenöl längst in Strömen tropfte und am Fuß des Katheders eine kleine Pfütze gebildet hatte. Weit und breit, geöffnet wie ein aufblühender Rosenkelch, bot sich ihm dies Tal der Wollust dar, verlangte danach, ausgeleckt und verwöhnt zu werden. Während er in das offene Fickfutteral kraftvoll drei seiner schlanken Finger nietete und begann, diese braune Bumskuh damit abzuficken. Seine lange Zunge schlappte über die fleischigen Blätter dieser offenen Blüte, trank den süßen Nektar der erregt grunzenden Schokoladenelfe.

Prall und fordernd stand ihr Blütenstempel hervor, den Yves nun mit langsam mahlendem Kiefer seine Zähne spüren ließ, knabberte daran, wie man an einem weichen Weingummi knabbert, schleckte darüber, sog ihn tief ein. Florence grunzte vor Begierde, konnte gar nicht genug davon bekommen, so verwöhnt zu werden.

Sie spürte, dass dieser Zünder längst brannte, dass die Lunte entfacht war, welche die Bombe ihrer Wollust in Kürze explodieren lassen würde. Schob ihren hitzigen Schoß dem Meister noch ein wenig mehr entgegen, wollte seine Liebkosungen noch inniger empfangen, wollte, dass er sie auf den Gipfel aller Lüste lecken sollte.

Yves' Samenpeitsche pochte aufgeregt, wollte nicht mehr länger warten, um entladen zu werden. Der Lange wusste, dass er sich nur noch kurze Zeit würde beherrschen können, doch zuerst sollte diese liederliche Lehrerin bedient werden, er wollte es ihr mit seiner Zunge besorgen, dass ihr Hören und Sehen verginge, nie wieder sollte sie diesen Nachmittag des Nachsitzens vergessen.

Eine Hand nagelte mit dem Ungestüm eines führerlosen Bohrgestänges ihre enge Dose, während er den fotzenfeuchten Mittelfinger der anderen Hand jetzt ohne viel Federlesens in die enge Rosette der rücklings auf den Bock geschnallten Rammelsau hämmerte. Unter dem Tisch hüpfte sein mächtiger Bumskolben aufgeregt hin und her.

Yves keuchte kehlig, stoßweise ging sein Atem, seine Lippen an Florence' salzigem Schacht, die sich mittlerweile selbst die kleinen Kakaotüten mit aller Macht knetete, als sei sie nicht von dieser Welt.

Was war das für ein intensives Glück, so alle Löcher gefüllt zu bekommen! Florence konnte es gar nicht fassen, hatte alles um sich herum vergessen, egal, wer hier Lehrer, wer Schüler war … Im Moment zählte als einziges, dass endlich wieder einmal ein Mann an ihr fummelte, es ihr besorgte, ihr ihren Platz zuwies und sie nach allen Regeln der Kunst fertigmachte.

So sehr in Rage waren die beiden, dass sie nicht merkten, wie von draußen an der verschlossenen Tür gerüttelt wurde.

»Hallo«, rief eine Männerstimme, »Frau Kollegin?«

Und, nach einigen Minuten des Wartens, nochmals: »Madame, sind Sie da drin? Ist mit dem Nachhilfeschüler alles in Ordnung?«

Wieder einige Momente Ruhe, dann entfernten sich schlurfende Schritte.

Drinnen waren die Wollüstigen längst dem Rausch ihrer eigenen Gefühle verfallen, gaben sich einander hin. Nur noch Augenblicke trennten sie von der Erlösung, von der ersehnten Entspannung.

Florence kam es zuerst. Yves bemerkte, wie ihr Körper krampfhaft zu zucken begann, doch er ließ nicht nach, rammte ihr weiter die Finger in alle Luken, kannte keine Gnade. Sein Opfer wurde von den Schauern der Lust überrollt wie der amerikanische Mittelwesten von einem Tornado, wurde hinweggefegt, verlor jeden Boden unter den Füßen im furiosen Strudel orgiastischer Ekstasen, die ihren Leib ein ums andere Mal schüttelten wie ein Herbststurm die Kastanienbäume.

Doch auch Yves konnte es nicht länger zurückhalten. Zwei, drei geschmeidige Handbewegungen reichten aus, um seine Sahnespritze zum Überlaufen zu bringen. Mit einem schnellen Satz war er an Florence' Gesicht, bohrte ihr seinen Lümmel einfach ins Maul. Die konnte ihn gerade noch einmal blasen, dann klatschte schon der erste Schuss seiner warmen Soße an ihre Mandeln, rann sämig ihren Schlund hinab. Noch einer und noch einer, es wollte gar kein Ende nehmen. Florence schluckte und schluckte, es kam ihr vor, als wären es Liter … Unterdessen bearbeitete sie ihre zuckende Möse mit beiden Händen, besorgte es sich selbst noch einmal, bis es ihr erneut kam, ihre notgeile Büchse im nächsten Orgasmus vibrierte, ihr hektischer Atem erneut nach Luft schnappte.

Endlich, endlich kamen beide zur Ruhe, verweilten einen Augenblick. Yves zog sein Blasrohr aus dem Schlund seiner verruchten Gespielin. Die leckte sich genüsslich schmatzend die letzten Tropfen von den Lippen. Doch ließ sie ihn nicht einfach gehen – hielt mit der Hand seine Fickstange fest, züngelte um die stramme Knolle, ließ ihn sich nicht entspannen.

Yves wollte sich auch gar nicht entspannen. Nach den Wochen reiner Handarbeit wollte er die Gelegenheit voll auskosten, diese scharfe Schnalle nicht nur zu lecken, sondern sie auch noch gnadenlos wegzubügeln. Das brauchte er, und das brauchte ganz offensichtlich auch sie.

Darum hatte er nichts dagegen, dass seine Lehrerin ihm die pralle Flöte blies, seine Lustolive kaute, seinen langen, zerfurchten Sack jetzt auch noch mit beiden Händen knetete, ihm zärtlich die Eier lutschte.

Seine Latte wurde gar nicht erst schlaff, sie blieb gleich knochenhart, und er spürte, dass auch seine Nüsse ohne Unterbrechung wieder voll in die Spermaproduktion eingestiegen waren. Einen kurzen Augenblick genoss er noch die verwöhnenden Lippen der Braunen an seinem Fickstahl, dann machte er den Schritt ans Fußende des Pults, dort, wo immer noch Florence' Füße mit dem strassbesetzten Gürtel an die Tischbeine geschnallt waren. Es bedurfte keines besonderen Aufwandes, seinen Hammer zu versenken, denn ihre Lustgrotte war immer noch triefend nass.

Die gehorsame Magd wusste, was nun auf sie zukam, und sie wollte es. Sie wollte jetzt gestopft werden wie ein Vierpfündergeschütz vom Kanonier, wollte diesen Knüppel zwischen ihre Beine geworfen bekommen, wollte einfach durchgezogen werden, ohne dass viel geredet würde. Als Yves mit seinem Pflock in ihren Stollen fuhr, ächzte Florence gierig auf, stieß ihm so gut es ging ihren erwartungsvollen Schoß entgegen, krallte ihre Finger in seine dürren Arschbacken, wollte ihn geradezu in sich versenken, er sollte sie pfählen bis ans Herz. Brennendes Verlangen sengte ihre Seele, die so lange nach Liebkosung dürsten musste.

Der Schüler tat, wie seine Lehrerin verlangte, lehrte sie, sich hinzugeben. Fuhr erst langsam mit seinem Hobel in ihrem Bumskanal auf und ab, nahm ruhig Maß. Dann – *zack!* – ein heftiger Stoß ohne jede Vorwarnung, kurz aus der Hüfte, wie ein Cowboy, der blitzschnell den Colt zieht. Er trieb seinen Spieß dermaßen ins feuchte Fleisch, dass sein langer Sack heftig an ihren Arsch klatschte und er mit Macht fast Florence' Muttermund ruinierte. Die stöhnte gequält auf, doch bremste sie ihn nicht. Er war der Schmied, sie der Amboss. So sollte es sein, so wollte sie es, und darum musste sie ohne Widerworte erdulden, was über sie so ungestüm hereinbrach.

Noch zwei-, dreimal langsam vor und zurück. Dann wieder ein Rammstoß wie von einer Abrissbirne. Yves' Gesicht jetzt in seltsamer Weise abwesend, ein wenig verzerrt.

Und wieder vor, zurück ... wie in Zeitlupe, glitt schlürfend hinein in diese dunkle Höhle, dann heraus. Entrückt. Ooohh, war das eine geile Stute!

Er wollte es genießen, wollte Stoß für Stoß spüren, endlos sollte es so weitergehen. Doch dann gingen die Pferde mit ihm durch, wurde er selbst zum wüsten Hengst, konnte sich nicht mehr halten, fiel erst in Trab, dann in Galopp.

Wie ein Klöppel, der einmal in Wallung gesetzt nicht mehr zu bremsen ist, sondern dröhnend seinen Takt schlägt, füllte er ihre Glocke ein ums andere Mal, schnaufte dabei wie eine Dampflok unter Volllast, kleine Schweißperlen auf seiner Stirn.

Florence gab sich hin, spürte den Schlegel, war prall und tief gefüllt. Röchelte erregt, juchzte im Rhythmus, den seine stampfende Keule vorgab, wollte sich von ihm reiten lassen bis ans Ende aller Tage. Jetzt grapschte dieser lose Bengel ihr auch noch an die Tüten, begann diese zu massieren wie ein Küchenmeister das argentinische Filet. Sie vergaß alles, was um sie war, kannte sich selbst nicht mehr, war nur noch williges Fleisch zur Befriedigung seiner Lüste.

Konnte nicht anders, musste sich geradezu unter Zwang wieder an die pralle Perle greifen, machte sich wie von Sinnen an sich zu schaffen, konnte gar nicht genug kriegen, sie wollte mit ihm gemeinsam kommen, wollte zusammen mit diesem Knaben abheben in ein orgiastisches Paradies. Dann war es soweit. Mit der sturen Regelmäßigkeit eines auf Höchstdrehzahl in den Zylinder pochenden Kolbens spießte Yves seine Fickmagd ins Katheder, sie randalierte mit beiden flachen

Händen an ihrer längst wunden Knospe, beide sich selbst genug, den anderen nur benutzend, bäumten sich fast im selben Moment auf, wurden überrannt von den Fontänen glühender Lava wie einst die Pompeiianer vom Ausbruch des Vesuvs, hinfortgerissen vom Pulsen ihrer Gier, umtost von den Flammen ihrer unersättlichen Lust.

Beide wollten schier verschmelzen in ihrer Glut, waren nahe daran, sich aneinander zu verbrennen. Nur mühsam gelang es der aufkommenden Erschöpfung, diesen Brand zu begrenzen, langsam zu löschen.

Wie aus einem Fiebertraum erwachten Florence und Yves schließlich, erkannten, wo sie waren, erinnerten sich ähnlich einem langsam verfliegenden Nebel auch daran, warum. Versuchten zu verstehen, was in den vergangenen Stunden geschehen war.

Verschlangen sich noch einmal in einem zärtlichen, unendlich liebevollen Kuss, wollten gar nicht voneinander lassen und mussten es schließlich doch, mussten sich lösen, jeder wieder zu sich finden.

Just in diesem Augenblick machte sich erneut jemand an der Tür zu schaffen.

»Hallo?« Wieder wurde geklopft. »Madame?«

Florence und Yves schwiegen wie ein Grab.

»Dann versuchen Sie es mal«, sagte eine Stimme.

Florence erkannte sie, wurde kreidebleich.

»Direktor Grenard ...« Die junge Lehrerin sah sich angstvoll um. Wenn der jetzt hereinkäme, das wäre wahrlich nicht gut. Nicht für sie selbst, nicht für Yves!

Lehrerin und Schüler rafften in aller Eile ihre Sachen zusammen, starrten auf die Tür wie das Kaninchen auf die Schlange. Es wurde erneut gerüttelt, Werkzeug klapperte.

»Der Schlüssel steckt von innen«, hörte man den Hausmeister sagen. »Hat bestimmt einer der Lausebengel abgeschlossen und ist dann durchs Fenster raus.«

»Dann müssen wir eben auch durchs Fenster wieder rein.«

Direktor Grenard war entschlossen, herauszufinden, was in diesem Klassenraum vorging und wo seine Lehrerin mitsamt Yves Roussiers abgeblieben war.

Auf dem Gang entfernten sich die Schritte.

Florence und Yves schlüpften, so schnell es ging, in ihre Klamotten. Die Lehrerin hauchte ihrem Schüler noch einen schnellen Kuss auf die Lippen. »Danke. War echt schön mit dir.«

»Mit dir auch.« Yves fasste ihr noch mal kräftig an die nasse Möse. »Bis zum nächsten Nachsitzen.«

Florence sagte nichts. Doch beiden war klar, dass dies mit Sicherheit nicht das einzige Mal bliebe, bei dem sie es sich kräftig besorgen würden …

Dann schlossen sie vorsichtig die Tür auf, lugten sichernd in alle Richtungen – zum Glück, niemand zu sehen –, nickten einander mit verschwörerischem Lächeln zu, schlichen unauffällig in getrennte Richtungen davon.

XIII.

Es war dieser Hut, der ihm zuerst auffiel, als der Wagenschlag auf dem Parkplatz sich öffnete: ein zylinderförmiges knallrosa Ungetüm mit breiter Krempe, hoch und breit ausladend.

Unter dem Hut streckten sich – kaum verborgen von dem aufreizend hoch gerutschten, ebenfalls knallrosa Jersey-Etuirock – zwei unendlich lange, bemerkenswert sehnig-schlank gebräunte Beine, welche schließlich irgendwo in ebenfalls rosa Stilettos endeten.

Soweit Direktor Grenard es beim grazilen Aussteigen des bei aller fraulichen Reife jugendlich wirkenden weiblichen Geschöpfes mit der blonden Ponyfrisur durch den hautengen

Stoff ihrer bonbonfarbenen Garderobe erahnen konnte, trug sie keinen BH und nur ein winziges Tanga-Höschen, von dem er Stein und Bein geschworen hätte, es sei schwarz und aus Spitze.

»Frauen können eben doch besser einparken«, scherzte die rosa Lady einer anderen Autofahrerin zu, welche gleichzeitig professionell den Nachbarparkplatz vor den Gebäuden von »Schloss Hohenstein« belegt hatte.

»Es zieht«, lachte sie dann keck dem überraschten Herrn zu, und deutete auf seine vor lauter Staunen sperrangelweit geöffnete Futterluke.

Der konnte nur irgendetwas verlegen Dämliches stammeln, lief rot an. Überhaupt fand er nicht nur den übermütigen Ton der Dame, sondern auch die Art ihres Auftretens für den alljährlich im Herbst stattfindenden Elternsprechtag des Internats keineswegs angemessen.

»Ich bin Madame Roussiers.« Sie stöckelte auf ihn zu. »Die Mutter von Yves, dem Zimmerkameraden von René Dubois. Ich würde gern mit dem Direktor sprechen.«

»Der steht vor Ihnen.«

Die Elegante musterte den schlaksigen Mann mit den ausgebeulten Hosen, dem abgewetzten Cordjackett und der randlosen Brille von oben bis unten, schüttelte dann etwas ungläubig den Kopf.

»Ich hatte Sie mir anders vorgestellt.« Sie gab ihm die Hand.

»Verstehe.« Lächelnd nahm er diese. »Aber wir sind hier kein Tagungshotel der Industrie, sondern eine Internatsschule. Auch wenn es ›Schloss Hohenstein‹ heißt … Aber kommen Sie doch bitte mit in mein Zimmer.«

Die beiden vertieften sich in ein ernstes Gespräch über die Leistungen von Yves, die in letzter Zeit stark nachgelassen hatten, sodass sein Abitur ernsthaft gefährdet schien.

»Wir kümmern uns wohl zu wenig um unseren Sohn«,

vermutete die Dame in Rosa. »Aber Sie müssen wissen, mein Mann und ich, wir arbeiten international. Er ist Manager bei einem internationalen Konzern, ich betreibe eine Modelagentur – da sind wir beide ständig unterwegs, sehen uns selbst oft nur zwischen zwei Flügen. Für Yves ist da einfach kein Platz.«

Direktor Grenard kannte das, viele der Schüler von »Schloss Hohenstein« kamen aus solchen Verhältnissen. Vermögende Eltern, deren Nachwuchs verdammt arm dran war, auch wenn er sich meist alles leisten konnte und durfte, was für Geld zu haben war. Doch manches, was wichtig war im Leben und es erfüllte, ließ sich eben nicht kaufen …

Er wusste aber auch, dass es keinen Sinn machte, dies zu thematisieren. Die jeweiligen Eltern waren fest überzeugt, gut für ihre Kinder zu sorgen, und in diesem Glauben musste man sie lassen, sollte nicht die Existenz der Schule gefährdet werden.

So versprach ihr der Direktor, man werde sich ganz besonders um Yves und seine Probleme kümmern, erhob sich nach einiger Zeit, ging zur Tür, machte deutlich, dass er alles für besprochen hielt. Doch Madame Roussiers hielt ihn am Arm.

»Haben Sie heute Abend schon etwas vor?«, fragte sie lächelnd. »Ich würde mich freuen, wenn wir zusammen essen könnten. Morgen muss ich schon wieder zurück in die Agentur, Sie verstehen.«

Auch wenn es dem Direktor eigentlich gar nicht passte, so sagte er doch etwas zögerlich zu, schließlich spendete das Ehepaar Roussiers immer größere Beträge für mancherlei Bedürfnisse des Internats; gerade erst hatten sie einen Batzen Geld für den Ausbau der Biologie-Sammlung gegeben. So hatte die etwas überdrehte Dame in Rosa durchaus Anspruch auf besondere Betreuung.

Er beschloss, den Abend mit dieser Erscheinung zu verbringen, die sich in ihrer auffällig individualistischen Eleganz durchaus auch sehr von den anderen Eltern unterschied, die zum Elternsprechtag angereist waren.

Man verabredete sich für eine bestimmte Uhrzeit. Pünktlich fand Monsieur Grenard sich am Treffpunkt ein. In ihrem schweren Wagen fuhren beide zu einem ziemlich teuren Restaurant, mussten dort allerdings zunächst bei einem Aperitif an der Bar warten, bis ihre bestellten Plätze frei wurden. Neben ihr stehend, wurde er umschmeichelt vom betörenden Duft ihres edlen, teuren Parfüms. Sie gab sich ganz unkompliziert, scherzte hier, lächelte dort. Als man den beiden bedeutete, der Tisch sei nach wie vor belegt und werde das wohl auch noch einige Zeit bleiben, zeigte Madame sich entspannt.

»Machen wir halt noch einen Spaziergang im nahen Park.« Sie wandte sich zur Tür.

Er beeilte sich, sie nicht aus den Augen zu verlieren, konnte schon nach einem kurzen Schlenker neben ihr sein und das Portal aufhalten.

»Oh, Gentleman alter Schule, was?«, lachte die rosa Lady durchaus freundlich. »Findet man ja heute kaum noch.«

Ein Wort gab das andere, und unversehens gingen beide, interessant parlierend, durchs gepflegte Grün des öffentlichen Gartens, als seien sie einander schon längst vertraut.

Ihre manchmal etwas aufdringliche, aber dennoch unkomplizierte Offenheit wirkte äußerst anziehend auf ihn. Mindestens ebenso anziehend jedoch wirkte ihre im knallengen Jersey-Etui kaum verborgene, knisternde Erotik, ihre unverhohlen begehrliche Lust ausstrahlende Figur, die jugendlich-knackigen Brüste, welche bei jedem ihrer federnden Schritte aufreizend wippten und deren Nippel vorwitzig aufragten, der stramme Knackarsch, dessen Rille sich unter dem Jerseystoff anregend abzeichnete.

Auch wenn Direktor Grenard manchmal ein wenig vergeistigt

wirkte, war er doch ein Mann, und natürlich ließ diese hormonelle Herausforderung seine Triebe nicht kalt, ganz im Gegenteil. Sein kleiner Freund rumorte aufgeregt und bedeutete ihm: Diese Frau musste er haben, hier und heute, am besten sofort!

Wenig später gelangten Madame Roussiers und Monsieur Grenard an ihren Tisch, sie nahm ohne viel Aufhebens seine Einladung auf einen gepflegten Rotspon an.

»Gut – ich das Essen, Sie die Getränke«, vermerkte sie knapp.

Was ihnen dann serviert wurde, konnte höchste Ansprüche erfüllen. Für Madame Roussiers mochte solch ein Essen alltäglich sein, doch Direktor Grenard zelebrierte jeden Bissen. Genau genommen, hatte er noch nie im Leben in einem derart vornehmen Restaurant verkehrt, und er war sicher, dass das auch so bald nicht wieder vorkäme. Denn so auserlesen die Speisen und deren Zubereitung auch waren, fühlte er sich in dieser Umgebung nicht sonderlich heimisch, in welcher jeder Schein mehr zählte als das Sein, besonders beliebt waren hier wohl die ganz großen Scheine ...

Darum war er durchaus erleichtert, als die geleerten Dessertschälchen abgetragen wurden und auch der Wein in der Flasche zur Neige ging.

Als man schließlich aufbrach, war Madame Roussiers aber noch gar nicht nach Heimgehen zumute.

»Was meinen Sie, Direktor ...«, sie stupste ihn, angeregt vom aromatischen Bordeaux an, »... wollen wir noch ein wenig tanzen? Ich komme sonst nie dazu. Dabei habe ich früher keine Gelegenheit ausgelassen.«

Monsieur Grenard seufzte. Auch das noch! Ihm war Tanzen ein rechtes Gräuel. Andererseits war da immer noch diese Spannung an seiner Lustpeitsche, die danach lechzte, die Lady in Rosa flachzulegen. Also fügte er sich nur mäßig widerstrebend seinem Schicksal.

Wenig später fanden beide sich in einer kleinen, verträumten Bar wieder. Ein, zwei Drinks, dann zog die Elegante den Direktor auf die Tanzfläche. Die Band intonierte einen satten Blues.

Die Hände des Schulleiters wanderten um ihre Taille, verschränkten sich auf dem Rücken des rosa Etuikleides in Höhe ihres Bauchnabels. Sie ließ es ohne besonderes Zögern geschehen, schien es sogar ein wenig zu genießen …

Während der Mann am Saxophon eine besonders heiße Kanne blies, fummelte Monsieur Grenard sich auf dem glatten, rosa Stoff abwärts in die erotischeren Regionen; Finger für Finger zunächst, vorsichtig, nicht zu fordernd … Die rosa Lady ließ auch das geschehen, mehr noch: Sie drehte sich im Tanz so, dass sie ihm den Rücken zukehrte, wiegte jetzt ganz eindeutig ihre Hüften in einer Art, dass ihm der Weg zum Hügel der Venus ohne Hindernis frei war.

Er presste sacht seinen Körper von hinten an sie, spürte ihre trainierte Sehnigkeit, den festen kleinen Knackarsch, in dessen Kerbe sein inzwischen voll ausgefahrener Riemen einen angenehmen ersten Ruheplatz fand.

Sie spürte den harten Ständer an ihren Backen, schmunzelte unwillkürlich. Alles lief genau so, wie sie es sich vorgenommen hatte, um Yves das Abitur so leicht wie möglich zu machen. Ihre verfickte Möse begann heftig zu jucken, was immer ein Zeichen dafür war, dass sie genagelt werden, einen Schwanz in ihrem Loch spüren wollte.

Direktor Grenard sog den warmen, süßen Geruch ihrer Haut ein, schnüffelte durch ihr schmeichelndes Haupthaar, hauchte ihr einen sanften Kuss in den schlanken Nacken. Sie schien es zu genießen, öffnete sich, schmiegte sich fester an ihn, wollte schier mit ihm verschmelzen, stellte ihre Füße etwas breiter, sodass er mit seinen gierigen Griffeln gut über ihre Dose streicheln konnte, in deren Spalte die Knospe gerade erblühte.

Er spürte es, massierte durch den dünnen Stoff hindurch mit seiner flachen Hand diese Perle ihrer Lust. Madame Roussiers stöhnte leise – es ging in den lauten Bassläufen der Band unter.

Alles kam ihm so unwirklich vor – noch am Morgen hätte er von einem solchen Abend nicht einmal zu träumen gewagt. Jetzt spielten seine Hormone verrückt, und weil Männer rein biologisch entweder das Gehirn oder ihren Schwanz mit ausreichender Blutzufuhr versorgen können, war klar, dass der Direktor keinesfalls mehr denken konnte.

Die Hitze der Nacht hatte beide unrettbar in ihren Bann gezogen, Hände suchten sich ihren Weg, Augen fanden sich im tiefen Blick, Körper wurden eins auf dem Parkett …

Die Kapelle spielte sanfte Rhythmen, der Barkeeper hantierte fast artistisch mit seinen Flaschen, mixte Cocktails oder schenkte gute Weine ein.

Die Lady in Rosa wendete sich ihrem Galan zu, beider Lippen fanden sich, zärtlich knabberten sie aneinander. Sie presste ihren Schoß verlangend an seinen Knüppel, der unter dem Stoff seiner Hose begehrlich pochte und zuckte. Ihn brachte das Gefühl, ihrer feuchten Möse so nah zu sein, völlig durcheinander. Sie tanzen längst nicht mehr, standen einfach da, pressten sich verlangend aneinander.

»Ist das heiß hier!« Wenig später schlürfte Madame Roussiers den letzten Schluck ihres Drinks. »Ich brauche frische Luft.«

Monsieur Grenard kam das sehr entgegen, denn die Möglichkeiten, dieser Lady in der Bar noch näher zu kommen, waren begrenzt, wenn man keinen Rausschmiss riskieren wollte.

Sie zahlten und liefen ein paar Schritte durch den nahen Park zum Auto. Kaum von der Dunkelheit der Baumschatten aufgesogen, fielen diese erwachsenen Menschen ohne Umschweife übereinander her, verschlangen sich in heißen, nicht enden wollenden Küssen, knabberten im verzückten Sinnestaumel aneinander. Für gierige Fummelhände gab es kein Halten; streichelnde Finger glitten verlangend unter Stoff, wühlten in Wäsche, streiften Höschen ab, erkundeten Höhen und Tiefen, massierten und kneteten, zwirbelten und drückten …

Madame Roussiers hatte mit geübtem Griff dem Direktor die Hose geöffnet, seinem Prengel endlich die ersehnte Freiheit verschafft. Das fette Rohr stand hart wie Kruppstahl in die Nacht. Sie wichste es mit einem Ring aus Daumen und Zeigefinger, den sie mal enger, mal weiter stellte. Er grunzte vor Gier, ließ sich willenlos melken, spürte, wie ihm die Sahne langsam aufstieg.

Seine Grabbelfinger an ihrer nackten Fotze, aus der das warme Ficköl tropfte, stand sie so breitbeinig wie es nur ging. *Zack* – rammte er ihr zwei Finger ins nasse Loch, massierte ihre Lustknospe, schob das rosa Etuikleid hoch, knallte ihr dann seinen Fickpfahl ins triefende Futteral, nagelte sie erbarmungslos gegen die hohe Birke, an die sie sich lehnte. Ihr Arsch scheuerte an der rauen Rinde, sie stöhnte lüstern, röchelte bei jedem festen Stoß.

Er spürte, wie sie dieser Fick im Stehen erregte, bei dem sie jederzeit erwischt werden konnten. Ihre Fotze begann zu zucken, auch sein dicker Lümmel verlangte nach Erleichterung, gleich würde die Sahne sich ihren Weg bahnen … jaaaa! Noch ein-, zweimal hämmerte er ihr das Rohr in die Muffe, dann hielt er es nicht mehr aus, pumpte ihr seine ganze Soße in die Eierstöcke, mit hartem Schuss klatschte die Ladung an ihren Muttermund, tropfte gleich wieder warm über ihre Schenkel.

Auch die Lady ließ sich fallen, ließ zu, was sie ohnehin nicht ändern konnte, es kam ihr ohne jede Hemmung. Sie zuckte, juchzte, rammte ihre Büchse extra fest über seinen spritzenden Kolben, wollte die fette Eichel am Muttermund spüren … Dass man ab und zu in der Nähe die Stimmen von

Passanten hörte, machte sie nur noch geiler, und die Striemen auf ihrem Knackarsch, welche die Rinde hinterließ, verschafften ihr einen seligen Schmerz.

Nur eine kurze Verschnaufpause, dann öffnete sie ihm den Schlag ihrer schweren Limousine, bedeutete ihm, einzusteigen auf das cremefarbene Lederfauteuil, glitt selbst hinters Steuer, machte aber keine Anstalten, den hochgefummelten rosa Etuirock auch nur einen Millimeter hinabzustreifen. Seine Soße rann aus ihrer Dose unmittelbar auf das weiche Leder – es störte sie nicht, nahm es nicht einmal wahr, gab ungestüm Gas.

Seine Linke fand ohne Gegenwehr zwischen ihre Schenkel, zu der glattrasierten feuchten Grotte, welche sie ihm immer noch bereitwillig darbot.

Der Schulleiter war wie von Sinnen, trieb durch die Nacht im Orkan der Lüste wie ein Schiffbrüchiger auf einer Planke durch tosenden Sturm. Wie lange hatte er keine Frau mehr gehabt – eine so scharfe schon gar nicht –, nahm kaum die Welt um sich herum wahr. Der rosa Lady schien es nicht sehr viel anders zu ergehen, mit dem Unterschied, dass sie offenbar ein bestimmtes Ziel hatte, welches sie in ungestümer Fahrt ansteuerte, bog schließlich mitten in der Stadt in einen verschwiegenen Parkplatz ein, stoppte mit quietschenden Reifen, löschte das Licht, riss sich dann den Fummel gänzlich vom sportlich-schlanken Leib, machte sich hastig gänzlich nackt – konnte es nicht erwarten, noch einmal verwöhnt zu werden.

Seine Finger, seine Zunge liebkosten ihren in grenzenloser Geilheit lodernden Leib, waren an ihrem Mund, bei ihrem Ohrläppchen und gleichzeitig an ihrem Nabel, schleckten zwei Handbreit darunter aus ihrer triefnassen Möse reichlich würzigen Saft ungezügelter Lust.

Auch ihre Lippen, ihre Finger überall auf seiner heißen Haut, liebkosten seinen immer noch knallsteifen Lümmel.

Wie konnte diese Frau begnadet blasen! Der Posaunenchor der Heilsarmee war nichts dagegen! Sie züngelte so zärtlich an seiner Flöte, als sei diese ein wertvolles Instrument. Zeit und Raum versanken, es gab inmitten der bunten Großstadtnacht nur noch eins auf dieser Welt: hemmungslose Begierde, ungezügelte Leidenschaft, sündige Tollheit …

Ihre Körper ineinander verschlungen, jede Pore den wilden Wonnen geöffnet, nichts konnte sie jetzt noch aufhalten. Sie stieß einen kleinen, spitzen Schrei aus, als er sie unendlich spreizte, weit öffnete und ohne zu fragen mit Macht in sie eindrang, einen neuen höllischen Ritt begann.

Zügellose Stöße, der stahlharte Schmiedehammer knallte auf den Amboss. Die rosa Lady öffnete sich ganz, nahm in der Enge der Limousine ihre Beine zur Seite, konnte sich in einer Art verrenken und aufreißen, wie er es noch nie zuvor erlebt hatte.

Immer fester, immer tiefer, immer schneller donnerte er ihr seinen Fickprügel in das verruchte Loch: von vorn, von hinten, von der Seite. Beide ein heißes Knäuel ungestümer Wollust. Stöhnen und Jauchzen, Wimmern und Lechzen inmitten der Feuersbrunst tosender Geilheit.

Immer höher die Flammen, immer lauter ihr Fauchen, schließlich erhellte glutrot sprühender Funkenregen die schwarze Nacht … Seine übervolle Spermakanone feuerte alles, was sie geben konnte in die klatschnasse Dose der Lady. Die nahm es begierig auf, konnte gar nicht genug bekommen, zuckte am ganzen Körper, bebte, bäumte sich wieder und wieder, Wogen der Lust überrollten sie, multiple Orgasmen schüttelten ihren ruchlosen Leib.

Irgendwann, längst graute der Morgen, konnten sie endlich voneinander lassen. Erschöpft und doch erfüllt vom Glück einer wunderbaren, einzigartigen Nacht.

Direktor Grenard nahm ein Taxi zurück zum »Schloss Hohenstein«, die rosa Lady sah er nie wieder. Nur ihr winziges Tanga-Höschen hatte er noch lange in der Tasche. Es war übrigens nicht schwarz, sondern weiß …

XIV.

Der Dezember war in »Schloss Hohenstein« angefüllt gewesen mit den Klausuren, die in allen Schulfächern vor den Weihnachtsferien geschrieben werden mussten. So war es recht ruhig geworden auf den Fluren und in den Stuben, lautes Lachen und Toben hatte nur noch Seltenheitswert. Die Schüler bereiteten sich alle auf ihre Prüfungen vor.

Auch draußen hörte man keinen Vogelsang mehr, längst waren die gefiederten Freunde gen Süden gezogen, in wärmere Gefilde. Die noch vor Kurzem so herrlich bunten Blätter waren in manchen Herbststürmen von den Bäumen geweht worden, deckten jetzt knöchelhoch den Waldboden, während die kahlen Äste sich wie sonnensehnende, knochige schwarze Hände in einen oft grauen Himmel reckten. Der nahende Winter hatte sogar schon das eine oder andere Mal ein noch dünnes, aber doch glänzend weißes Schneekleid übers Land gebreitet, dunkle Tannen und weite Almen sacht überzuckert.

Die Sennhütte auf der Fuderalm war längst fest verrammelt, Hüteknecht Barnabas hatte das letzte Vieh schon vor Wochen ins Tal getrieben. Julie hatte ihn zuvor noch einmal besucht und wie jedes Mal, wenn sie von der Alpe kam, hinterher ein paar Tage nicht recht sitzen können.

Yves hatte mittlerweile ein anderes Zimmer bezogen, mit einem neuen Kameraden. Ihm tat es ausgesprochen gut, Abstand von dem recht rabaukigen René zu bekommen. Auch Florence begrüßte das, welche er in letzter Zeit einige Male am Nachmittag in deren Appartement in der Stadt besucht hatte, während Hugo, ihr Mann, im Lehrerzimmer von »Schloss Hohenstein« noch französische Klassenarbeiten korrigierte. Französisch hatten es auch Yves und Florence getrieben, allerdings war die Sprache dabei ohne Bedeutung gewesen.

Clement Phillips, Julies ein Jahr älterer Bruder, hatte manch schöne Stunden mit Madame Clarchon, der strengen, zugleich aber ziemlich notgeilen älteren Schulsekretärin, verbracht und war so inzwischen ein durchaus erfahrener Stecher geworden, dem beim Ficken kaum noch etwas fremd war. Das ausgeleierte, unersättliche Luder, das seine Großmutter hätte sein können, war ihm eine gute Rittmeisterin gewesen.

Antoine, sein Stubenkamerad, hatte vor ein paar Wochen das edle Internat verlassen müssen. Direktor Grenard war dahinter gekommen, dass Antoine regelmäßig seine Mutter Claudine vögelte, und da diese auf »Schloss Hohenstein« Englisch und Geographie unterrichtete, erschien es dem Schulleiter mit Rücksicht auf die manchmal etwas konservativen Eltern einiger Schüler nicht klug, den Jungen weiterhin auf seiner Schule zu behalten.

Man war ohne viel Aufhebens übereingekommen, dass Antoine eine Empfehlung an das Gymnasium der nächsten Stadt bekam, was zwar jeden Morgen eine Stunde Fahrt mit dem Postbus bedeutete, ihm aber die Möglichkeit gab, zukünftig bei seiner Mutter zu wohnen. So war allen gedient, und Madame Legrand machte am Morgen oft ein ausgesprochen entspanntes Gesicht, hielt sich aber auch hie und da den Arsch, wenn Antoine ihr den wieder einmal sehr deftig versohlt hatte.

Nun nahte der letzte Schultag vor den Feiertagen. Die Schüler, aber auch Direktor Grenard und die Lehrer, freuten sich nach dem turbulenten Herbsthalbjahr auf drei erholsame Wochen, welche die meisten zu Hause verbringen wollten.

Überall war man mit Reisevorbereitungen beschäftigt. Auch

Clement Phillips räumte fleißig seine Siebensachen aus dem Schrank in den aufgeklappten Koffer auf seinem Bett.

Er freute sich, nach gut einem halben Jahre wieder nach Paris zu kommen, zu seiner Mutter und deren Lebensgefährten. Auch wenn es auf »Schloss Hohenstein« sehr gepflegt und komfortabel zuging, konnte das Internat ihm doch nicht die Familie ersetzen; manchmal hatte er durchaus Heimweh gehabt …

»Hallo!« Julie, seine Schwester, klopfte an die Tür der Stube, trat ohne sein Herein abzuwarten ein. »Fertig mit dem Packen?«

»Noch nicht.« Er häufte einen Stapel T-Shirts in einen braunrot karierten Koffer. »Ich weiß gar nicht so genau, was ich mit nach Hause nehmen soll und was hier lassen. Schließlich kommen wir in drei Wochen schon wieder zurück.«

Seinem Ton merkte man an, dass ihn diese Aussicht nicht besonders reizte.

»Trödel nicht so rum«, trieb ihn seine Schwester an. »Du weißt, wir wollen nach dem Mittagessen aufbrechen. Meine Tasche steht schon unten in der Halle.«

»Nicht so hastig, Schwesterlein«, grinste Clement, der in den vergangenen Monaten durchaus an Selbstbewusstsein gewonnen hatte, »ich muss erst noch die Matratze von Antoine auf den Dachboden bringen, in die Bettenbox. Direktor Grenard sagte, dass nach den Ferien ein Neuer in mein Zimmer kommen soll, der eine spezielle orthopädische Unterlage braucht.«

»Na gut, ich helfe dir«, sagte Julie ungeduldig, schob seine Klamotten beiseite und zerrte die Matratze vom Lattenrost.

Ihr ging diese Aufbruchsstimmung gehörig auf die Nerven – sie hatte sich im Internat gut eingelebt und wäre, wenn sie allein zu entscheiden gehabt hätte, über Weihnachten lieber mit einigen anderen im Schloss geblieben. Wenn man nun aber schon reisen musste, dann sollte es wenigstens alsbald losgehen.

Ihr Bruder bemerkte schnappte sich die andere Seite der Schaumstoffmatte, klinkte mit dem Ellenbogen die Tür auf.

»Vorsicht«, rief er zwei jüngeren Schülern zu, die in diesem Moment ganz aufgeregt mit ihren Reisetaschen die Treppen hinunterstürzten, abwärts in die Halle, wo ihre Eltern sie bereits erwarteten.

Mühsam bugsierten sie das sperrige Stück zwei Etagen höher. Die Tür zum Dachboden war nur angelehnt.

»Dort!« Julie nickte mit dem Kopf zu einem Maschendraht-Verschlag. »Da stehen allerlei Möbel und Betten, und ein paar Matratzen lehnen auch schon an der Wand.«

Langsam balancierten sie ihre Last hinein, stellten sie zu den anderen Sachen.

Sie wollten gerade gehen, als Clement neugierig in einen der alten Schränke lugte, die etwas ungeordnet herumstanden und auf denen eine dicke Staubschicht lag. Julie musste husten, als bei der schnellen Bewegung ihres Bruders diese sich spontan im Raum verteilte.

»Hey«, pfiff Clement durch die Zähne, »schau mal!« Er schwenkte ein altes, vergilbtes Heft mit ausgefranstem Einband, das offensichtlich vor Jahrzehnten dort vergessen worden war.

»Ach«, wehrte Julie ab, konnte aber dann doch ihre Neugier nicht verbergen, sah hin, als ihr Bruder eine Seite aufblätterte, einen Blick auf die gestochen scharfe, sehr schulmäßige Schrift warf, ein, zwei Zeilen las, dann den Deckel desinteressiert zuklappte.

»Moment.« Julie nahm ihm das morsche Stück aus der Hand, schlug es erneut auf. »Sechzehnter Februar«, las sie laut. »Direktor Perdaud hat uns im Wald beim Küssen erwischt. Müssen jetzt einen Nachmittag Unkraut jäten.«

Clement trat näher. »Wer hat das geschrieben?«

Julie blätterte die Seiten durch, las hier und dort. »Das ist ein

Tagebuch«, stellte sie schließlich fest, »von Madame Clarchon.«

»Echt?« Clement blieb die Kinnlade offen stehen. Madame Clarchon … Diese abgefickte Bumsstute hatte einst ein Tagebuch verfasst? Wie kam das bloß jetzt hierher?

»Es ist über dreißig Jahre alt.« Julie deutete auf die Daten. »Madame Clarchon hat damals selbst das Internat besucht.«

»Und jetzt ist sie Schulsekretärin«, grinste Clement feist, der sich immer wieder gern an die wilden Vögeleien mit der alten Stute erinnerte, die ihn so vieles gelehrt hatte.

»Ja«, nickte Julie, zeigte auf einen Eintrag. »Sie hat den Abschluss nicht geschafft.«

Clement war plötzlich ganz aufregt.

»Komm.« Er zog seine Schwester in eine Ecke des Verschlags, hockte sich auf den Boden. »Das will ich genauer wissen, ob die damals auch schon so ein heißer Feger war!«

Er konnte sich das bei der gestrengen Gouvernante gar nicht vorstellen – bisher war er immer davon ausgegangen, Madame Clarchon sei erst auf ihre alten Tage so unersättlich geworden.

Unwillig folgte seine Schwester ihm. Ihr wäre es wesentlich lieber gewesen, wenn man jetzt die Koffer und Taschen in Clements altes grünes Cabrio verladen und sich auf den Weg gemacht hätte. Sie glitt missmutig neben ihren Bruder auf die knarrenden Dielen.

»Laurin hat mich im Wald gepimpert, ist viel zu hastig«, las er halblaut vor, »hat sofort abgespritzt. – Wer mag Laurien gewesen sein?«

»Na, einer ihrer Mitschüler vermutlich. Los, lies weiter.«

»Außerdem kamen noch die Ameisen. – Igitt! Das war bestimmt nicht besonders romantisch.« Clement blätterte weiter. »Hier: Das große Sommerfest fand statt. Alle hatten sich bunte Hüte aufgesetzt. Später am Abend hat Monsieur Grache, unser Mathelehrer, mich in der Küche vernascht, hinter dem Suppenbottich. Er war sturzbesoffen. Beinahe wären wir entdeckt worden – Dierktor Perdaud hat nämlich in der Speisekammer unsere Englischlehrerin Miss Bockers gepoppt.«

»Scheinen ja turbulente Zeiten gewesen zu sein«, sagte Julie abwesend. Das Sexualleben älterer Damen interessierte sie nicht. »Komm, wir wollen aufbrechen.«

»Noch nicht, bitte!« Ihr Bruder legte zärtlich den Arm um ihre Schultern, zog ihren Kopf zu sich, gab ihr einen sachten Kuss auf die leicht geöffneten Lippen. »Ich will dich ficken. Jetzt! Zu Hause haben wir drei Wochen keine Gelegenheit dazu.«

Offenbar wollte Clement sie hier oben auf dem Dachboden vor den Ferien noch mal richtig abnageln – das Tagebuch der Schulsekretärin hatte ihn wohl daran erinnert, dass sie beide schon lange nicht mehr so richtig miteinander gevögelt hatten. Unzweifelhaft hatte er recht – aber war das hier die passende Gelegenheit? Einen Augenblick zweifelte sie – was, wenn jemand hereinkäme und sie ertappte? Das wäre so kurz vor den Feiertagen wahrlich kein gelungenes Weihnachtsgeschenk.

Aber als er seine Hand auf ihre Jeans legte, langsam mit den Fingerspitzen ihren Schenkel entlangstrich, hinauf an ihre Möse, dort ein wenig massierte, sah Julie ein: Ja, sie war es! Außerdem war das kleine muskatbraune Fickferkel mit der Lockenmähne einer flotten Nummer eigentlich nie abgeneigt.

So gab sie ihr Widerstreben auf, schmiegte sich an seine Schulter, öffnete mit geschickten Fingern seinen Reißverschluss. Sein dicker, steinharter Hobel schnellte ihr entgegen wie von einer Feder getrieben. Sie wichste ihn ein paar Mal feste mit ihrer kleinen Hand, doch wollte sie ihn noch nicht zu sehr reizen. Wenn schon hier auf diesem staubigen Dachboden genagelt werden sollte, dann bitte in Ruhe und ohne jede Hast. Sie knöpfte sein Hemd auf, tastete langsam über seine glatte Brust.

Seltsam, dass ihn die alten Liebesgeschichten von Madame Clarchon dermaßen erregt hatten. Wobei diese, das ließ sich keinesfalls leugnen, offenbar schon immer ein ziemlich verficktes Miststück war.

Auch Clement machte sich zu schaffen, fummelte unter Julies T-Shirt, spürte, dass die kandierten Mandeln auf ihren kleinen Zimtbrüsten dabei waren, sich aufzurichten. Half nach, indem er sie zwischen Daumen und Zeigefinger sanft zwirbelte, auch ein wenig hineinkniff.

Seine Schwester stöhnte unter dem leichten Schmerz genüsslich auf; es reizte sie durchaus und ließ ihre bisher noch etwas zögerliche Möse schlagartig feucht werden. Ihr Herz pumpte jetzt das Blut auch in die Schamlippen, die prall und saftig wurden, sich bereit machten, hart und heftig benutzt zu werden.

Clement strich ihr sanft über die Wange, fühlte warm und weich ihre Haut. Verführerisch mischte sich der leichte Hauch ihres Pfirsichparfums mit dem ganz eigenen Duft ihres Körpers. Wie von selbst berührten sich ihre Lippen, ihre Zungen trafen sich, spielten miteinander ein zärtliches Spiel. Verlangend knabberten sie aneinander. Julie wühlte sanft in Clements dunkelblondem Haar; der spielte über ihren verstrubbelten Wuschelkopf, liebkoste das Ohrläppchen.

Mit fester Hand griff Julie an seinen Prengel, kraulte ihn zärtlich, ließ die Vorhaut ein paar Mal schmatzend vor- und zurückschlappen. Clement grunzte genüsslich. Geschickt streifte seine Schwester mit einem Ruck die Shorts nach unten. Nun war er völlig nackt. Prall und hart sein stoßbereites Bajonett, aufgepflanzt wie ein geladenes Geschützrohr. Ihre Lippen züngelten in seinen Nabel. Clement keuchte verhalten. Weiter spielte ihre begierige Zunge hinunter zu seinem Fickpfosten, der sich kerzengrade emporreckte wie der Sendemast eines weltweiten Mobilfunknetzes.

Sachte spielte Julie um die empfindlichsten Stellen, küßte und streichelte seine pralle Lustolive. Schleckte ihm die dicken Eier ab, nahm jedes einzelne in ihr lechzendes, warmes Maul, kaute darauf herum. Das Röcheln ihres Bruders wurde lauter, intensiver, er zuckte ab und zu, wenn sie ihm sacht in die Eichel biss, mit ihren Lippen seine Pissrille bestrich, den Schaftring zwischen ihren blitzweißen Zähnen hindurchgleiten ließ, vor und zurück. Das reizte ihn fast bis zum Bersten, trieb ihn schier in wollüstigen Wahnsinn.

Dann rollte er sich zur Seite. Julie röchelte rau, als er den Verschluss ihrer Jeans löste, mit einer raschen Bewegung nach unten schob. Julie half ihm ungestüm, ein wenig strampelnd, knüllte die Hose auf den blanken Boden vor ihren Füßen. Ihr hauchzartes, winziges knallrotes Höschen kam zum Vorschein, ein kaum sichtbares Dreieck, gewirkt aus durchsichtiger Spitze.

Es saß stramm auf ihrem festen kleinen Knackpo, bedeckte kaum die feuchte Spalte zwei Handbreit südlich ihres Nabels, aus der salziges Ficköl durch den dünnen Stoff quoll. Zwei dünne Kordeln spannten über ihren braunen Hüften.

Julie hielt ganz still, als er ihr mit einem raschen, energischen Griff den winzigen roten Spitzenslip von der Möse riss. Ihre fordernden Hände krallten sich in seine glatte Haut. In samtiger Nacktheit lag sie jetzt da, die Schenkel lüstern leicht gespreizt, das Lustloch aufgerissen wie die Einfahrt zu einem Eisenbahntunnel in den Schweizer Alpen.

Die knabenhaft kleinen Apfelbrüste mit den schokofarbenen Nippeln, ihr flacher, fester Bauch, der nupsige Nabel, darunter die erwartungsvoll geöffnete, pulsierend feucht glänzende Furche ihrer unschuldigen Mädchenmöse. Man sah genau, wo im Urlaub in Mombasa das Bikinihöschen gesessen hatte. Ihr junger, frischer Anblick erregte ihn nur noch mehr …

Erwartungsvoll rieben sie ihre heiße Haut aneinander. Die

harten Bohlen des Dachbodens wurden ihnen zum königlichen Himmelbett wie in tausendundeiner Nacht.

Clement rammte ihr roh die ausgezogenen Klamotten unter den Kopf, legte sich ihren Kopf mit ein paar Griffen in Position, schob ihr dann seinen Prügel tief in den Schlund, langsam, aber unaufhörlich, Zentimeter für Zentimeter, noch tiefer, an ihrem Zäpfchen vorbei. Zog ihn ein kleines Stück zurück, stieß wieder nach. Oh, war das ein geiles Gefühl! Ihr feuchter Rachen umschloss seinen Knüppel so eng! Noch einmal rammte er ihr das Fickschwert ins Maul, und noch einmal, bis seine kleine Schwester um Gnade winselte.

Plötzlich ein Geräusch – wie das Knarren morschen Holzes. Dann ein Quietschen, als würde die rostige Klinke der angelehnten Dachbodentür heruntergedrückt. Schritte näherten sich. *Tak-tak-tak*.

»Ist hier wer?« Madame Clarchons Stimme klang schneidend und befehlsgewohnt, fast wie die eines Wehrmachtsfeldwebels. Sie sah sich um.

Julie und Clement duckten sich so tief es ging zwischen die alten Möbel und Matratzen. Bloß jetzt nicht erwischt werden

Die Schritte kamen näher. *Tak-tak-tak*.

Warum musste die Gouvernante diese Pumps mit den genagelten Absätzen tragen!

Fast schien sie zu der Auffassung gekommen sein, das Geräusch, welches sie auf den Dachboden gelockt hatte, sei nur einem Marder zuzuschreiben, der ein trockenes Winterquartier suchte, da entdeckte sie das knallrote Höschen, das da einfach so herumlag.

Sie trat näher – *tak* –, noch näher – *tak-tak*.

Nun konnte sie auch die Beine sehen, die Schenkel, die triefnasse Möse, die bis vor wenigen Momenten in diesem Tanga gesteckt hatte. Das Gesicht.

Julie hätte sich am liebsten in den Arsch gebissen. Warum hatte sie sich bloß hinreißen lassen, sich hier oben auf den Latten von Clement vernaschen zu lassen? Wenn schon, dann wäre doch im Auto auf der Fahrt nach Paris allemal genug Gelegenheit gewesen.

»Na«, schnarrte die Stimme der Schulsekretärin blechern, »endlich erwische ich Sie. Ich habe es mir ja vom ersten Tag an gedacht. Darüber werde ich Direktor Grenard Bericht erstatten müssen.«

»Klasse«, wagte sich Clement vor, dem klar war, dass sie nichts mehr zu verlieren hatten, »dann können wir ja auch mal über das alte Tagebuch sprechen.«

Dabei schwenkte er triumphierend das vergilbte Heft.

»Wo haben Sie das her?«, schimpfte Madame Clarchon. »Geben Sie das sofort her!« Sie grapschte nach dem alten Papier.

»Ich denke gar nicht daran«, grinste Clement, zog seine Hand mit den Aufzeichnungen zurück. »Wenn Sie uns doch verpetzen wollen.«

Dabei fasste er das Bein der Dame, zog sie bestimmend zu sich. »Warum machen Sie nicht einfach mit?« Er grinste sie an. »Kommen Sie.«

Die Sekretärin zögerte. Bisher hatte sie sich nur von kleinen Jungs nageln lassen, die sie mit irgendetwas unter Druck setzen konnte – diesmal lag der Fall anders. Diesmal hatten die beiden Schüler ein Pfand in der Hand, das ihr erhebliche Unannehmlichkeiten bringen konnte, wenn es bekannt werden würde.

Langsam ging sie in die Knie, folgte dem, was Clement wollte.

Es war für Clement kein Problem, den Reißverschluss ihres Wollrocks zu öffnen, sodass dieser raschelnd zu Boden glitt. Zu seinem Erstaunen trug sie trotz der kalten Jahreszeit keinen Slip, sondern war einfach nackt. Auch unter ihrer Bluse, die ihr Julie nun von den Schultern streifte, keine zusätzliche

Wäsche – nur bloße Titten, deren Brustwarzen in den großen Höfen schon so hart waren wie Lakritzkugeln.

»Ich, äähhmm …« Madame Clarchon wusste nicht, was sie sagen sollte. Wenn sie sich sträubte, würden diese beiden Luder ihr altes Tagebuch veröffentlichen – wenn sie sich gehen ließ, konnte es auch unangenehme Folgen haben …

Doch man gab ihr keine Gelegenheit mehr, zu der Situation ausführlich Stellung zu nehmen. Julie, die sich von der Hilflosigkeit dieser Respektsperson seltsam erregt fühlte, begann deren Schamlappen zu massieren, das Loch, das schon so viele Knabenschwänze empfangen und leergesahnt hatte, mit ihren Fingern zu stopfen, züngelte über die pralle Knospe, kaute der Alten den abgewrackten Zünder.

Die hechelte wie ein junger Hund, ließ sich fallen, hatte keine eigene Meinung mehr. Hoffte nur, dass dieser Alptraum möglichst schnell enden sollte …

Unterdessen leckte Clement entrückt ihre Lippen, steckte ihr die Zunge in den Hals. Auch wenn er schon mehrfach mit dieser alten Schachtel gebumst hatte – diesmal war es anders. Diesmal konnte sie ihn nicht zwingen, zu tun, was sie wollte, diesmal war er derjenige, der die Order gab. Das war etwas, das ihn mächtig schärfte, sein Lümmel stand wie eine ganze Kompanie Soldaten beim Morgenappell.

Während Julie die heiße Möse von Madame Clarchon bediente, nietete er ihr nun zwei Finger in die Rosette, ohne zu fragen und ohne jede Gnade. Die nahm es wie ein Geschenk, es machte sie nahezu wahnsinnig, so ungefragt in beiden Schächten bedient zu werden. Ihre Temperatur stieg steil an, hitzig ihr Röcheln, zügellos die Bewegungen ihres Schoßes.

Es dauerte nur ein paar Minuten. Während Clement sie küsste, ihre Rosette bediente, Julie die Möse und die Milchtüten bearbeitete, stieg der Lustpegel dieser alten Fickmatratze im

Sekundentakt an, strebte dem Höhepunkt zu.

In einem Aufschrei, ähnlich dem einer vom Giftpfeil der Wilderer getroffenen Elefantenkuh, kam es ihr wie ein südafrikanischer Wasserfall. Sie stellte sich nicht in den Weg, ließ es geschehen. Es war wie das Finale eines Rockkonzertes, wie das suchende Flirren der Scheinwerfer, das Stakkato des Schlagzeugs. Ein grandioses Finale. Ihr Leib bäumte sich auf, sie grunzte wie ein Wildschwein, das einen Sack Trüffel gefunden hat, ihre in Jahrzehnten abgenutzte Möse nässte die hölzernen Bohlen, ihr Arsch vibrierte wie ein Wackelpudding.

Clement und Julie sahen sich augenzwinkernd an. Sie hatten sich als Geschwister ohne Worte verstanden, hatten getan, was in diesem Augenblick der einzige Ausweg war. Jetzt konnte die dauergeile Gouvernante sie nicht mehr verraten, nie mehr, konnte ihren Gefühlen keine Steine mehr in den Weg legen. Sie hatten es ihr besorgt, in jeder Hinsicht, und sie hatten das Heft in der Hand.

Langsam kam die alte Knallstute zu sich, erkannte ihre Situation, raffte ihre Bluse und den Rock, streifte beides über wie auf der Flucht, machte sich eilig von dannen, ohne sich noch einmal umzudrehen …

»Schöne Feiertage«, rief Clement ihr schelmisch hinterher.

Auch Julie musste sich erst wieder finden, grabbelte sich über die Tüten, seufzte erleichtert.

Einen Augenblick verschnauften die Geschwister. Dann hob Clement den knackigen Hintern seiner Schwester an, auf dass sich ihr begehrend lüsterner Spalt ihm weit geöffnet entgegenreckte, streifte mit seinem betonharten Knüppel über ihren Bauch, ließ die Lustolive kurz in ihren kirschgroßen Nabel sinken, glitt über ihren spiegelglatt rasierten Venushügel. Dann gelangte er an das weit geöffnete Tor der Lüste, das Julie ihm erwartungsvoll darbot, hämmerte ihr seinen Kolben in die Dose, als wolle er sie ein für allemal in tausend Stücke vögeln. Die Geschwister verschmolzen in einem ungezügelt glücklichen Schrei.

Immer heftiger, immer schneller pfählte Clement seine Schwester mit kurzen, festen Stößen, rammte ihr seinen Griffel in die Schatulle, dass es klatschte. Bei jedem der heftigen Stöße entfuhr seiner Schwester ein spitzes Quieken.

Doch das war ihm nicht genug – und Julie wollte jetzt alles. Ihr Bruder hatte in den vergangenen Monaten eine Menge gelernt, das spürte man, ohne Zweifel. Jetzt konnte man mit ihm ficken wie mit einem ganz normalen Kerl.

Bevor sie noch den Gedanken zu Ende führen konnte, sattelte Clement seine Schwester griechisch auf, leckte zwei seiner Finger an, dehnte ihre kleine Mädchenrosette einen kurzen Moment, füllte diese enge, raue Röhre dann mit seinem Pferdeschwanz, nagelte die kleine Braune mit seinem Hammer wie ein Dachdecker seine Schindeln. Wie schon früher presste ihm ihre enge Arschpforte den Lümmel zusammen wie eine Melkmaschine. Hitzig hechelnd genossen beide den galoppierenden Ritt, jauchzten und johlten, röchelten und röhrten. Ob es jemand hörte, egal …

Julies Kopf ging von links nach rechts auf den Dielen, von rechts nach links, immer getriebener und härter klatschten ihre schweißnassen Leiber aneinander, immer fester hämmerte Clement seinen glühenden Speer in ihre Hinterluke.

Julie spreizte sich in unendlichem Begehren, öffnete ihre Backen mit beiden Händen weit, noch weiter, kam ihm empfangend entgegen, erwiderte ungestüm sein zügelloses Rammen. Immer schneller ihr heißer Atem, immer lauter ihr lustvolles Quieken. Ihre Körper begannen zu zucken, bäumten sich auf, wanden sich auf dem genässten Holzboden, vergaßen Zeit und Raum, wurden weggerissen vom feurigen Orkan ihrer ekstatischen Gelüste …

Ja-ja-ja-jaaaaa … Endlich, endlich! Es war wie der Ausbruch zweier ungestümer Vulkane, die gurgelnd ihre heiße Lava zu einem einzigen, glühenden Feuerstrom vereinten, die flammenumtost zu dem Einen, dem Ganzen wurden.

Clements Fickspieß hatte ein paar Mal gezuckt, dann war es über ihn gekommen wie der Rückstoß einer Mondrakete. In heißen Salven sahnte er Julie den Arsch voll, er konnte es nicht mehr stoppen, die Soße lief schon über, tropfte entlang seines Riemens aus ihrem kleinen braunen Loch, klatschte dick auf den Holzboden, machte dort helle Flecken.

Auch seine kleine Schwester konnte, wollte nicht länger warten, ließ es zu. Die Wallungen liefen über ihren Körper wie die Wellen eines Erdbebens, dessen Zentrum sich unmittelbar in ihrer Magengegend befand. Kleine, leuchtende Kringel vor ihren Augen, während Clemens unbarmherzig weiter ihren Kanal stopfte.

Wüstes Grunzen, beide juchzten vollkommen enthemmt, nahmen keine Rücksicht – auf wen auch!

Immer und immer wieder schossen die Funken sprühenden Fontänen empor, wurden schließlich warme Glut. Ein letztes entspannt erschöpftes Aufstöhnen, dann sanken sie nebeneinander zurück auf den Klamottenhaufen, wie in einen großen, zuckerwattesüßen, unendlich weichen Pfuhl ganz zart regenbogenfarbener Daunen.

Sie verharrten einige Augenblicke schweigend, umarmten sich noch einmal innig, tauschten einen letzten liebevollen Kuss. Sie waren für einander bestimmt, das wurde ihnen immer klarer. Es würden harte drei Wochen werden, bis sie wieder auf »Schloss Hohenstein« beieinander sein könnten …

Clement seufzte, während er sich anzog.

»Schade«, damit sah er Julie tief in die Augen, »dass schon Ferien sind.«

XV.

Auch die Lehrer brachen auf in einen erholsamen Winterurlaub. Romain Castrel, ein junger Musiklehrer mit wehender Künstlermähne, packte noch die letzten Kleinigkeiten in seinen Campingbus, schnallte seine Skier aufs Dach, dann startete er den Motor. In ein paar Stunden würde er im Wintersport sein, auf jenem Campingplatz in den Bergen, wo er schon seit Jahren die Weihnachtsferien verbrachte.

Einige Zeit folgte er der breiten Landchaussee, dann bog er ab auf die Seitenstraße, die ihn zu seinem Skiort führte. Das Wetter war nicht besonders einladend. *Flapp-flupp-flapp-flupp* … Die Scheibenwischer seines gelben Campmobils sangen ihr eintöniges Lied, während es ihnen kaum gelang, die aus den tief hängenden Wolken fallenden und von den Böen des Winterwindes zu bizarren Fahnen verwehten Schneeflocken von der steilen Windschutzscheibe zu schieben.

Da – jäh wurde er plötzlich aus seinen Gedanken gerissen: Mitten auf diesem einsamen, sich durch das Alpenland windenden Weg stand in der Kälte ein junges Mädchen, völlig durchgefroren. Die schulterlangen Haare hingen in nassen Strähnen herab.

Sie winkte, um ihn zu stoppen. Durch die kahlen Bäume sah er zur Rechten ihren roten Sportwagen, ein flottes Cabrio, im abzweigenden Waldweg stehen. *Sie hat eine Panne,* schoss es ihm durch den Kopf, während er bremste und den Camper an den Straßenrand lenkte. *Ich werde ihr helfen.*

Schon lief sie auf sein Wohnmobil zu, öffnete die Beifahrertür und rutschte auf den Sitz neben ihm.

»Hallo«, grinste sie lausbübisch. »Das ist ja eine Überraschung! Ich hatte schon geglaubt, ich schwimme mit meiner ›Erdbeere‹« – sie deutete auf das sportliche Cabrio im Wald – »auf der Sintflut davon. Einfach stehengeblieben ist er, der

Störrische, wie ein unwilliger Esel! Und dann *hier!*« Dabei dehnte sie das letzte Wort in einem Tonfall, der verriet, dass sie sich in der Wüste Gobi nicht einsamer vorgekommen wäre.

»Nichts hat er mehr gemacht«, sprudelte sie weiter, »nur noch ein wenig geruckt, ich konnte gerade noch von der Straße rollen! Und nun steh ich da!«

Romain spürte, wie ihre lebhafte Jugend ihn entflammte. »Na«, sagte er hilfsbereit, »dann wollen wir mal schauen. Vielleicht ist es ja nur eine Kleinigkeit.«

Auf den paar Schritten zum roten Coupé ruinierten die unablässig lautlos hernieder sinkenden Schneeflocken bereits seine Kleidung. Er öffnete die Motorhaube, schaute hinein, konnte auf den ersten Blick aber nichts Ungewöhnliches entdecken.

»So viel verstehe ich davon nun auch nicht.« Er schüttelte den Kopf. »Wissen Sie was«, bot er der jungen Frau an, »ich koche uns jetzt im Camper erst einmal einen heißen Kaffee und dann bringe ich Sie zur nächsten Werkstatt. Die können Ihr Auto dann abschleppen.«

»Wird wohl das Beste sein«, seufzte die Kleine, strich sich eine nasse Haarsträhne aus dem Gesicht.

»Ich heiße übrigens Romain Castrel.« Er reichte ihr freundschaftlich die Hand.

»Und ich bin Aurelie Sasson. Ich studiere in Genf. Danke für Ihre Hilfe.« Sie ergriff seine Hand.

»Ist doch selbstverständlich! Treten Sie ein in meine bescheidene Hütte.« Der Lehrer deutete auf sein Vehikel, und Aurelie beeilte sich gern, ins Trockene zu kommen. Mit einem kräftigen *Rrrrruuuuumms* zog er die Schiebetür des Wohnmobils zu, begann hinter dem Fahrersitz mit dem eingebauten Campingkocher zu hantieren, stellte einen Kessel mit Wasser auf, klaubte das Glas Pulverkaffee und zwei Becher aus einer Klappe.

»Ihre nassen Sachen können Sie über den Beifahrersitz hängen«, rief er über die Schulter, »und dann setzen Sie sich hinten auf die Bank – Kaffee kommt gleich.«

Er nestelte sich unterdessen selbst die durchweichten Klamotten vom Leib, legte Jacke und Hose ordentlich über den Fahrersitz und stellte seine nassen Schuhe in den Fußraum davor.

Nur noch in Socken, Boxershorts und T-Shirt kletterte er dann nach hinten, wo die süße Maus sich gerade ihrer nassen Kleidung entledigte, streifte an ihr vorbei, wobei er unwillkürlich ihren festen kleinen Po berührte, und setzte sich auf die Sitzbank.

Er hatte inzwischen die Standheizung in Gang gesetzt, die ebenso wie der Kocher mit Gas funktionierte. Bald wurde es gemütlich warm, während draußen der Schnee alles unter eine dicke weiße Decke legte.

Sein Blick fiel auf die nassen, strähnigen Haare, die Aurelie nun zurückgeworfen hatte, sodass ihr glattes Gesicht deutlich zum Vorschein kam. Unter ihrem dünnen Hemdchen zeichneten sich deutlich die jungen Knospen ihrer festen, kleinen Brüste ab, die bei jeder ihrer Bewegungen leicht wippten. Im Slip zwischen ihren Beinen wölbte sich frech ein kleiner Hügel, ging über in ihr festes junges Hinterteil, das er ja gerade gespürt hatte. Besonders süß fand er ihre nackten kleinen Füße.

Romain Castrel war überaus angeregt von diesem Anblick und bereute, nur noch in der Boxershorts dazusitzen, die seine aufkommende Gefühlsregung nur unvollkommen verbarg.

Aurelie sortierte gerade ihre Kleidung auf den Beifahrersitz, als der Kessel zu pfeifen begann. Spontan griff sie zu, gab einen Löffel Pulverkaffee in jeden Becher, füllte mit dem kochenden Wasser auf, drehte sie sich zu ihm um, die zwei dampfenden Becher in der Hand.

»Hier, halten Sie mal.« Sie reichte ihm einen.

Romain lächelte erfreut. Er mochte Frauen, die so unkompliziert waren. Kramte von irgendwo eine Tüte Kekse hervor, klappte den Tisch aus der Seitenwand und war dankbar, dass dessen Platte nun verbarg, was der Anblick der appetitlichen jungen Studentin angerichtet hatte: Sein Lümmel war zu voller Größe erwachsen, ein hartes, pralles Rohr. Das Blut pulsierte, und jede Bewegung seines erregten Schwanzes war unter dem dünnen Stoff deutlich sichtbar.

Aurelie stand unterdessen mit ihrem Kaffee in der Hand beim Kocher, wartete darauf, dass er fertig wurde. Das kleine weiße Baumwollhöschen saß stramm auf ihrem knackigen Po. Zwischen den Schenkeln zeichnete sich unter dem weichen Stoff ihre zarte Furche ab, eingebettet in einen sanften Hügel, über dem sich die Baumwolle aufreizend spannte. Ihre sportlichen, sehnigen Schenkel ließen ihn umso deutlicher hervortreten.

Der Anblick verfehlte seine Wirkung nicht: Sein harter Schwanz pochte unter dem Tisch wie ein Presslufthammer, sein Sack war hart und stramm.

Sie glitt neben ihm auf die Bank. »Prost!« Sie hob ihre Kaffeetasse. »Auf unseren Zwischenstopp.«

Romain nickte ihr zu, nahm ebenfalls einen kräftigen Schluck. Einen Moment blickten sie stumm auf die von der wohligen Wärme beschlagenen Scheiben. Als sie sich ein wenig zu ihm wandte, wischte sie mit einer ungeschickten Handbewegung einige Kekse in seinen Schoß.

»Oh, pardon!« Sogleich begann sie, die Krümel von seinen Shorts zu pflücken.

Unwillkürlich spürte sie dabei seine pulsierende, harte Lanze. Anstatt aber die Hand erschrocken zurückzuziehen, tastete sie sich vor, unter die Tischplatte, auf den dünnen Stoff, umspielte mit ihren Fingern seinen dicken Ständer, die pralle Eichel.

Wohlig stöhnte er auf, ein Schauer ging durch seinen lüsternen Körper, während sie schelmisch grinste.

Er hatte das Gefühl, sein Fickhammer müsse jeden Augenblick platzen vor Lust, drehte sich zu ihr, legte einen Arm um ihre Schultern; die andere Hand lag auf ihrem Schenkel, nicht weit von der verlockenden Furche in ihrem Höschen, das jetzt an dieser Stelle einen feuchten Fleck bekommen hatte. Willig ließ sie zu, dass er sanft die Innenseiten ihrer Schenkel streichelte, dabei wie zufällig immer wieder ihre nasse kleine Pflaume berührte. Als er hinaufgrabbelte zu ihren knackigen Brüsten und zwischen zwei Fingern ihre steifen Nippel rieb, stöhnte sie voll gieriger Geilheit, die Augen genüsslich geschlossen.

Ihre Lippen näherten sich, sie kam ihm entgegen. Die feuchten, warmen Zungen verschlangen sich im lustvollen Spiel. Zärtlich knabberten sie aneinander, saugten den Geruch des anderen auf, wollten schier miteinander verschmelzen.

Ihr weißes Baumwollhöschen war mittlerweile im Schritt völlig nass von ihrem warmen Fotzenöl. Unter dem schmiegsamen Stoff spreizte sie ihm voller Lust ihre begehrliche Möse entgegen. Wie zufällig glitt sie unter sein T-Shirt, zwiebelte seine erigierten Brustwarzen, kraulte zärtlich die Behaarung auf seiner Brust, tastete sich dann hinab zu seinem prallen Prügel.

Mit einer geschickten Bewegung streifte sie seine Boxer ab, schloss ihre kleine Hand um seinen stahlharten Pfosten, bewegte sie langsam auf und ab: streichelnd, liebkosend. Schob ihm die Vorhaut provozierend langsam zurück, legte seine pralle Eichel völlig frei, umspielte mit festen Fingern dies Zentrum seiner Lust: mal langsam, mal schnell. Machte sein Blasrohr gänzlich nackt.

Ihr verlangender Mund leckte seinen Nabel, schloss sich dann um die mächtige Olive, die ihren Schlund vollständig ausfüllte. Lutschte daran wie man ein Sahnebonbon lutscht, biss auch zärtlich hinein, ließ den empfindlichen Rand seiner Lustkuppe mehrmals durch ihre Lippen gleiten. Ihre Zunge spielte durch die kleine Rille an seiner Eichel, ihre Rechte knetete seinen strammen Sack, sacht kauten ihre Zähne seinen pochenden Schwanz.

Romain Castrel stöhnte, reckte ihr seine Latte noch weiter entgegen, schob sie tief in ihr frisches Mädchengesicht, grunzte wie ein brunftiger Hirsch.

Tastend suchte ihr Mittelfinger die Öffnung zwischen seinen Backen, kreiste ein wenig darum, stieß dann kräftig und doch voller Gefühl hinein, soweit es eben ging. Er jauchzte, wand sich auf der harten Bank. Sein Knüppel vibrierte wie der Schalthebel eines Rennwagens beim Start. Er war keines klaren Gedankens mehr fähig, wollte nur noch ficken, ficken, ficken …

Er knetete wüst ihre kleinen Titten, massierte ihre Nippel, riss ihr endlich das vom Ficköl durchnässte Höschen vom Leib, schob zwei Finger tief in ihre glatte Grotte. Sie lechzte laut auf, genoss diese Füllung ihrer jungen Dose.

Gleichzeitig tastete er an ihren Knackarsch, umspielte die Runzelrosette, drang dann mit seinem Finger ein. Sie konnte sich vor Lust kaum noch halten, geiler Saft rann aus ihrem Fickschacht auf die Sitzbank, sie stieß ungezügelt spitze Schreie aus. Immer schneller bewegte er seine geschickten Finger, immer heftiger röchelte sie – aber kurz bevor sie mit Macht kam, zog er die Hand aus ihrer Feige, schob sie ihr in den lüsternen Mund.

Begierig lutschte sie den Saft.

Er züngelte über ihre Brüste, leckte ihre harten Nippel, biss sanft hie und da hinein. Sie genoss den angenehmen, leichten Schmerz, der sie nur noch mehr anheizte, spreizte ihre Schenkel bis zum Anschlag, begann sich selbst an ihrer heißesten Stelle mit zwei Fingern zu massieren, griff zugleich seinen Riemen, wichste ihn mit kräftiger Hand. Beide stöhnten wollüstig vor sich hin.

Ihre Hände klammerten sich in sein Haar, warmer Mösensaft rann über ihre Schenkel.

»Fick mich, fick mich«, stöhnte und schrie Aurelie, »los, fick mich, bitte, fick mich durch!«

Das ließ Romain sich nicht zweimal sagen: Sein spitzer Speer wartete nur darauf, tief ins Loch gerammt zu werden.

Sacht bugsierte er sie von der Bank am Tisch vorbei nach vorn. Sie fasste die Lehne des Beifahrersitzes, stützte sich daran ab. Oh, war das ein Anblick, dieser nackte, knackige Mädchenarsch, dessen Backen sie ihm verheißungsvoll breitbeinig entgegenstrecke und zwischen denen ihre weit geöffnete, triefnasse Feige sich so einladend öffnete.

Wie von selbst glitt sein gusseiserner Schwengel ihr von hinten in die warme Dose. Sie stöhnte lustvoll auf, als er ihr das dicke Rohr bis zum Anschlag reindrückte und zu arbeiten begann wie ein Dampfhammer in der Schmiede: mit harten, kräftigen Stößen, sodass ihre kleinen Titten mit jedem Stoß schwappten.

Aurelie war wie von Sinnen, japste jedes Mal lustvoll, wenn sein fetter Sack an ihre Knospe knallte. Ja, das wollte sie, wollte ruchlos abgefickt werden wie ein Karnickel, bis in alle Ewigkeit, wollte gerammelt werden und gebumst von seinem dicken Ständer.

Jede Bewegung machte sie willig mit, stieß ihm im Rhythmus ihren Knackarsch entgegen, seine Stöße wurden heftiger, seine Hände kneteten ihre festen Möpse, zupften an ihren stahlharten Nippeln.

Bei jedem Rammstoß röchelte sie vor Lust. Romain fickte sie rein und raus, raus und rein im harten Takt.

Da – die Dose Handcreme! Er nahm einen Finger voll

heraus, strich ihr das Fett in die Rille, den Rest auf seinen harten Hammer. Sie hielt gefügig still und röchelte nur leise in Erwartung des Köstlichen, das da auf sie zukam. Schon war er an ihrem Arsch, spreizte mit seinen muskulösen Händen ihre Backen brachial auseinander und schob mit einem harten Ruck seinen steifen Speer in ihre Rosette.

Hemmungslos begann sie, ihr flaumiges Fötzchen selbst zu bearbeiten, während er ihren Arsch immer heftiger und kräftiger vögelte. War das ein Gefühl! Ihn machte die enge Röhre unendlich spitz, mit jeder Pore seines Prengels spürte er das raue Glück. Sie schrie und stöhnte, wollte, dass er seinen Stachel immer tiefer in sie hineintrieb, konnte gar nicht genug bekommen von seinen harten Stößen und bediente sich selbst mit der ganzen flachen Hand, so fest es nur ging.

Sein Schwanz platzte fast vor lüsterner Geilheit. Sie schob sich selbst die Finger in den Mund, leckte diese gierig ab. Er fickte und fickte und sie stöhnte und stöhnte, er hämmerte seinen mächtigen Marterpfahl in ihren rauen Tunnel und sie hätte seinen Prengel am liebsten bis zum Hals drin gehabt und *aaaaaaahhhh … jaaaaaaa!!!!*

Völlig von Sinnen, jeder in sich selbst versunken, kam es ihnen beinahe auf die Sekunde gemeinsam. Wie bei einem berstenden Staudamm, dessen brachiale Wasser alles um sich herum verschlangen, wurden sie fortgerissen von den wirbelnden Strudeln, verloren jeden Halt, wurden selbst Teil der ungestümen Macht, die da über sie hereinbrach.

Er pumpte ihr eine volle Ladung in den jungfräulichen Arsch, noch eine und noch eine, stieß immer noch zu, beide bebten und zuckten und wanden sich ineinander. Seine sämige Soße tropfte aus ihrer Rosette, lief über ihre Fotze, klatschte auf den Boden, und immer noch spritzte er weiter. Lustschreie kamen aus ihrem tiefsten Innern …

Endlich, endlich hörte er auf, seufzte entspannt und wollte sie doch nicht freigeben. Auch sie wollte seine harte Rute nicht loslassen. So nass war sie wohl noch nie gewesen. Nachdem er schließlich irgendwann den Riemen aus ihrem Hintern gezogen hatte, eine warme Spermaspur hinterlassend, ging Aurelie in die Knie, leckte ihm als braves Mädchen artig die letzten Tropfen von der Pfeife, als wolle sie die für immer leersaugen. Unterdessen ergoss sich ein warmer Schwall von Sperma und Mösensaft über ihre Schenkel.

Schließlich stolperten sie zurück zur Sitzbank, Romain klappte die Lehne zur Liegestatt um, sie kuschelten sich unter einer Decke aneinander und ruhten wohlig entspannt aus, schliefen sogar ein.

Als Romain Castrel am nächsten Morgen aufwachte, war der rote Sportwagen und mit ihm das junge Mädchen verschwunden. Geblieben waren nur ein paar Spuren im Schnee, über den jetzt die helle Wintersonne gleißte …

XVI.

Geschäftige Schritte auf dem Gang und das fröhliche Geklapper des Kaffeegeschirrs weckten Brigitte Coursin auf. Sie reckte sich und streckte sich wohlig in den Federn. Gut hatte sie geschlafen, fühlte sich ausgeruht und entspannt.

Das erste Semester am Internat »Schloss Hohenstein« war interessant, aber auch anstrengend gewesen, und so konnte sie die Unterbrechung der Weihnachtsferien gut gebrauchen. Da sie keine Wintersportlerin war, hatte sie sich mit einer alten Freundin aus Studienzeiten verabredet, um mit ihr hoch im Norden die ruhigen Tage bei Kerzenschein und Keksen zu verbringen.

Ein wenig kuschelte sie sich noch wohlig unter die Decke, während sie zuerst mit dem linken, dann mit dem rechten

Auge erwartungsvoll in die morgendliche Dämmerung ihres Schlafwagenabteils blinzelte.

Sie schlug die Decke zurück, stand auf, nackt wie sie war, und lugte durch den Spalt der Gardine: flaches weites Land, immer noch schneebedeckt, nur Berge waren keine mehr zu sehen. Während sie geschlafen hatte, war der Nacht-Express schon ein großes Stück Weges gen Norden gerollt.

Brigitte wunderte sich ein wenig. Offenbar stand der Zug schon eine ganze Weile hier auf freier Strecke, und es schien so bald auch nicht weiterzugehen. Aber sie hatte ja Ferien, unendlich viel Zeit. Ihr war nach einer erfrischenden Dusche zumute. Gestern Abend, beim Einsteigen, hatte sie am Ende des Wagens eine Brausekabine gesehen. Sie streifte ihren dunkelroten Morgenmantel über, klemmte sich die Tasche mit den Waschutensilien unter den Arm, entriegelte die Tür und trat auf den Gang.

»Das kann wohl einige Zeit dauern«, hörte sie aus einem offenen Nachbar-Abteil, »bis der Strom wieder da ist. Auf der Strecke soll ja die ganze Oberleitung runtergekommen sein. Gut, dass wir Bordbatterien haben, sonst gäb's noch nicht mal Kaffee.«

Brigitte wandte sich nach rechts, verschwand in der Dusche, drehte den Hahn auf. Das warme Wasser tat gut. Mit den Händen schäumte sie Seife auf ihren zwar fraulich reifen, aber doch ausgesprochen ansehnlichen Körper, auf die Schultern, ihre großen festen Brüste mit den breiten, braunen Höfen, auf ihren Bauch mit dem süßen bisschen Wohlstandsspeck.

Brigitte genoss das Streichelgefühl ihrer Hände auf der nackten Haut, nahm die Brause aus ihrer Halterung, richtete sie ausgiebig erst auf ihren Busen, dann zwischen ihre Schenkel. Köstlich kribbelte der pulsierende Strahl. Sie bekam wohlige Gänsehaut. Ihre jadegrünen Augen leuchteten – oh, hatte sie Lust auf Zärtlichkeit!

Zurück im Abteil, zog sie einen knackigen weißen Sportslip an, dessen aus durchsichtiger Spitze gewirktes Vorderteil kaum die rotblonde Wolle ihrer Scham bedeckte, unter der sich deutlich ihre saftige Furche abzeichnete und dessen baumwollene Rückseite stramm auf ihren runden Backen saß.

Sie streifte nur einen grünen Rollkragenpullover auf die nackte Haut, schlüpfte in ihren knielangen Schottenkaro-Rock und die Pumps. Just, als sie die Vorhänge gänzlich öffnete, klopfte es an die Tür.

»Guten Morgen, ich bin Louis Castrel, Ihr Schaffner. Kaffee oder Tee?«, fragte eine jugendliche Männerstimme.

Brigitte öffnete die Tür und blickte in ein weiches Gesicht, über das lockige braune Haare auf den Kragen eines blütenweißen Hemdes und einer weinroten Weste fielen, die Krawatte am Hals ungelenk verknotet.

»Kaffee bitte«, bestellte Brigitte, »und Orangensaft, wenn Sie welchen haben. Dazu zwei Brötchen – lieber Käse als Marmelade.«

»Kommt sofort«, lachte der schlanke Jüngling und trabte in Richtung seiner Kombüse.

Sehr aufmerksam, fand Brigitte, während ihre Augen wohlgefällig auf seinem knackigen Hinterteil ruhten, das sich in der knapp geschnittenen Uniformhose reizvoll abzeichnete.

Als er wenig später das Tablett auf den kleinen Klapptisch am Fenster stellte, fielen der Lehrerin seine feingliedrigen Hände, wie die eines Klavierspielers, auf. Er zog das Bett ab, richtete ihr die Liege zum Sitz, drapierte zwei samtrote Kissen auf das ebenso bezogene Möbel, schnappte sich das Bettwäschebündel vom Boden.

»Zu oder auf?« Er deutete lächelnd mit einer Kopfbewegung zur Tür, die Klinke in der Hand, und zwischen seinen sanft geschwungenen Lippen glänzte ein makelloses Gebiss.

»Zu, bitte«, antwortete Brigitte und widmete sich genüsslich dem liebevoll angerichteten Frühstück, lehnte sich dann zurück in die plüschigen Polster, das Glas mit dem frischen Orangensaft in der Hand, sah hinaus in den klirrend kalten Tag. Hie und da krächzte ein Rabe sein raues Lied.

Ihre Phantasie schweifte zu dem braun gelockten jungen Schaffner …

Bestimmt ein Student im Ferienjob, ging es ihr durch den Kopf. Wonnevolle Wünsche stiegen in ihr auf, warm pulste ihr Blut, während sie im Geiste diesem unverdorbenen Knaben die Kleider vom Leibe streifte, von seinen linkischen Liebkosungen träumte. Sanft nässte sündiges Sehnen die weiße Spitze zwischen ihren Schenkeln.

Verhaltenes Gemurmel drang herein. Brigitte nahm ihr Frühstückstablett mit den Resten der Morgenmahlzeit und machte sich nicht ohne Absicht auf den Weg zum Küchenabteil. Zwei, drei Mitreisende standen auf dem Gang, andere saßen bei geöffneter Tür im Abteil, lasen oder spielten Karten.

»Mit bestem Dank.« Sie reichte das Tablett in die Pantry. »Oh, hier bereiten Sie alles zu?« Interessiert schaute sie in die kleine Kabine, die wohl gerade zwei Meter im Quadrat maß. Rechts neben der Tür ein deckenhohes Wandregal, dessen mittlere Klappe jetzt als Tisch und Anrichte diente. Gegenüber auf der verchromten Spüle gurgelte die Kaffeemaschine fröhlich vor sich hin.

»Alles da.« Der Jüngling deutete mit ausladender Handbewegung. »Wie in besten Häusern. Kommen Sie rein, dann zeig ich's Ihnen.«

Das ließ Brigitte sich nicht zweimal sagen. Mit einem schnellen Schritt enterte sie die Kammer, schloss hinter sich wie zufällig die Tür, stand dicht neben ihm, genoss seinen jungenhaften Geruch, der sich dezent mit dem Duft frischen Rasierwassers verband.

»Ich studiere klassische Musik«, erklärte er ungefragt, »und verdiene mir in den Ferien hier etwas dazu.«

»Beachtenswert«, zollte Brigitte ihm Respekt. Dann stellte sie die Frage, die ihr schon beim Frühstück eingefallen und jetzt, wo der junge Mann sich auch noch als Musikstudent entpuppte, von besonderem Interesse war: »Sie heißen Castrel und studieren klassische Musik … Haben Sie etwas mit dem Musiklehrer vom Internat »Schloss Hohenstein« zu tun?«

»Sie meinen Romain Castrel?«, fragte der Kellner. »Er ist mein Vater.«

»Die Welt ist doch klein«, schmunzelte die Lehrerin. »Ich unterrichte auch dort.«

»Na, so ein Zufall«, freute sich Louis. »Kommen Sie, ich lade Sie zur Besichtigung ein – wo Sie doch eine Kollegin meines Vaters sind. Hier, nehmen Sie einen Schluck.« Grinsend öffnete er einen Piccolo, füllte zwei Gläser.

»Sehr zum Wohle.« Sie hob ihr Glas, beugte sich zu dem jungen Musiker, zögerte kurz.

Er schien nicht besonders überrascht, als ihre bebenden Lippen seinen sanft geschwungenen Mund berührten. Während sie ihn verlangend an sich zog, spürte er, dass ihre Nippel unter dem grünen Rollkragenpullover fest und hart waren.

Louis hatte bei seinem Ferienjob auf dem Schlafwagen schon viele Weiber gevögelt, einsame und Cliquenmäuse, alte und junge – aber diese hier schien besonders scharf zu sein. Und sie sollte bekommen, was sie brauchte: ein virtuoses Konzert ganz für sich allein …

Während seine Zunge die ihre umspielte, wuchs sein Knabenschwanz fühlbar heran. Brigitte stöhnte heiser auf, als sie spürte, wie sich der kräftige Bogen, welcher sie schon bald geigen sollte, unter dem beengenden Stoff der Uniformhose spannte.

Sie lockerte ihre Umarmung, langte unter sein ungeduldig

aus der Hose gezerrtes Hemd, massierte ungestüm seine knabenhaften Knospen.

Louis spielte mit ihren rotblonden Haaren, während seine andere Hand unter ihren Pullover glitt, streichelte ihre nackte, warme Haut, grabbelte den Rücken hinauf zum Hals, knetete kundig ihre prallen Möpse, kniff lustvoll in die festen Nippel.

Die Lehrerin gab sich einfach hin, ließ sich willig begrapschen, hechelte sacht. So lange war sie nicht mehr richtig durchgezogen worden, so sehr sehnte sie sich danach, endlich wieder einmal so richtig abgefickt zu werden! Der Junge hatte, das spürte sie, Erfahrung ... Umso mehr genoss sie seine spielerischen Liebkosungen.

Er streifte ihr den Pullover über den Kopf. Brigitte grunzte glücklich, ließ sich willig aufs konzertante Duo einstimmen, wehrte sich nicht, als der junge Schaffner geschickt unter ihren Schottenrock griff, auch den störenden Slip, der längst nur noch ein nasser Lappen war, mit kräftigem Ruck beseitigte. Er kraulte ihre reichliche rotblonde Wolle, bespielte mit flinken Fingern das obere Ventil ihrer Trompetenmöse – erst verhalten, dann à tempo.

Brigitte vergaß Zeit und Raum, war nur noch ein Bündel gierender Wollust.

Mit einem schnellen Griff löste er den Verschluss des Rockes, der raschelnd zu Boden fiel. In verlangender Nacktheit stand sie jetzt vor ihm, nur noch in ihren Pumps. Fast von Sinnen vor Lust von seinem einfühlsamen Spiel, spreizte Brigitte ihre Schenkel auf das Äußerste; auch Louis keuchte erregt.

»Hallo, Kellner«, rief draußen irgendwer ungehalten.

Louis hielt einen Moment inne, zögerte, doch er wollte es jetzt nicht hören.

Zu heftig pochte es in der Uniformhose. Seine Posaune war bereit, geblasen zu werden. Mit zitternden Fingern löste

Brigitte seine Gürtelschnalle, streifte mit der Uniformhose auch seinen Slip ab, bugsierte Louis zur Anrichte, sodass er halb zu liegen kam, schloss ihre lechzenden Lippen um seine harte Hirtenflöte und blies ihm ihren warmen Blues. Mit weichen Bewegungen stieß der Student keuchend den Takt zur lustvollen Melodie, bot Brigitte sein köstliches Blasrohr zum genüsslichen Gebrauch. Sie lutschte und kaute, leckte und züngelte, spielte auf seinem wertvollsten Instrument ihren heißesten *ChaCha* …

Nahm den Schaft in die Hand, fuhr daran langsam vor und zurück wie das Gestänge einer Dampflokomotive beim Anfahren. Langsam, dann schneller, fester und schneller, immer fester und immer schneller …

Louis keuchte, zuckte im kraftvollen Takt, genoss, wie ihr zärtlicher Mund, ihre energische Hand seinen Taktstock schwangen. Er spürte, dass sein Instrument zum Finale ansetzte, dass ihm der Saft in die Fidel schoss, und bedeutete ihr, davon abzulassen.

Brigitte knetete nun seine muskulösen, so verführerisch jungen Backen, zwei Bongotrommeln im Dschungel entfesselter Verzückung.

Unterdessen bediente der Lustknabe ihren tiefen Trichter, stieß mit zwei, drei Fingern – keinen Widerspruch duldend – mitten hinein, spielte dort ein sensibles Solo. Brigitte wimmerte in fulminanten Höhen, grunzte mit tiefem Bass im schmetternden Konzert sehnender Wollust.

Die Lehrerin verlor ihre letzten Hemmungen, ihre Trompetenfotze nass wie ein Hallenbad. Sie fühlte sich als Dirigent und Orchester, als Trommel und Schalmei, wollte den Takt schlagen und selbst willfähriges Instrument sein …

Sie fuhr mit der flachen Hand in Louis' enge Spalte wie die Harfenistin durch die Seiten der Harfe, versenkte schließlich ihren Mittelfinger zwischen seinen sehnigen Backen, zwirbelte seinen Knabenarsch. Immer fester massierte sie seinen mächtigen Schlegel. Dumpfe Wirbel lustvollen Stöhnens entrangen sich beider Brust. Der junge Konzertant röchelte heiser. Mit Wonne genoss er das doppelte Glück, so kunstvoll bespielt zu sein. Er beugte sich hinab. Seine Lippen fanden zu ihrer lustvollen Möse, begierig schleckte er ihren heißen Liebessaft, der sich in Strömen aus ihrem so quälend lange nicht gefickten Loch ergoss, saugte tief ihre Lustkirsche ein, kaute genüsslich darauf herum. Brigitte tirilierte in höchstem Genuss.

Louis glaubte, sein Hammer müsse jeden Moment bersten, so hart war der, so schier sein Entzücken, konnte es kaum noch ertragen.

Er warf Brigitte wortlos bäuchlings auf den kleinen Tisch, auf welchem noch das aufgeschlagene Kontrollbuch lag. Ihre fetten Kannen quollen seitlich hervor, mit breit gespreizten Schenkeln reckte sie ihm fordernd ihren Weiberarsch entgegen, schob ihn weiter, noch ein wenig weiter empor. Mit beiden Händen riss der Schaffner ihre Backen auseinander, ungestüm wie ein Bratschist im sechsten Satz von Beethovens Neunter, rammte ihr seinen Taktstock bis zum Anschlag ins enge Futteral, welch wonnevoll-rauer Hochgenuss!

Entrückt röchelte sie vor sich hin, schob ihre Finger selbstvergessen in die weit offene Grotte, bediente sich selbst mit der ganzen Hand. Die Säfte ihrer Lüste rannen ins aufgeschlagene Dienstheft, egal! Jetzt grapschte sie sich auch noch unbeherrscht an die gierigen Titten, oh – war Brigitte ein verlottertes Luder!

Von solch köstlicher Sinfonie hatte sie bisher nicht einmal zu träumen gewagt. Louis' Sambanüsse spielten von hinten an ihrem Trompetentrichter, während er ihre wollüstige Rosette mit festen Stößen entjungferte; die ganze kleine Kombüse erfüllt vom Duft warmen Lustsaftes.

Er warf sie herum, griff ihre Waden, hob die Füße zur Decke, spreizte ihre Schenkel, soweit es nur ging. Brigitte klammerte sich fest an den Tisch. Unter einem Aufschrei lüsterner Wonne hob er an zum Finale, spielte ihr den Radetzky-Marsch auf verwegene Art, hämmerte ihr seine Flöte ins Trompetenrohr, dass sie Chöre der Engel singen hörte, paukte mit seinem Schlegel den stampfenden Takt, rammte den Bogen hart in die Violine, dirigierte für dieses Lodderweib furiose Triolen con tutti.

Immer lauter stöhnte Brigitte, ihre Glocken schwangen im scharfen Stakkato bis unters Kinn. Louis pfählte sie mit aller Macht, nagelte sie förmlich auf die speckige hölzerne Platte.

»Ja«, wimmerte sie willenlos, »jaja – oh bitte, bitte, du starker Lümmel, du!«

Und er hämmerte ihr seinen Rammbock mit aller Macht in den ausgeleierten Fickschacht, sie röchelten und stöhnten in schierer Gier. Immer fester, immer schneller, und noch mal und tempo, tempo und … *aaaaahh* … Im Funken sprühenden Inferno der Lust explodierten sie gleichzeitig, die Harfe verschmolz mit den Pauken, die Triangel knallte ins Dirigentenpult. Über ihnen schlugen die Phrasen wilder Wollust zusammen, umspülten sie, rissen sie hinfort im wirbeldröhnenden Schlussakkord des Küchenkonzerts.

Endlich ebbten die Wellen der Erregung langsam ab, Louis, der Komponist, feuerte einen letzten mächtigen Schuss, stöhnte erleichtert auf.

»Oh, war das gut«, flüsterte Brigitte, während ihr das warme Ficköl die Schenkel entlanglief. Zärtlich streichelte sie ihrem Geiger über den Bogen, blies ein letztes Mal seine Fickposaune.

Auf der Spüle gurgelte die Kaffeemaschine noch immer vor sich hin.

»Kaffee?«, fragte Louis lausbübisch, ornete seine Garderobe.

Brigitte nickte versonnen. »Ja – bitte. Cafe creme …«

Während der Schaffner an der Maschine hantierte, gab es einen Ruck: Der Zug fuhr an. Es war wieder Strom in der Oberleitung. In gut einer Stunde würde die gestrenge Gymnasiallehrerin bei ihrer alten Freundin sein.

Weitere erotische Geschichten:

Kim Shatner
VögelBar

Stellen Sie sich vor, Sie gehen in eine Bar und könnten frei wählen, mit wem Sie vögeln möchten ...

Die Vorstellung gefällt Ihnen?

Dann begleiten Sie Marc auf dem Weg zu seiner eigenen »VögelBar«, und lesen Sie von den sexuellen und frivolen Unwägbarkeiten eines solchen Vorhabens!

Lucy Palmer
Mach mich wild!

Romantik, Lust und Verlangen werden Sie auf dem Weg durch die erotisch-wilden Geschichten begleiten ...

Ob mit dem unerfahrenen Commander im Raumschiff, dem mächtigen Gebieter als Lustsklavin unterworfen oder mit Herzklopfen in den Fängen eines Vampirs ...

Es erwartet Sie eine sinnliche und abwechslungsreiche Sammlung von lustvollen Erzählungen.

Sara Bellford
LustSchmerz Erotischer SM-Roman

Sir Alan Baxter hat eine Passion:
Er sammelt Frauen!

Er will sie um ihretwillen besitzen

Sie wollen vom ihm gedemütigt und geliebt werden

Gemeinsam zelebrieren sie die schönsten Höhepunkte aus Lust, Schmerz und Qual ...

Weitere erotische Geschichten:

Maria Bertani

Aurelia - Nymphe der Lust

Das unschuldige Mädchen Aurelia darf bei dem Meistermaler Romero in die Lehre der Farben gehen.

Doch zunächst muss sie sich die Gunst des Meisters verdienen und als Nackt-Modell posieren.

Dabei eröffnet sich ihr eine Welt voller Gelüste und erotischer Abenteuer.

Anna Lynn

FeuchtOasen Erotische Bekenntnisse

Anna Lynn berichtet aus ihrem wilden, erotischen Leben. Es ist voll von sexueller Gier, Wollust und wilden Sexpraktiken.

Anna Lynn kann immer, will immer und macht es immer ... Sex!
Pastorinnen, Reitlehrer, Architekten, Gärtner, Chauffeure, Hausdamen & Co.
Alle müssen ran!

Henry Nolan

KillerHure

Eine Hure aus Passion, ein smarter Agent und ein tödlicher Auftrag ...

Sie verführt ihre Opfer mit Sex, Schönheit und Raffinesse.

Tauchen Sie ein in eine Welt voller Intrigen, Adrenalin, Erotik, Liebe und unerwarteter Wendungen.

»Man genießt, leidet und fiebert mit der Hauptfigur! Großartig!« Trinity Taylor

Weitere erotische Geschichten:

Helen Carter
AnwaltsHure

Eine Hure aus Leidenschaft,
ein charismatischer Anwalt und
ein egozentrischer Sohn ...

... entführen den Leser in die Welt
der englischen Upper Class,
in das moderne London des Adels,
des Reichtums und der scheinbar
grenzenlosen sexuellen Gier.

Trinity Taylor
Ich will dich ganz & gar

Lassen Sie sich von der Wollust mitreißen und fühlen
Sie das Verlangen der neuen erotischen Geschichten:

Gefesselt auf dem Rücksitz,
auf der Party im Hinterzimmer,
»ferngesteuert« vom neuen Kollegen
oder in der Kunstausstellung ...

»Scharfe Literatur! - Bei Trinity Taylor geht es immer
sofort zur Sache, und das in den unterschiedlichsten
Situationen und Varianten.« BZ, die Zeitung in Berlin

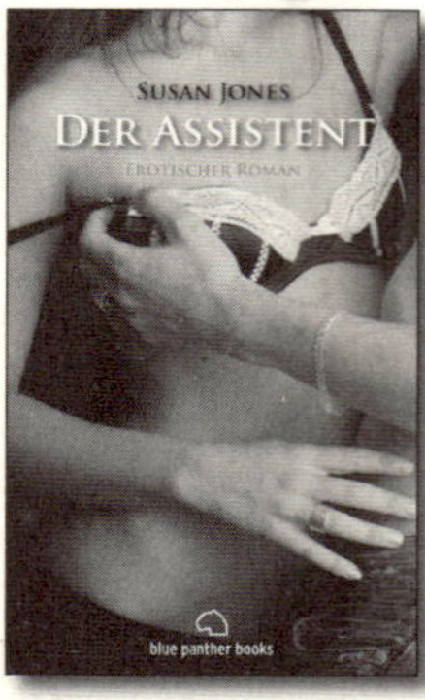

Susan Jones
Der Assistent

Susan Jones entführt, fesselt und berauscht!

Die Chefin liebt ihren Job
und ihren Assistenten.
Sie kann nicht ohne ihn,
doch er kann ohne sie ...

Eine grosse Firma
Eine hörige Chefin
Ein perfekter Assistent